패트릭 멜로즈 소설 5부작

PATRICK MELROSE NOVELS

마침내

에드워드 세인트 오빈

공진호 옮김

H

현대문학

「패트릭 멜로즈 소설 5부작」에 쏟아진 찬사

멜로즈 시리즈는 신랄한 명문과 짜릿한 재미로 이루어진 영국 현대소설의 금자탑이다.

데이비드 섹스턴, 《이브닝 스탠더드》

소설 첫 줄부터 완전히 빠져들었다. 재치 있고 감동적인 소설이며 강렬한 사회 희극적 요소를 갖춘 작품이다. 나는 책을 덮고 울었다. 정말 예상치 못했던 그 이유가 무엇이었는지 누설할 생각은 전혀 없다.

안토니아 프레이저, 《선데이 텔레그래프》

놀랍도록 신랄한 재치. 저자의 문장이 지닌 활기, 즉 보석 세공과 같은 글의 조탁과 도덕적 확신은 등장인물들이 희구하는 치유를 상징한다. 그만큼 좋은 글은 그 자체가 건강함의 척도이다.

에드먼드 화이트, 《가디언》

헤로인 중독과 알코올 중독, 간통, 이외에도 '자멸'이란 말은 가장 가볍고 완곡한 표현일 정도로 파멸적인 다양한 행동의 파도를 넘나드는 항해, 그 출발점이 된 비참한 항구로 돌아가지 않으려고 필사적인 노력을 기울이는 선원의 항해도와 같은 소설, 이것이 바로 패트릭 멜로즈의 이야기다. 이 시대를 그리는 가장 통찰력 있는 소설, 세련되고 재미있는 소설이다. 놀랍다.

프랜신 프로즈, 《뉴욕 타임스》

에드워드 세인트 오빈은 당대 최고의 영국 소설가일 것이다.

아름답고, 마음을 아프게 하면서도 웃기는 비극적인 소설이다.

세인트 오빈 소설의 가장 큰 기쁨은 세련되고 명료한 산문을 읽는 데 있다. 그것은 수학 공식과 마찬가지로 언어도 정확하고 아름다운 것은 반드시 진리를 가리킨다는 거의 초자연적인 느낌을 준다. 세인트 오빈 소설의 인물들은 비상한 표현력을 갖추었다. 그래서 그의 소설을 읽는 기쁨은 그들의 재치 있는 대화에 있다.

유머와 비애, 날카로운 비판, 고통, 기쁨뿐 아니라 이 모든 것을 연결하는 온갖 감정이 녹아 있는 멜로즈 소설들은 21세기가 낳은 걸작이다. 저자 세인트 오빈은 이 시대 최고의 문장가이다.

에드워드 세인트 오빈은 프루스트처럼 하나의 세계를 창조했다. 제정신이라면 아무도 그 세계에서 살고 싶지 않을 테지만 그곳은 실재하는 생생한 세계, 유쾌하고 위험하게 공허한 세계처럼 느껴진다. 소설의 장래성에 대한 확신이 흔들린다면 세인트 오빈을 바라보는 게 가장 좋을 것이다.

앨런 테일러, 《헤럴드》

이 비범한 소설을 구성하는 근본적인 계획은 끊임없이 탐구적인 자기 교정의 행위다. 이것은 이 소설의 긴박한 감정적 강도의 원천이며, 그 구성을 결정짓는 원칙이다. 뛰어난 사회 풍자적 요소가 있다고는 해도 이 시리즈는 현대의 방만한 희극적 소설보다는 고대의 압축적이고 의식적인 시극에 더 가깝다. 놀랍고 극적으로 재미있는 대하소설이다.

제임스 래스던, 《가디언》

오스카 와일드의 재치, 우드하우스의 명료함, 에벌린 워의 신랄한 풍자가 뭉쳐진 만족스러운 소설이다.

제이디 스미스, 《하퍼스》

걸작이다. 에드워드 세인트 오빈은 엄청난 재능을 가진 작가다.

패트릭 맥그래스

아이러니가 아드레날린처럼 쓸고 지나간다. 패트릭은 이지력으로 자신의 곤경을 세련되고 명료하고 냉정하고 격언에 가까운 태도로 처리한다. 재치 있는 안식과 냉소적인 통찰, 문학적 재간으로 넘치는 소설이다.

피터 켐프, 《선데이 타임스》

세인트 오빈의 글이 가진 편안한 매력의 이면에는 맹렬하고 면밀한 지력이 있다. 인물 묘사에 동원되는 재치는 그것이 무의미한 귀족을 향하든 구제 불능의 마약 딜러를 향하든 감칠맛 나게 죽여준다. 세인트 오빈은 실의에 빠지고 지쳐 버린 사람들의 정신과 마음을 분석할 때 완벽한 정신과 의사처럼 힘차고 신중하고 창의적이다. 이야기를 자아내는 능력으로 말하자면 전체적으로나 부분적으로나 독자를 매료시키는 천부적 재능을 가지고 있다.

멜리사 캣술리스, 《타임스》

결국 패트릭에게, 그리고 저자인 세인트 오빈에게 위안을 주는 것은 언어다. 세인트 오빈의 멜로즈 소설들은 이제 중요한 대하소설로 간주될 만하다.

헨리 히칭스, 《타임스》

멜로즈 소설은 블랙 코미디의 요소를 지닌 걸작이다. 세인트 오빈의 문체는 힘차면서 경쾌하다. 비유의 정확성은 짜릿할 정도다. 세인트 오빈은 패트릭의 아들에 대한 이지적이고 다정다감한 사랑을 염두에 두고 소설을 썼다.

캐럴라인 무어, 《선데이 텔레그래프》

세인트 오빈은 감정의 혼돈과 고조된 감각의 혼란, 지적 노력의 위압적 모순을 강력하면서도 미묘하게 전달함으로써 치유에 가까운 짜릿한 효과를 창출한다.

프랜시스 윈덤, 《뉴욕 리뷰 오브 북스》

나이 먹은 사람이 어린 사람에게 가하는 잔인함에 대한 극도의 블랙 코미디. 증오에 차 있고 고통스러울 정도로 솔직하다. 나는 이 책을 읽고 지금까지 서평을 쓰며 경험해 보지 못한 영역에 눈을 뜨게 되었다. 걸작이다!

《타임스》

에드워드 세인트 오빈은 끔찍했던 어린 시절을 눈부시고 충격적인 작품으로 승화시켰다. 멜로즈 소설들은 훌륭한 풍자 문학이다.

《심리학 매거진》

세인트 오빈은 불행했던 인생을 그리는 자서전의 행상이 아니라 정말로 창의적인 작가다. 그렇기 때문에 세련되고 냉소적이며 종종 아주 웃기는 이 책은 이야기를 쓰게 만든 모든 상황을 초월한다. 세인트 오빈의 글을 읽는 것은 즐겁다. 그 글을 이루는 식견은 재미있는 만큼 강력하며 관대하기까지 하다.

《아이리시 인디펜던트》

나는 에드워드 세인트 오빈의 패트릭 멜로즈 소설들을 정말로 좋아한다. 독자들에게 그의 전작을 지금 당장 읽으라고 권하는 바이다.

데이비드 니콜스

기성세대의 죄악에 꺾인 사람들의 인생에 대한 인도적 고찰을 담은 책이다. 세인트 오빈은 영국 소설가의 백미이다.

《선데이 타임스》

앤서니 파월의 『세월이라는 음악의 춤A Dance to the Music of Time』 이후 가장 예리하고 가장 훌륭한 소설이다. 세인트 오빈은 현대 상류 사회의 관습, 제자리를 잃은 감정의 고통과 행복에 대한 희망이라는 살얼음판을 딛고 춤을 춘다.

《사가 매거진》

세인트 오빈은 한 가족 전원을 현미경 아래 놓고, 고통스럽지만 피할 수 없는 복잡한 특징들을 드러내 보인다. 서사시적이면서 개인적이고, 처참하면서 코믹한 그의 소설은 모두 걸작이다.

매기 오패럴

서문

우리는 여름철 '피서용 책'이란 게 어떤 것인지 알고 있다. 그
것은 바닷가에서 읽는 책, 해먹 위에 누워서 읽는 책, 풀밭에서
읽는 책이다. 재미와 완전한 몰입을 약속하는 책이다. 몇 분마다
책을 읽다 말고 점심 먹을 궁리를 한다면 그건 아마 피서용 책
이 아닐 것이다. 진짜 피서용 책은 여름보다 더 진짜 같다. 나는
가족과 친구를 등지고 방으로 들어가 모기장을 치고 계속 패트
릭 멜로즈 소설을 읽는다. 패트릭 멜로즈 이야기는 이름만 '좋
은 집안'인 멜로즈가에 관한 (기본적으로 자전적인) 이야기다.
많은 재산을 물려받은 알코올 중독자 어머니의 보호를 받지 못
하고 방치된 패트릭은 귀족적인 아버지 데이비드에게 성폭력을
당한다. 뉴욕의 호텔에서 헤로인을 주사하고, 『시시포스 신화』

를 코트 주머니에 넣어 가지고 다니는 그런 가문 좋은 영국인으로 자라난다. 그는 결혼해서 자기 자식들과 큐 왕립 식물원을 산책하는 중에도 소형 위스키 병을 비운다(중독은 이 시리즈의 어떤 책을 집어 들고 읽느냐에 따라 다양한 형태로 나타난다). 그런가 하면 정상적으로 기능할 수 없는 극단적인 상태에서도 산발적으로 영국 문학의 시구들을 떠올린다. 세인트 오빈의 장기는 소설의 모든 사건을 단 하루에 채워 넣는 것이다(과거를 회상하는 일이 잦기는 하지만). 그 하루는 대개 잘 알지도 못하는 사람들의 지긋지긋한 모임이라고 특징지을 수 있는 모종의 '사회적 시련'을 겪는 날이다. 저쪽에 있는 누군가 어떤 바보가 연설을 하는 동안, 고기 파이를 들고 술잔이 채워지길 기다리며 자살을 생각하는 날이다―몇 세대에 걸쳐 영국 작가들에게 안 좋은 파티라는 주제는 파토스의 원천이었다(킹슬리 에이미스에 따르면 영어에서 가장 우울한 세 단어는 "Red or white?"―레드 와인, 화이트 와인, 어느 것으로 하시겠어요?―이다).

다섯 권으로 이루어진 이 시리즈 소설의 막을 내리는 『마침내』에서 우리는 마침내 패트릭의 어머니 장례식에 이른다(다행히도 그의 아버지는 『나쁜 소식』에서 일찌감치 사망했다). 그것은 생각보다 더 우스운 미장센이다('장의사 건물의 문을 통과하면 모든 글자가 휘고 구부러져서 고풍스럽고 장식적인 서체로 바뀌기라도 하는 것 같았다, 죽음이 마치 독일 마을이기라도 한 것처럼.'). 패트릭은 중년에 이르러 이혼하고 유명한 재활 센터인 프라이어리 병원에 들어가고, 퇴원한 지 얼마 안 되었다. 그는 재발을 두려워하지만 이 장례식에 큰 기대를 건다.

이제 고아가 되었으니 그로서는 모든 게 완벽했다. 평생토록 이 완벽한 느낌을 기다려 온 기분마저 들었다. 올리버 트위스트 같은 사람들에게는 대수롭지 않겠지만, 그들이 그런 부러운 환경에서 시작한 인생을 그는 45년이나 걸려 성취했다. 그러나 한편 데이비드와 엘리너 대신, 범블과 페이긴의 손에서 자랄 경우의 상대적인 사치는 인격을 약화시키는 결과를 초래할 수밖에 없다.

부모의 죽음, 헤로인, 어렸을 때 겪은 성폭행, 감정의 불감증, 자살, 알코올 중독─여름철에 읽을 만한 책으로 보이는가? 구성만 보면 세인트 오빈의 세계에는 재미있고 신랄한 코미디적인 요소도─더 놀랍게는─밀도 있는 철학도 있을 것 같지 않다. 세인트 오빈의 책 대부분은 (2006년『모유』가 맨부커상 최종심에 오르기 전까지는) 폭넓은 독자층을 끌지 못했는데, 이는 어쩌면 문체와 내용에 그런 괴리가 감지되기 때문인지 모른다. 세인트 오빈은 오스카 와일드의 기지, 우드하우스의 쾌활함, 에벌린 위의 신랄함을 갖춘 장식적 산문체로, 쿠퍼나 버로스*의 독자들이라면 익숙할, 극단적인 상황('질식사하든 추락사하든 강간으로 태어났든 강간당하기 위해 태어났든')에 놓인 자아를 포장한다.

　요즈음 갑자기 멜로즈 소설들이 인기를 끌고 있다. 이를 두고 왕실 결혼식, 상류층 출신 보수당 총리, 벌링던 클럽 내각, 국립극장의 테런스 래티건** 리바이벌, 텔레비전 드라마 〈다운튼 애비〉 등 영국을 강타한 상류풍의 물결 탓으로 돌리는 것은 유혹적이다. 언뜻 아무것도 아닌 것 같지만 중요한 요인이다. 세인트 오빈은 전문 분야인 풍자적 담화 양식을 사용하여 ("그 중독은 무엇보다 끊기 힘들어." 패트릭이 말했다. "헤로인은 아무것도 아니야. 풍자적으로 말하는 습관을 버리려고 해 봐 어떤지.") 상류 사회를 칭송하는 게 아니라 매장해 버린다—그런데 애정이 없지는 않은지 완전히 매장하지는 않는다. 등장인물들의 강한 권리 의식 때문에 세인트 오빈의 일은 쉬워 보인다. 소설을 쓴다기보다는 등장인물들에게 방해가 되지 않게 비키는 것이다. 그들은 능숙한 일벌레 같은 어떤 전지적 화자가 자기들을 소개할 때까지 가만히 주위를 배회하며 기다리지 않는다. 그들은 고삐를 잡아채고, **제발 그거 내게 주시오. 당신은 뭘 어떻게 해야 하는지 도통 모르는 게 분명해**, 라고 말하는 듯하다. 『마침내』는 이렇

★　Dennis Cooper(1953~)와 William Burroughs(1914~1997)는 모두 미국의 작가다.

★★　Terence Mervyn Rattigan(1911~1977), 주로 상위 중산 계급을 배경으로 한 희곡을 쓴 극작가. '벌링던 클럽'은 옥스퍼드 대학교의 엘리트 클럽으로, 상류층 정치인 중 영국의 보수당 전 총리 데이비드 캐머런, 외무 장관 보리스 존슨이 그 멤버였다.

게 시작한다.

"날 보고 놀랐나?" 니컬러스 프랫이 화장장 카펫에 지팡이를 내리꽂으며 막연히 도전적인 얼굴로 패트릭을 응시했다. 그는 이제 이 효과적이지 않은 습관을 버리기에는 너무 늙었다. "난 장례식이나 쫓아다니는 사람이 되었네. 이 나이가 되면 다 그렇게 돼. 집에 가만히 앉아 있어 봐야 뭐하겠어. 유치한 부고 기사의 무지한 실수를 보고 웃는다든지, 매일 그날 사라진 동시대인의 수나 세는 건 아무 재미없지. 아무렴! 사람은 모름지기 '인생을 즐겨라'는 말에 충실해야지. '학창 시절의 갈보가 갔구나', '그가 전쟁에서 맹활약을 펼쳤다고들 하지만 나는 사실을 알지!' 하는 따위의 말을 하면서 말이야. 그렇게 사람들의 업적 전체에 균형을 잡아 주는 거지. 그렇다고 해서 장례식이란 게 별로 마음을 뭉클하게 하지 않는다는 건 아니야. 요즘엔 과장된 오케스트라 효과 같은 것도 내더구먼. 물론 경악할 일도 많지. 매일 병실에서 장례식장으로, 다시 병실로 어슬렁거리며 왔다 갔다 하다 보면, 한 주 건너 암초에 들이박는 유조선이 생각나고, 날개가 서로 들러붙은 채 바닷가에 밀려와 죽어 가며 어리둥절한 노란 눈만 껌벅거리는 새들이 생각난다네."

저런! 세인트 오빈의 경우, 그가 '대화를 안다'고 하는 건 좀 밋밋하다. 실제로 니컬러스 프랫처럼 말하는 사람이 이 세상에 남았을 리 없다고 항변하는 사람이 있을지 모른다. 하지만 평일에 언제든 캐릭 클럽에 가 보면 안락의자에 구부정하게 앉아 식후 브랜디를 홀짝이며 저런 식으로 말하는 사람을 몇몇은 찾아볼 수 있다(주의. 회원이 아니면, 또는 여성은 실험해 보지 마시오). 아주 작은 통계 수치일지 모르지만, 이보다 적은 수의 사람들이 더 긴 소설집을 생산해 왔다(프루스트!). 패트릭은 자기가 태어난 우월한 사회보다 자기가 더 우월하다고 생각하지 않는다. 그 반대로 그는 자신을 '모든 생각과 느낌을 구변 좋은 말로 모면하려고 애를 쓴 사람으로' 본다. 이 소설들은 그런 유형의 사람들과 그들의 끊임없는 수다를 제대로 잡아낸다. 그러나 결국 오래 남는 것은 겸손한 영어 문장, 그 굴곡과 미묘함, 그 희극적 요소의—무엇보다 그 **통제력**의—옹호론이다. 패트릭 멜로즈 이야기는 표면적으로는 과잉으로 보이지만, 각 소설들은 언어 통제는 강력한 힘이라는 생각을 중심으로 짜여 있다. 세인트 오빈의 세계에서는 누구든 다시 하는 이야기를 통제하는 사람이 그 상황을 통제한다. 우리는 이를 루이스 캐럴식으로 험프티 덤프티 효과*라고 부를 수 있을 것이다.

감정을 참거나 억누르는 문제는 패트릭의 뇌리를 떠나지 않는다. 그는 말로 파괴적 진단을 내려 압축하는 것으로 자신의

★   최선을 다하는 것으로는 충분하지 않은 경우를 가리킨다.

끔찍한 가족을 다룬다. 패트릭은 장례식장에서 통로 건너편에 앉은 '불행한 이모'가 언니의 장례식 조문객이 많지 않은 데다 주로 무산 계급이라 한탄하는 것("그러니까 그건 다시 말해서, 가령 우리 어머니는 평생 단 한 번 교통사고를 당했는데, 그 찌그러진 차 안에서 거꾸로 매달렸을 때조차 옆에 스페인 공주가 나란히 매달려 있었을 정도였죠")을 보고, 그는 내면의 독백으로 세인트 오빈의 압축적인 문장은 물론 이모가 안고 있는 문제의 근원을 정확히 보여 준다.

상속 재산이 주는 심리적 영향, 상속 재산을 처분하고픈 강렬한 갈망과 그것을 붙들고 싶은 강렬한 갈망, 거의 모든 사람들이 소중한 인생을 다 바쳐 획득할 수 있는 것을 이미 소유했을 때 그것이 그 사람의 도덕성에 미치는 부정적인 영향, 다소 은밀한 우월감과 부자라서 느끼는 다소 은밀한 수치심을 소각시킬 불이 필요한 것이다. 그런 수치심은 그 특유의 위장을 생성해 낸다. 자선 활동 해법, 알코올 중독 해법을 찾고, 기행의 가면을 쓰고, 고상한 취미의 구원을 추구하는 것도 그런 위장이다.

서평에는 그 작품 속의 문장을 옮겨 쓰는 일, 다시 말해서 인용하는 일에 많은 시간을 들이게 된다. 대개는 따분한 작업이다. 그러나 세인트 오빈 책의 경우 그 일은 기쁨을 준다. 그는 문장부호를 절제 있게 적재적소에 사용한다. 문장은 탄탄하면서도 넘치는데 붕괴될 위험이 없고, 율동감 있고 함축적이고 재밌어 정말 감탄할 만하다. 마치 아름다운 브로케이드 천을 만지는 느낌과 같다. 그의 문장은 미국 영어식 문장의 청교도적 간결성에 (또는 더 심한 경우, 프랑스어를 번역한 것 같은 느낌이 들게 쓴 영국 영어 문장의 거짓된 순진함에) 굴하지 않아 애국심마저 들게 할 정도다.

이런 문장은 단순한 장식이 아니다. 이런 문장은 희극을 가능하게 하기 때문에 중요하다. 그의 문장처럼 각 행을 나누어 그렇게 여러 칸을 만든다면 적어도 우스운 말 두어 마디와 비꼬는 말 하나 정도는 들어갈 공간이 생긴다. 그렇게 해서 얻는 것은 가장 병적인 종류의 유머이며, 패트릭의 부모는 죽어서도 가장 큰 타격을 받는다. 이 마지막 폭로 소설에서 우리는 엘리너의 '자선 활동'이라는 '해법'에 대해—『모유』에서 처음 설명되었지만—더 많은 사실을 알게 된다. 그녀의 수치심을 가리는 그런 해법은 그녀로 하여금 어린이를 위한 자선에 관심을 (그리고 재산을) 쏟게 만든다. ('패트릭은 엘리너가 아동구호기금 위원회 회의에 가 있는 동안 아버지와 단둘이서만 있게 된 적이 많았다.') 그리고 말년에는 엉터리 뉴에이지 신봉자들의 공동체로 그 대상을 바꾸고, 생나제르에 있는 집(패트릭의 불행한 유년기와 결혼 생활의 실패에 배경이 되는 곳)을 신속하게 그들에게 주어 버린다. 그럼에도 그녀는 '자기 이해의 단단한 암반에는 단 1밀리미터도 파고들지 못했다.' 한편, 전작에서 데이비드 멜로즈의 정신병을 조금이라도 의심한 독자가 있다면, 사파리 일화를 읽고 나면 그의 정신착란적 인격에 대해 새롭게 오싹한 사실을 알게 될 것이다.

데이비드는 그 광견병 환자에게 걸어가더니 머리에 총을 쏘았다. 그는 '더없이 평온한 기분'으로 다시 식탁으로 돌아와 아연실색한 사람들 가운데 앉아 "지극히 인도적인 일이죠"라고 말했다.

이 이야기에서 명확해지는 무엇이 있다. 어째서 이야기를 하는 것이 일종의 포악 행위일 수 있는가 하는 것과, 어째서 영국인이—예의나 사회 계급에 대한 존중이나 그저 단순한 두려움 때문에—진실에서 가장 떨어져 있고 가장 잔인한 이야기를 그렇게 자주 옹호하는가 하는 것이다.

무엇이 진실을 구성하는가—어느 한 이야기에 대한 누구의 해석이 지배할 것인가—하는 이 문제는 풍자적 물음으로 시작해서 의식의 본질에 대한 토론으로 발전한다. 이 있음직하지 않은 이행을 돕기 위해 에라스무스 프라이스가 엘리너 장례식에 문상객으로 등장한다. 그는 유명한 대학 교수로, 『여전한 무지 : 의식 철학의 진전』이라는 책의 저자다. 패트릭의 전 아내, 메리

(아직은 이혼 전)도 등장하는데, 메리는 에라스무스와 바람을 피운 적이 있다. 패트릭은 어느 날 밤 침대에서 메리가 에라스무스의 저서를 읽는 것을 보고 그 사실을 알게 되었다.

"당신이 그 책의 저자와 바람나지 않은 다음에야 그 책을 읽을 리가 없지." 그는 눈을 반쯤 뜨고 짐작으로 말했다.

"그렇더라도 이 책을 읽는다는 건 사실상 불가능해, 정말이야."

이 의외의 사실은 '메리의 어머니라면 "사람을 완전히 미치게 한다"고 했을 시기'를 촉발했다. '패트릭은 새로 얻은 단칸 셋방에서 불을 끄고 두문불출하는 생활을 했고, 어쩌다 집에 오더라도 그녀(메리)를 붙들고 의식 연구에 대한 설교를 늘어놓거나 취조하듯 이것저것 따져 물을 뿐이었다.'

"우리의 '설명의 간극'은 누가 제거해 주지?" 그는 암살자에게 골치 아픈 사제를 처치해 달라고 하는 헨리 2세처럼 목청을 돋워 가며 말했다. "그런데 이 간극은 그저 우리의 곡해된 대화의 산물일까?" 그는 지루한 말을 계속 이어 갔다. "현실은 합의에 의한 환각일까? 신경 쇠약은 사실은 **합의를 거부**하는 것이 아닐까? 자, 말해 봐, 수줍어하지 말고, 당신은 어떻게 생각해?"

"당신, 곤드라지려면 당신 집에 가서 해. 당신 이 지경인 거 애들한테 보이지 말고."

"이 지경? 무슨 지경? 철학적 탐구의 지경? 난 당신이 찬성할 줄로만 생각했는데."

두뇌와 마음은 같은 것일까? 의식은 무슨 물질로 이루어져 있을까? '이성적 존재'는 의식이 자신에 대해 말하는 일련의 일화들의 총합일 뿐일까? 메리가 말하는 '의식 이론 가운데 설득력 있고 실질적인 것'을 패트릭이 갈구하는 것도 놀랄 일은 아니다. 괴로움을 치료하는 약을 먹을 때 우리는 머리를 치료함으로써 마음이 나으리라고 희망하고, 그 '설명의 간극'을 전적으로 신용한다.

문제는 패트릭은 사물을 단일한 마음을 가진 통합된 자아로서 느끼지 않는다는 것이다. 그에게 인생은 아직 시작 단계이고 거의 무정형이다.

개인의 정체성은 경험을 항상 더 조직적이고 더 일관된 이야기로 전환하는 과정으로 정의된다는 명제—이 명제를 거부하는 것은 그의 기본적인 입장이었지만, 사회생활은 그를 그 입장에 밀착시켜 압박을 가하는 경향이 있었다. 그는 이야기가 아니라 철학적 반성에서 진실성을 찾는데 말이다. 그의 과거를 일화로 표현해야 하는 압박감, 또는 열렬한 포부의 관점에서 미래를 상상해야 하는 압박은 어설프고 거짓

된 느낌을 갖게 했다. (…) 그 자체로는 그의 정체성을 향상시키지도 손상시키지도 못할 각양각색의 일정치 않은 인상의 주의 깊은 목격자, 이것이 그의 진정한 정체성이었다.

멜로즈 소설은 이 기본적인 배제를 분명히 밝힌다. 어느 한 인물에게, 패트릭에게조차, 특권을 부여하지 않고 늘 모든 사람들의 마음속에 침입하며, 주연과 조연 사이의 교묘한 경계를 무시한다. 그렇게 해서 폭로되는 것은―추악한 욕망의 흐름, 그릇된 인상, 강한 의견, 자기방어, 자기기만―결코 아름답지 않다. 구조적으로는 이상적인 희극 재료이지만 진지하기도 하다. 왜냐하면 희극적 소설의 주요 문제와―내가 우스꽝스럽지 않다는 걸 내가 어떻게 알 수 있을까?―의식 철학의 주요 문제 사이에는 밀접한 관계가 있기 때문이다. 무엇이 실재하는 것인지 내가 어떻게 알 수 있을까? 패트릭이 중독 재활 병원에서 본 적이 있고 그의 어머니와 아는 사이이기도 했던 플뢰르는 장례식 후의 모임에서 돌아다니며 자기가 복용하는 항우울제를 써 봤느냐고 사람들에게 묻는다.

"아미트리프탈린 시도해 봤어요?" 그녀가 물었다.

"처음 들어 본 이름인데, 무슨 책을 쓴 사람이죠?" 에라스무스가 말했다.

플뢰르는 생각보다 에라스무스의 머리가 더 뒤죽박죽이란 걸 알았다.

패트릭은 플뢰르가 미쳤다는 걸 알고 우리도 플뢰르가 미쳤다는 걸 안다. 에라스무스는 그걸 곧 알게 될 것이다. 하지만 플뢰르는 그걸 알까? 우리가 오직 플뢰르의 의식을 통해 이 장례식을 본다면, 우리는 그것밖에 모르므로 그것을 '실재'라고 할 것이다. 이것은 가당찮은 말이다—제정신인 사람 치고 누가 플뢰르의 증언을 신뢰하겠느냐는 말이다. 하지만 실재에 대한 접근 수단이 이렇게 단일하고 제한적이고 신뢰할 수 없는 건 이 지구상 모든 사람의 운명이다.

이 소설에서 가장 괄목할 만한 문장은 재치와는 전혀 상관이 없고 아프게 예리하기만 하다. '그는 오래전부터 이 관계를 어느 한 사람과의 거래라기보다는 자신의 인격에 미친 영향으로 여겨 왔으니까.' 패트릭의 사례는 극단적이지만, '사랑하는 사람들'과 반복적으로 파괴적인 관계 속에 갇히는 우리 모두에게 『마침내』의 의문들은 우습게 볼 것이 아니다. 패트릭이 아이들과 함께 저녁을 먹자는 메리의 말을 물리치자 아들 토머스가 이렇게 말한다. "아빠는 마음을 바꿔야 해, 마음은 바꾸라고 있는 거니까!" 하지만 변화된 마음이란 게 있을 수 있을까? 자유로워진다는 게 있을 수 있을까?

그리고 패트릭 멜로즈의 마지막 문장은 이렇다. '그는 전화기를 들어 메리에게 전화를 걸었다. 그는 마음을 바꾸려는 것이었다. 결국 토머스가 마음은 바꾸라고 있는 거라고 했으니까.' 여기서나 다른 데서나 우리는 감정의 명령을 감지한다. 이는 저자에게는 에벌린 워와 가시 돋친 말 경쟁을 벌이는 것보다 더 가치 있는 것이다. (니컬러스 : 부모로서 어떤 결점이 있었던지 간에 자네는 아버지가 유머 감각을 잃은 적이 없다는 걸 인정해야 해. 패트릭 : [아버지는] 우스운 면이 없는 것들의 우스운 면을 봤을 뿐이죠. 그건 유머 감각이 아니라 잔인의 한 형태일 뿐이에요.) 이 빛나는 성인 도서에서 나는 이 어린 소년의 감상적인 말에—연애편지의 봉랍처럼 이 말로 끝을 맺는 (그의 자식들 덕분에 마침내 어느 정도 행복을 찾았다고 하는) 세인트 오빈을 생각할 때—마음을 누그러뜨리지 않을 수 없다.

패트릭 부류의 계층이 흔히 내색하지 않고 정신의학을 경멸해도, (장례식 후, 니컬러스는 정신의학을 신랄하게 비난하는 중에 심장마비로 쓰러진다. "살인적인 아기들과 근친상간하는 아이들 이야기로 인간의 상상력을 오염시키는⋯⋯") 또한 자신의 풍자적 갑옷에도 불구하고 패트릭은 스스로 놀랍게도 프라이어리 병원에서 들은 말—니컬러스가 들으면 입에서 게거품을 뿜었을 말("원망은 독을 마시는 것이고 남이 죽기를 바라는 것입니다.")—을 모토처럼 반복하며 정신 요법과 중독 치료를 통해 진정한 힘을 얻는 듯하다.

'꿈속에 빠져 죽기를 갈망하며' 베케트를 인용하는 헤로인 중독자는 이제 없다. 그리고 베케트의 크랩처럼, 새로운 패트릭 멜로즈는 더 이상 누군가 되어야 할 필요가 있는—누군가 되려고 노력조차 하지 않는—사람이 아니다. 언어는 도움이 되지 않는다, 그러나 좋은 방향으로 그렇다. 바로 그런 종류의 '표현되지 않음'을 가장 명확히 표현한 묘사를 하나 예로 든다면 윌리엄 엠프슨의 걸작 「그냥 두라Let It Go」라는 6행 시다. 금방 금단증상이 재발할 것 같은 상태에서 택시 뒷좌석에 탄 패트릭은 이 시를 생각한다.

"병원으로요?" 운전사는 승객에게 조금 전처럼 호의적이지 않았다. 병원에 돌아가지 않을 수 없는 우리 같은 사람들에 대해선 별로 알고 싶지 않겠지, 하고 패트릭은 생각했다. 그는 눈을 감고 뒷좌석에 길게 누웠다. '이야기가 이야기를 하면서 그렇게 한참 비스듬히…… 나아간다…… 당신은 정신병원과 그곳의 모든 것은 생각도 않는 게 좋다.' 그곳의 그 모든 것, 그 불가사의한 '표현되지 않음', 위협을 생각하면 팽창하고, 명시적인 긴박감을 생각하면 수축하는 그것.

많은 작가들은 그럴 때 생략법을 쓸 테지만, 세인트 오빈은 상당히 겸허하고 의도적으로 그 시를 틀리게 인용한다. 소설에서는 생각이 항상 '마음에 다가오고' 있지만, 대개는 진정한 의식을 숨기는 허식과 품위로 포장되어 온다. 세인트 오빈에게 정신병원은 결코 그리 멀리 있지 않다.

2011년

제이디 스미스

보에게

I

"날 보고 놀랐나?" 니컬러스 프랫이 화장장 카펫에 지팡이를 내리꽂으며 막연히 도전적인 얼굴로 패트릭을 응시했다. 그는 이제 이 효과적이지 않은 습관을 버리기에는 너무 늙었다. "난 장례식이나 쫓아다니는 사람이 되었네. 이 나이가 되면 다 그렇게 돼. 집에 가만히 앉아 있어 봐야 뭐하겠어. 유치한 부고 기사의 무지한 실수를 보고 웃는다든지, 매일 그날 사라진 동시대인의 수나 세는 건 아무 재미없지. 아무렴! 사람은 모름지기 '인생을 즐겨라'는 말에 충실해야지. '학창 시절의 갈보가 갔구나', '그가 전쟁에서 맹활약을 펼쳤다고들 하지만 나는 사실을 알지!' 하는 따위의 말을 하면서 말이야. 그렇게 사람들의 업적 전체에 균형을 잡아 주는 거지. 그렇다고 해서 장례식이란 게 별로 마음을 뭉클하게 하지 않는다는 건 아니야. 요즘엔 과장된 오케스트라 효과 같은 것도 내더구먼. 물론 경악할 일도 많지. 매일 병실에서 장례식장으로, 다시 병실로 어슬렁거리며 왔다 갔다 하다 보면, 한 주 건너 암초에 들이박는 유조선이 생각나고, 날개가 서로 들러붙은 채 바닷가에 밀려와 죽어 가며 어리 둥절한 노란 눈만 껌벅거리는 새들이 생각난다네."

니컬러스는 실내를 흘긋 훑어보았다. 그리고 마치 다른 누군 가를 묘사할 준비를 하는 듯이 "사람이 별로 없군," 하고 중얼거 렸다. "저 사람들은 자네 어머니의 종교 단체 친구들인가? 아주 별나군. 저 사람 양복은 무슨 색이지? 가지색인가? 성게 크렘의 그 가지색인가? 헌츠먼 양복점에 가서 나도 한 벌 맞춰야겠어. 거기엔 가지색 원단이 없을지도 모르지. 만일 없으면, 엘리너 멜 로즈의 장례식에 온 사람들은 모두 그런 색 옷을 입고 있었는데 무슨 말이냐고 하고, 당장 그런 원단을 1마일 정도 주문하라고 해야겠어.

자네 이모가 곧 오겠군. 저 가지색 옷들 가운데 있으면 아주 잘 어울릴 거야. 지난주에 뉴욕에서 자네 이모를 봤네. 자네 어 머니의 비극적인 소식을 이모에게 제일 처음 알려 준 게 바로 나라고 말할 수 있어서 아주 기쁘군. 자네 이모는 한바탕 울고 나더니 햄치즈 샌드위치를 시켜 먹으면서 다이어트 알약을 한 번 더 먹더군. 그걸 보고 측은한 마음이 들어서 내가 자네 이모를 블랜드 부부의 저녁 식사에 초대받도록 주선했었네. 자네 프레디 블랜드 아나? 이 세상에서 제일 키가 작은 억만장자야. 그의 부모는 사실상 난쟁이였지, 엄지 장군 톰* 부부처럼 말이야. 그들 부부는 파티장에 성대한 팡파르를 울리며 들어오지만 키가 테이블보다 작아서 잘 안 보였지. 베이비 블랜드는 진지한 일에 마음을 붙였어, 노년에 망령이 나면 그런 사람들이 있잖은가. 그런데 하필이면 엉뚱하게 큐비즘에 관한 책을 쓴다지 뭐야. 내 생각에 그 여잔 완벽한 아내가 되려고 그런 거 같은데. 베이비 블랜드는 자기 생일만 되면 프레디의 정신 상태가 어떻게 되는지 아는 것이지. 그런데 이제 그 새로운 취미 덕분에 프레디는 소더비에 가서 희대의 사기꾼 피카소가 그린 수박 조각 같은 혐오스러운 얼굴을 가진 여자 그림만 선물로 사 주면 된단 말이지. 자네, 베이비가 나한테 뭐랬는지 아나? 내가 무방비 상태로 아침을 먹는데, 세상에," 니컬러스는 선웃음 치는 목소리를 가장해서 말했다. "브라크의 후기작 중 그 멋진 새들은 사실은 하늘을 그리기 위한 구실에 지나지 않아요'라는 거야.

그래서 내가 '아주 좋은 구실이군요'라고 했지. 그러다가 처음 한 모금 넘기던 커피가 그만 목에 걸렸지만. 그러고는 '잔디 깎는 기계나 나막신을 그리는 것보다 훨씬 더 좋은 구실'이라고 하고,

---

*   P. T. 바넘 서커스단의 단원으로 명성을 얻은 찰스 셔우드 스트래턴의 예명.

'브라크가 뭔가 알고 그렸다는 걸 보여 주는 것'이라고도 했네.

그런 진지한 일, 자네도 알겠지. 난 말이야, 내 사고력이 다하기 전에는 그런 운명에 처하지 않도록 악착같이 저항할 걸세. 알츠하이머 박사의 손에 들어가지만 않는다면 말이야. 만일 내게 그런 일이 생기면 난 이슬람 미술에 관한 책을 쓸 거야. 그래서 머리에 수건을 두른 자들이 우리보다 언제나 훨씬 더 문명화되었다는 것을 보여 주는 거지. 아니면 셰익스피어의 어머니와 그녀의 극비 가톨릭 신앙에 관한 두꺼운 책을 쓰든가. 무엇이든 진지한 것을.

아무튼 유감스럽게도 자네의 낸시 이모는 블랜드 부부한테 폭탄이었다고 할 수 있네. 사교 말고는 좋아하는 게 없는데, 철저하게 친구가 없는 사람의 인생이 얼마나 힘들까 싶어. 가엾더군. 하지만 그때 갑자기 어떤 생각이 떠올랐는지 알아? 활기찬 자기 연민이 마치 슬픔인 양 가장하는 낯을 가졌다는 것 말고 말이야. 그 두 여자, 그러니까 자네 어머니와 이모에 대해 떠오른 생각은 두 사람 다 철저히 미국인이라는 것, 미국인이었다는 것일세—내 인생은 이제 두 시제 사이에서 오락가락해. 그들의 아버지와 스코틀랜드 북부 지방과의 관계는 솔직히 말해서 전적으로 불안정한 것이었던 데다 그 양반은 자네 외할머니에게 쫓겨난 후에는 주변에 거의 나타나지도 않았으니 말이야. 전쟁 중에는 나소에서 왕실의 멍청이들과 지냈고, 전후에는 몬테

카를로에서 보내다 결국 화이트 클럽*의 바에서 쓰러졌지. 해가 중천에 떴을 때부터 밤이 깊도록 매일 인사불성으로 취하는 족속 가운데 자네 외할아버지는 누구보다 단연 매력적이었지만, 아무래도 아버지로서는 좌절감만 줄 뿐이었지. 그 정도로 술에 취하는 건 기본적으로 익사하는 사람을 껴안는 거나 마찬가지야. 그 양반을 그런 식으로 앗아 간 20분 동안 뜬금없이 감상을 분출시켜 봤자 자기를 희생하는 친절의 지속적인 흐름을 대신할 수 없네. 그래서 나 자신도 아버지로서 그런 친절을 베푸는 노력을 기울여야겠다고 항상 생각했지. 그 결과는 좋은 것과 나쁜 것이 섞였다는 걸 인정하지 않을 수 없지만. 자네도 알겠지만 아만다는 지난 15년 동안 나하고는 말도 안 해. 그 정신과 의사 때문이야. 아버지가 딸을 맹목적으로 사랑하는 걸 가지고, 가뜩이나 총명하지 않은 아이의 작은 머리에 프로이트의 이론이나 가득 채워 넣는단 말이지."

니컬러스의 과장된 이야기 투는 갈수록 더 긴급한 속삭임으로 쇠퇴해 갔다. 푸른 핏줄이 비치는 손은 지팡이를 꼭 쥐고 곧게 서 있느라 손가락 마디마디가 허옇게 두드러졌다. "그럼 장례식 끝나고 더 이야기하세. 자네, 이렇게 원기가 충만한 걸 보니 좋구먼. 나도 조의랄지 그런 것을 표하기는 하네만, '자비로

---

* 영국 런던의 중상류 이상이 다니던 비공개 사교 클럽.

운 해방'이란 게 있다면 바로 자네의 가엾은 어머니를 두고 하는 말일 거야. 내가 나이가 드니까 상당히 플로렌스 나이팅게일 같아지는군. 하지만 전시의 그 간호사도 끔찍한 파멸 앞에서는 퇴각하지 않을 수 없었지. 내가 이러면 나중에 나를 시성諡聖하려는 움직임에 제동을 거는 요인이 되겠지만, 나는 아직 흥보는 말과 샴페인을 즐길 줄 아는 사람들을 찾아다니는 게 좋아."

그는 자리를 비키는 듯했으나 곧 다시 돌아섰다. "돈에 대해 분한 마음을 갖지 않도록 노력하게. 내 친구들 중 한둘은 그 부분을 망쳐서 결국 국민건강보험이 되는 병실에서 죽었지. 대부분 외국인인 그곳 의료진의 인간애는 정말이지 아주 인상적이었어. 뭐랄까, 돈은 있으면 쓰고 없으면 분한 마음이 생기고 그런 것이지, 달리 어쩌겠는가? 내가 진짜 하려는 말은, 돈에 대해 분한 마음을 **가지라는** 걸세. 분한 마음을 흡수하는 건 돈이 할 수 있는 적은 일들 중 하나이니까. 돈은 매우 한정된 상품이거든. 사람들은 거기에 너무 엄청난 감정을 소비해. 박애주의자들은 간혹 나더러 베트 누아르*가 너무 많다고 투덜거려. 난 내 안의 누아르를 뽑아 베트에 집어넣기 위해 베트 누아르가 필요한데 말이야. 그건 그렇고, 게다가 자네 외가 쪽은 재미를 많이 봤잖은가. 지금 몇 대째지? 6대째 장손뿐 아니라 모든 후손들이

---

* bêtes noires. bête는 '짐승', noire는 '검은, 적의에 찬, 사악한'이라는 뜻이다.

기본적으로 하는 일이 없잖아. 그럴 필요가 없는데도 일을 하는 척 위장하기는 했을지 모르지. 특히 모두가 사무실을 가지고 있어야 하는 미국에서는 말이야. 비록 점심시간이 되기 전에 회전의자에 앉아 반 시간 정도 구둣발을 책상에 올려놓는 게 고작이었겠지만. 내가 경험으로 말하는 건 아니네만, 그렇게 오랫동안 경쟁에서 제외된 뒤, 자네나 자네 자식들은 그 경쟁 속에서 살아야 하니 무척 오싹하겠어. 내가 도시와 시골, 국내와 해외, 아내와 정부 사이를 오가며 시간을 쪼개 쓰지 않았더라면 내 인생이 어떻게 됐을지 누가 알겠나. 시간을 쪼개 쓰던 내가 이제는 시간에 쪼개지고 있어, 어? 자네 어머니와 어울리던 저 광신도들을 좀 자세히 살펴봐야겠네."

니컬러스는 상대방이 말없이 매료되는 것 외에 다른 어떤 반응을 보이리라 기대하는 체도 하지 않고 비틀비틀 다른 곳으로 갔다.

패트릭은 엘리너의 취약한 샤머니즘적 환상이 어떻게 병과 죽음에 의해 산산조각 났는지 되돌아보았다. 그러자 니컬러스가 말하는 '광신도'들은 오히려 남에게 잘 속는 징병기피자들에 가까워 보였다. 엘리너는 말년에 무자비한 자기 인식의 집중 과정을 거쳤다. 오직 한 손에는 '수호 동물', 다른 손에는 딸랑이를 들고서 말도 못 하고 움직이지도 못하고 섹스도 없고 마약도 없고 여행도 못 하고 소비도 없고 음식도 거의 먹지 못하는 가운데 홀로 자신의 생각을 묵묵히 응시하는 생활을 무리하게 실행하는 일만 있었을 뿐이다, 응시라는 말이 맞는 말인지는 모르겠지만. 어쩌면 그녀는 굶주린 포식동물처럼 생각이 자기를 응시한다고 느꼈는지도 모른다.

"어머니 생각을 하고 있었어요?" 아일랜드 억양의 부드러운 목소리였다. 아넷은 치유의 손을 패트릭의 팔뚝에 얹고서 이해한다는 듯한 표정으로 머리를 한쪽으로 기울였다.

"인생은 우리가 주의를 기울이는 일의 역사일 뿐이라는 생각을 하고 있었어요. 나머지는 포장이죠." 패트릭이 말했다.

"어머, 그러니까 너무 삭막하잖아요." 아넷이 말했다. "마야 안젤루는 인생의 의미는 우리가 다른 사람들에게 끼치는 영향이라고 해요, 그 영향으로 사람들의 기분이 좋아지든 말든 말이죠. 엘리너는 항상 사람들 기분을 좋게 해 주었어요, 그건 엘리너가 세상에 준 선물이었죠. 참!" 아넷은 패트릭의 팔뚝을 꽉 쥐며 갑자기 호들갑을 떨었다. "방금 여기 들어오는 길에 어떤 연관성이 떠올랐어요. 우리는 지금 엘리너에게 작별을 고하기 위해 모트레이크 화장장에 있잖아요, 그런데 내가 마지막으로 엘리너를 보러 갔을 때 무슨 책을 가져가 읽어 줬는지 아세요? 아마 짐작도 못 하실 거예요. 『호수의 여인』이었어요. 아서왕 스릴러죠. 썩 훌륭한 책은 아니죠. 하지만 그걸로 모든 게 설명되잖아요? 호수의 여인—모트레이크* 엘리너와 물의 연관성, 엘리너가 아서

왕 전설을 좋아한다는 사실의 연관성을 생각하면 말이죠."

자신의 말이 위로하는 힘을 가졌다는 아넷의 확신에 패트릭은 어이가 없었다. 노여움이 절망감을 밀어내고 그 자리를 차지하는 느낌이 들었다. 어머니가 이런 어기찬 바보들 가운데 사는 쪽을 택했다고 생각하니 기가 막혔다. 어머니가 그렇게 한사코 알기를 회피했던 건 무엇이었을까?

"화장장의 이름과 어느 형편없는 소설의 제목이 어째서 비슷한지 누가 알 수 있겠습니까?" 패트릭이 말했다. "합리적인 사고를 벗어나 그렇게 멀리까지 나가다니, 그것 참 흥미를 부추기는 생각이로군요. 그런 연관성을 짓는 일에 감수성이 뛰어난 분을 제가 알려 드릴게요. 저기 지팡이를 짚은 저 영감 보이죠? 저분한테 가서 말해 봐요. 그런 종류의 이야기를 좋아하니까. 이름은 닉이에요." 패트릭은 니컬러스가 닉으로 불리는 것을 몹시 싫어한다는 기억이 어렴풋이 떠올랐다.

"셰이머스가 안부 전해 달랬어요." 아넷은 그만 가라는 신호를 쾌활하게 받아들이며 말했다.

"고맙습니다." 패트릭은 고개 숙여 인사하며 과장되게 경의를 표하는 행동을 흐트러뜨리지 않으려고 애썼다.

왜 이럴까? 모두 한참 지난 일인데. 셰이머스와 어머니의 재

---

*   Mortlake. Mort는 '죽음'을, lake는 '호수'를 뜻해서, 『호수의 여인』과 관련이 있다는 것이다.

단을 상대로 한 싸움은 끝났는데. 이제 고아가 되었으니 그로서는 모든 게 완벽했다. 평생토록 이 완벽한 느낌을 기다려 온 기분마저 들었다. 올리버 트위스트 같은 사람들에게는 대수롭지 않겠지만, 그들이 그런 부러운 환경에서 시작한 인생을 그는 45년이나 걸려 성취했다. 그러나 한편 데이비드와 엘리너 대신, 범블과 페이긴의 손에서 자랄 경우의 상대적인 사치는 인격을 약화시키는 결과를 초래할 수밖에 없다. 잠재적으로 파괴적인 영향을 견뎌 온 인고의 세월이 패트릭을 원룸 아파트에서 혼자 사는 지금의 패트릭으로 만들었다. 프라이어리 병원 우울증 병동의 자살 감시 병실을 마지막으로 다녀온 지 불과 1년밖에 되지 않았다. 알코올 중독에 의한 섬망증을 겪고, 마약쟁이로 반항적인 청춘을 보낸 뒤 진부하고 파괴적인 알코올에 굴복한 것은 조상으로부터 물려받은 부분으로 생각되었다. 변호사인 그는 이제 불법적인 자살은 마음에 내키지 않았다. 알코올 중독은 집안 혈통에 깊이 활기차게 흐르는 듯했다. 그는 다섯 살 때 몬테카를로 카지노 가든의 종려나무와 빨간색, 흰색 꽃으로 빽빽한 화단 사이에서 당나귀를 타던 일을 아직도 기억했다. 그때 할아버지는 햇볕에 꼼짝하지도 않고 초록색 벤치에 앉아 있었는데, 갑자기 걷잡을 수 없이 몸을 떨더니 완벽하게 맞춰 입은 진주색 양복바지가 젖으면서 점차 얼룩이 번져 나갔다.

패트릭은 보험이 없었기 때문에 프라이어리 병원 입원비를 직접 충당할 수밖에 없었다. 그리고 30일에 걸친 회복의 도박에 가지고 있던 돈을 전부 탕진했다. 정신과의 관점에서 보면 짧아서 도움이 안 되는 한 달이라는 기간이 그에게는 스물한 살 먹은 베키라는 환자에게 홀딱 빠질 만큼 긴 시간이었다. 그녀는 보티첼리의 비너스 같았는데, 홀쭉한 흰 팔뚝을 따라 올라가며 엇갈리게 그은 면도칼 흉터가 격자무늬를 이루어 더 예뻐 보였다. 우울증 병동의 휴게실에서 처음 보았을 때, 그녀의 빛나는 불행은 그의 좌절과 공허의 화약통에 불화살을 날렸다.

"나는 치료에 저항성이 있는 자해성 우울증 환자예요. 여덟 가지 다른 약을 복용하고 있죠." 베키가 말했다.

"여덟 가지라." 패트릭은 감탄스럽다는 듯이 말했다. 그가 복용하고 있는 약은 이제 세 가지밖에 되지 않았다. 주간 항우울제, 야간 항우울제, 알코올 중독 섬망증 때문에 먹는 옥사제팜 신경안정제 서른두 알.

그렇게 많은 양의 옥사제팜을 복용했을 때 생각할 수 있는 것이 있다면 오직 베키에 대한 것뿐이었다. 다음 날 그는 움직일 때마다 딱딱 소리가 나는 침대 매트리스에서 몸을 일으켜 그녀를 다시 보고자 하는 희망을 안고 구부정한 걸음걸이로 우울증 환자 지지 그룹 모임에 갔다. 그녀는 거기에 오지 않았지만 패트릭은 운동복을 입고 둘러앉은 우울증 환자들 틈에서 빠져나올 수가 없었다. "운동복을 입고 있으면 운동이 저절로 되나." 그는 한숨을 내쉬며 가장 가까이에 있는 의자에 털썩 주저앉았다.

게리라는 미국인이 자기 이야기를 하기 시작했다. "제가 시나리오를 하나 제안해 보겠습니다. 어떤 사람이 회사 일로 독일에 파견 나가 있는데, 오랫동안 연락이 없던 친구가 미국에서 전화를 걸고 찾아왔습니다……" 그 친구가 그 사람을 이용해 먹기만 하고 고마움을 모른다는 이야기를 한 끝에 게리는 그 친구에게 무슨 말을 하면 좋을지 사람들에게 물었다. "단칼에 절교해 버려요." 냉소적이고 거친 테리가 말했다. "친구는 무슨, 원수가 따로 없네."

"그래요," 게리는 그 순간을 만끽하며 말했다. "그렇다면 이 '친구'가 제 어머니라고 한다면, 그때는 뭐라고 하시겠어요? 그렇다고 크게 다를 게 있을까요?"

당혹감이 좌중을 휩쓸고 지나갔다. 지난 일요일에 어머니가 와서 자기를 데리고 나가 바지를 사 주었기 때문에 '더없이 행복한 기분'에 젖어 있던 한 남자는 게리에게 어머니를 버리면 절대로 안 된다고 말했다. 한편 질이라는 이름을 가진 여자의 생각은 달랐다. "나는 강가로 긴 산책을 나갔다가 돌아오지 않으려고 했는데 그만—그냥 **몸이 푹 젖어서** 돌아왔다는 걸로 설명을 대신할게요. 그리고 내가 굉장히 좋아하는 파가치 박사한테 내 문제는 우리 어머니와 관계가 있는 것 같다고 하니까 그는 '그건 말도 꺼내지 말자'고 했어요." 질은 게리도 자기처럼 어머니와의 관계를 끊는 게 좋을 것이라고 말했다. 모임이 끝나 갈 무렵, 스코틀랜드 출신의 현명한 중재자는 이 이기적 조언이 참가자들에게 쏟아지는 것을 가로막았다.

"어째서 엄마들은 자식들을 화나게 하는 일에 그렇게 능한지 누군가 내게 물은 적이 있습니다." 중재자가 말했다. "나는 '엄마들이 우리를 만들었기 때문'이라고 대답해 주었어요."

모두 시무룩하게 고개를 끄덕였다. 그러자 패트릭은 자유로 워진다는 것, 의존과 습관화와 분노의 폭정에서 벗어나 산다는 것이 무엇인지 자문했다. 이런 물음이 처음은 아니지만, 이번에는 새로워진 절박감으로 다가왔다.

모임이 끝난 뒤 그는 세탁실 저편의 계단을 내려가는 베키를 보았다. 금지된 담배를 피우며 축 처져서 맨발로 걸어가고 있었다. 뒤따라가 보니 그녀는 계단에 쭈그리고 앉아 있었다. 큼직한 눈동자에는 눈물이 가득 고여 있었다. "난 여기가 무지 싫어요." 베키가 말했다. "그리고 저들은 내 태도가 불량하다고 병원에서 날 쫓아낼 거예요. 하지만 난 너무 **우울해서** 침대에서 나오지 않고 누워 있었을 뿐인데. 여기서 나가면 어디로 가야 할지도 모르겠고, 도저히 집으로는 돌아가지 못하겠는데."

그것은 도와 달라는 절규였다. 베키를 데리고 원룸 아파트로 도망가지 못할 이유가 어디 있을까? 그녀는 이 세상에서 패트릭 보다 더 자살 충동적인 몇 안 되는 사람 중 하나였다. 한 사람은 경련을 일으키고 한 사람은 칼로 자기를 난도질하는 프라이어리 병원의 두 난민. 그들은 침대에 함께 누울 수 있을 것이다. 그녀에게 그 일을 끝내도록 상기시켜 주는 게 어떨까? 그녀의 새파란 핏줄을 붕대로 감아 주고, 파리해지는 입술에 키스도 하고. 아니, 아니, 아니야. 그는 그러기엔 너무 멀쩡했다, 아니 적어도 너무 늙었다.

요즈음엔 일부러 기억을 되살려야만 베키 생각이 났다. 걸핏하면 얼굴이 빨개지듯 엄습하는 망상을 지켜보며 그는 아무것도 하지 않고 그저 망상이 다시 사라지는 것을 지켜보기만 했다. 고아가 되는 것은 상승 온난 기류와도 같았다. 이 기류가 제공하는 기회에 죄의식을 느끼지 않을 용기가 있었다면 그는 이 새로운 해방감을 타고 계속 상승할 수도 있었을 것이다.

니컬러스와 아넷을 짝지은 결과가 궁금해진 패트릭은 천천히 그들이 있는 곳으로 이동했다. 그리고 니컬러스가 아넷에게 하는 말을 들었다.

"묘지나 화장장 화로 옆에 서서 이렇게 말해 봐요. '잘 가시오, 늙은이여. 우리 중 하나가 먼저 죽을 수밖에 없는데 난 그게 당신이어서 기쁘다오!'라고. 그게 내가 치르는 영혼의 의식이오. 그걸 채택하고 싶으면 얼마든지 당신들의 그 유쾌한 '영혼의 연장통'에 넣어 두시오."

"당신 친구는 정말 재미있어요." 아넷이 가까이 오는 패트릭을 보고 말했다. "우리가 사랑의 우주에 살고 있다는 사실을 그는 깨닫지 못하네요. 그 우주는 당신도 사랑해요, 닉." 그녀는 움찔하는 니컬러스의 어깨에 손을 얹고 그를 안심시켜 주었다.

"내가 예전에 비베스코의 말을 인용한 적이 있는데," 니컬러스는 딱딱거리듯 말했다. "다시 또 그걸 인용하자면, '세상 물정에 밝은 사람에게 우주는 시외와 같다'고 하지요."

"아, 네, 그 사람은 모든 것에 해답을 가지고 있나 봐요?" 아넷이 말했다. "농담으로 천국에 가겠어요. 베드로는 재치 있는 사람을 좋아하거든요."

"그래요?" 니컬러스는 놀랍게도 마음을 누그러뜨리며 말했다. "그 서투른 사교 담당자에 관해 내가 들은 이야기 중 최고인걸. 마치 하느님이 영혼의 연장통이 달가닥거리는 소리와 신자들의 절규 때문에 아름다운 음악회를 망치고 수많은 수녀와 극빈자와 반숙이 된 선교사에게 둘러싸여 영원히 살기로 동의하기라도 할 것처럼! 드디어 그 천국의 문지기에게 현명한 명령이 도달했으니 얼마나 다행인가! '천국을 봐서라도 부디 **나**에게 화술에 능한 사람을 보내라!'"

아넷은 익살스럽게 질책하는 표정으로 니컬러스를 바라보았다.

"아!" 그는 패트릭에게 고개를 끄덕이며 말했다. "내가 자네의 지겨운 이모를 보고 이토록 반가운 마음이 들 줄은 정말 몰랐네." 그는 지팡이를 들어 낸시를 향해 흔들었다. 낸시는 자신의 도도함에 지친 듯이 입구에 서 있었다. 치켜올린 눈썹은 그 긴장을 못 이기고 금방 축 처질 것 같았다.

"나 좀 도와줘요." 낸시가 니컬러스에게 말했다. "저 별난 사람들은 뭐하는 사람들이죠?"

"광신도, 통일교도, 무당, 장래의 테러리스트, 온갖 종교적 미치광이가 다 모였죠." 니컬러스가 낸시에게 팔짱을 끼도록 하며 설명했다. "저들과 눈을 마주치지 말아요. 살아남아 진상을 알리려면 내게 바싹 붙어 있어요."

낸시는 패트릭을 보자 벌컥 화를 냈다. "하고많은 날 두고 하필이면 장례식을 하지 **말아야** 할 날에 이게 뭐야."

"왜요?" 패트릭이 얼떨떨해서 물었다.

"찰스 왕자의 결혼식이 있잖아. 여기에 왔을지 모를 사람들은 전부 윈저 궁에 가 있을 거야."

"이모도 초청받으셨으면 거기 가셨을 거잖아요." 패트릭이 말했다. "거기 가는 게 더 재미있겠으면 주저 말고 국기하고 종이 잠망경 하나 들고 얼른 가세요."

"언니와 내가 자라난 환경을 생각하면 정말 어처구니가 없구나. 언니가 그걸 어떻게 했는지 생각하면…… 그……" 그녀는 할 말을 잊었다.

"금쪽같은 주소록 말인가요?" 니컬러스는 그녀가 자기에게 기댐에 따라 지팡이를 더 단단히 쥐며 기분 좋은 목소리로 말했다.

"네, 그 금쪽같은 주소록." 낸시가 말했다.

2

낸시는 자기를 정말 화나게 하는 조카가 언니의 관 쪽으로 멀어져 가는 것을 물끄러미 쳐다보았다. 자기와 엘리너가 거짓말같이 멋진 환경에서 자라난 경험을 패트릭은 절대로 이해하지 못할 것이다. 엘리너는 어리석게도 그 환경에 반발한 반면, 낸시는 기도하는 심정으로 그것을 단단히 움켜쥐고 있다가 빼앗겼다.

"그 금쪽같은 주소록 말인데요," 낸시는 니컬러스의 팔짱을 끼며 다시 한숨을 쉬었다. "그러니까 그건 다시 말해서, 가령 우리 어머니는 평생 단 한 번 교통사고를 당했는데, 그 찌그러진 차 안에서 거꾸로 매달렸을 때조차 옆에 스페인 공주가 나란히 매달려 있었을 정도였죠."

"그거 참 심오하군요." 니컬러스가 말했다. "교통사고가 나면 온갖 미천한 사람들과 뒤얽힐 수 있죠. 트럭을 몰다가 계기판에 머리를 받은 짐승 같은 사람이 흘리는 체액에 내 피가 한 방울 튀어 섞인다면 왕실 문장원에서 어떤 소동이 벌어질지 상상만 해도 정말!"

"꼭 그렇게 농담을 해야 해요?" 낸시가 톡 쏘듯 말했다.

"그러려고 최선을 다할 뿐입니다." 니컬러스가 말했다. "하지만 댁의 어머니가 평민을 좋아하기라도 한 것처럼 그러시면 곤란하죠. 그분은 콜롱브 빌라의 담을 따라 달리는 거리 전체를 사지 않았어요? 그걸 부숴 버리고 정원을 확장하려고 그 거리의 집 몇 채를 사들였었죠?"

"스물일곱 채요." 낸시는 문득 생기를 띠며 말했다. "그걸 모두 다 허물지는 않았어요. 그중 일부는 본채와 아주 잘 어울리는 폐허로 전환되었죠. 그렇게 해서 정원에는 여러 장식용 건물과 석굴이 생겼는데, 어머니는 본채보다 50분의 1 정도로 작은 모형 건물도 지었어요. 우리는 그 안에서 차를 마시곤 했는데, 마치 『이상한 나라의 앨리스』 같았죠." 낸시의 얼굴이 갑자기 어두워졌다. "그런데 한 끔찍한 영감이 끝내 자신의 집을 팔지 않았어요. 어머니가 그 보잘것없는 집에는 과분할 정도로 높은 가격을 제시했는데도 말이죠. 그래서 결국 그 옛날 담을 따라 가다 보면 정원 안쪽으로 툭 튀어나온 부분이 남게 되었죠. 그게 어떤 상황인지 아실지 모르겠지만."

"낙원에는 뱀이 필요한 법." 니컬러스가 말했다.

"그 영감은 그냥 우리를 약 오르게 하려는 거였어요." 낸시가 말했다. "집에다 프랑스 국기를 올리고 온종일 에디트 피아프 노래를 크게 틀었죠. 그래서 우리는 그 영감 갑갑하라고 초목을 길러 그 집을 가려 버렸어요."

"어쩌면 그 사람이 에디트 피아프를 좋아했는지도 모르잖아요." 니컬러스가 말했다.

"흥, 웃기지 마세요! 에디트 피아프 노래를 그렇게 크게 듣기 좋아할 사람이 어디 있다고."

예민한 낸시에게 니컬러스의 말은 불쾌하게 들렸다. 어머니가 평범한 사람들의 땅이 우리의 영토 안으로 밀고 들어오는 것을 싫어한들 그게 뭐 어쨌다는 말이지? 그 집의 다른 모든 것이 훌륭하니까 그런 건데, 그게 무슨 놀랄 일이라고. 프라고나르가 〈콜롱브 처녀들〉을 바로 그 정원에서 그렸는데. 그러니까 그 집에는 프라고나르의 그림들을 걸어 놓을 필요도 있었다. 그 집의 원래 주인들은 응접실에 커다란 과르디 그림을 두 점 걸어 두었었다. 따라서 그 집이 진실성을 갖추려면 그 그림들을 도로 사들여야 했다.

낸시는 외가의 영광과 파멸에 대한 생각을 떨쳐 버릴 수가 없었다. 언젠가는 어머니와 이모들에 대한 책을 쓸 생각으로, 전설적인 존슨가의 자매들에 관한 자료를 수집하고 있었다. 그 잡다한 자료들은 정리하기만 하면 될 정도로 매우 흥미로웠다. 그런데 낸시는 바로 그 지난주에 한 칠칠치 못한 젊은 조사원을 해고했다. 그는 그 자리를 거쳐 간 열 번째 조사원이었다. 그들은 모두 탐욕스럽고 극단적으로 자기중심적이어서 가불을 요구했다. 하지만 이 마지막 노예는 낸시의 할머니의 출생증명서를 발견한 후에 해고되었다. 이 놀랍도록 진기한 문서에 따르면 낸시의 할머니는 '인디언 거주 지역에서 출생'했다. 이 뜻밖의 지역에서 젊은 육군 장교의 딸로 태어나 서부 개척지 어도비 요새의 삐걱거리는 초라한 침상과 동요하는 군마들 사이를 비틀거리며 돌아다닐 때 그녀는 훗날 자기 딸들이 유럽의 성 회랑을 비틀비틀 거닐고, 실패한 왕조의 잔해들을 수집해 집 안을 가득 채우고, 누런 래브라도 개들이 베이징 황제 궁의 알현실에 있던 양탄자에 엎드려 자는 것을 보며 마리 앙투아네트가 쓰던 검은 대리석 욕조에 들어가 목욕을 하리라고 상상이나 했을까? 심지어 콜롱브 빌라의 테라스에 있는 정원 물통들도 나폴레옹을 위해 제작된 것이었다. 금으로 된 꿀벌들이 은으로 된 꽃 사이를 날아다니는 장식이 있는 이 물통들은 비를 맞는 곳에 놓여 있었다. 이 물통들은 의붓아버지가 어머니를 시켜 산 것들로, 낸시는 그가 자신의 선조에게 "실크 스타킹을 신은 똥 같은 놈"이라고 욕한 나폴레옹에 대한 복수를 그런 식으로 했다고 생각했다. 그리고 그녀는 장이 실크 스타킹 말고는 가문의 전통을 따랐다고 즐겨 말했다. 낸시는 그 진저리 나는 의붓아버지가 니컬러스마저 빼앗아 가기라도 하는 듯이 그의 팔을 더 꼭 붙들었다.

어머니가 아버지와 이혼을 하지 않았다면 얼마나 좋았을까. 그들은 서닝힐 파크에서 굉장히 화려한 생활을 했다. 낸시와 엘리너는 그런 환경에서 성장했다. 그 집에는 영국의 왕세자도 줄곧 드나들었고, 손님이 적어도 스무 명 정도 항상 북적거리는 가운데 더할 나위 없이 흥겨운 나날을 보냈다. 아버지는 어머니에게 극도로 비싼 선물을 하는 나쁜 버릇이 있었다. 어머니는 그런 선물의 대금을 치르지 않을 수 없었다. 어머니는 "아이 참, 당신도, 그럴 필요 없는데 뭐하러"라고 했고 그 말은 진심이었다. 어머니는 정원에 대해 자신의 의견을 말하기를 두려워하게 되었다. 왜냐하면 화단의 테두리에 파란색이 조금 더 있어야겠다고 하고, 한 이틀 후에 보면 아버지가 티베트의 기묘한 꽃을 공수해 와서 그곳에 심었던 것이다. 3분 정도면 시들 텐데 값은 집 한 채만큼이나 비싼 꽃들이었다. 하지만 아버지는 술에 중독이 되기 전에는 멋지고 마음이 따뜻하고 전염성이 강한 웃음을 주는 사람이었다. 얼마나 웃기는지, 하인들이 음식을 내오다가 너무 웃느라고 접시를 똑바로 못 드는 바람에 식탁에 놓을 때는 접시가 흔들거리기 일쑤였다.

대공황이 닥쳤을 때는 미국의 변호사들이 유럽으로 날아와서 크레이그 집안사람들에게 생활에 지장이 없는 것들을 줄이는 게 어떻겠느냐고 했다. 물론 그들은 서닝힐 파크를 팔 수 없었다. 집에 친구들을 초대해 접대하는 일도 계속해야만 했다. 하인들을 한 명이라도 해고하면 너무 잔인할 뿐더러 너무 불편할 것 같았다. 런던에 머물게 되면 브루톤가의 집 없이는 살 수 없을 것 같았다. 롤스로이스 승용차도 두 대, 운전사도 두 명이 필요했다. 아버지는 고질적으로 시간을 엄수하는 사람이고 어머니는 고질적으로 약속 시간에 늦는 사람이었기 때문이다. 결국 그들은 자신들의 집에 기거하는 손님들이 아침 식사와 함께 받아보는 여섯 가지 신문 중 하나를 포기했다. 변호사들은 하는 수 없이 양보했다. 존슨가의 재산은 어떤 위기가 닥친 체하기엔 너무 많았다. 그들은 주식 투기꾼들이 아니라 실업가들이었고 미국 대도시의 거대한 부동산 소유주들이었기 때문이다. 고형 지방 식품과 드라이클리닝 용액과 사람들이 살 집은 언제나 누구에게나 필요한 것들이었다.

아버지의 돈 씀씀이가 좀 헤프긴 했어도 어머니가 장과 재혼한 것은 어리석었다. 그와의 재혼으로 작위를 얻으리라는 것 외에 어머니가 왜 그와 결혼했는지 달리 설명할 길이 없었다. 어머니는 대공과 결혼한 이모를 시샘한 것이 확실했다. 존슨가의 이야기에서 장의 역할은 거짓말쟁이이자 도둑, 호색적인 계부이자 포학한 남편으로 망신을 당하는 것이었다. 어머니가 암으로 죽어 갈 때 장은 그녀의 유언장이 자기의 명예에 의혹을 품게 한다며 소리를 지르며 성질을 부렸다. 어머니는 여러 채의 집과 명화들과 가구를 장 앞으로 남기되, 장이 죽으면 그녀의 자식들에게 귀속된다는 유언을 작성했는데, 이것을 안 장은 자기가 나중에 그녀의 자식들에게 재산을 양도해 주지 않을까 봐 그러는 거냐며, 자기를 믿지 못하느냐며 야단이었다. 자기도 그 모든 재산이 존슨가의 것임을 잘 안다는 둥 어쩐다는 둥 하면서…… 결국 모르핀, 고통, 절규 속에서 분개에 찬 약속이 오간 끝에 어머니는 유언장 내용을 변경했지만, 장은 약속을 지키지 않고 나중에 그녀의 모든 재산을 자신의 친조카에게 상속했다.

정말이지 낸시는 장을 얼마나 혐오하는지! 장이 죽은 지 거의 40년이 되었건만, 그녀는 아직도 매일 그를 죽이고 싶었다. 그는 모든 것을 훔쳐 가 그녀의 인생을 망쳤다. 서닝힐, 프랑스의 콜롱브 빌라, 이탈리아의 아리켈레 저택 등 모든 것을 상실했다. 낸시는 존슨가의 많은 친척들이 죽었더라면 자신이 상속받았을 텐데 그러지 못한 저택들도 아쉬워했다. 그렇게 많은 사람들이 먼저 죽는다는 것은 비극이겠으나, 그녀라면 적어도 그런 저택에 어울리게 사는 게 어떤 것인지는 알았을 것이며, 이는 그녀가 이름을 댈 수 있는 웬만한 사람들이 그럴 만한 수준을 넘어선 것이었다.

"그 모든 멋진 것들, 그 모든 멋진 집들은 다 어디로 간 거죠?"

낸시가 말했다.

"그 집들은 아마 항상 있었던 자리에 있겠지만 그곳에 살 경제적 능력이 있는 사람들이 살고 있겠죠." 니컬러스가 말했다.

"바로 그거예요. 장만 아니면 내가 그런 경제적 능력을 가지고 있을 텐데!"

"돈에 관한 한 가정은 금물이에요."

정말이지 니컬러스는 지긋지긋한 사람이다. 책을 쓸 계획에 대해서는 그에게 말하지 않을 것이다. 어니스트 헤밍웨이는 아버지가 매우 재미있는 이야기를 할 줄 안다며 실제로 아버지에게 책을 쓰라고 한 적이 있다. 아버지가 자기는 글을 쓸 줄 모른다고 항변하자 헤밍웨이는 아버지에게 녹음기를 보내 주었다. 그런데 아버지는 전깃줄 꽂는 것을 잊고 녹음기가 돌아가지 않자 화를 내고 그것을 창밖으로 집어 던졌다. 다행히 그 녹음기에 맞은 여자는 아무런 법적 조치를 취하지 않았고, 이로써 아버지에게는 놀라운 이야깃거리가 또 하나 추가되었다. 그러나 그 사건으로 낸시는 녹음기에 대해 미신적인 생각을 갖게 되었다. 어쩌면 유령 작가를 써야 할지도 모른다. 유령 작가로 액풀이를 한다는 것! 흥미진진할 것이다. 그렇더라도 하찮은 유령 작가에게 어떤 식의 책이 되면 좋을지 말해 주지 않을 수 없다. 주제별로 구성할 수도 있고 10년 단위의 연대별로 할 수도 있겠지만, 그러면 고루한 책벌레 지식인 같은 접근이 될 것 같았다.

그녀는 자매별로 나누어 쓰고 싶었다. 어쨌든 그들 자매간의 경쟁은 대단히 역동적이었으니까.

존슨가의 세 자매 중 막내이고 가장 아름다웠던 거티는 단연 어머니가 가장 큰 경쟁심을 느낀 상대였다. 거티는 러시아 마지막 황제의 조카 블라디미르 대공과 결혼했다. 낸시는 그를 '블라드 이모부'라고 불렀는데, 그는 유스포프 왕자에게 결정적인 사살을 위해 황제의 권총을 빌려줌으로써 라스푸틴 암살을 도왔다. 그런데 그것은 결정적인 도구가 되지 않았고, 그 원기 왕성한 사제를 비소로 독살하고 네바강에 빠뜨리기 전의 중간 단계일 뿐이었다. 황제는 많은 청원을 무시하고 암살에 가담한 죄로 블라디미르를 국외로 추방했다. 그 덕분에 그는 러시아 혁명을 보지 못하고, 총검에 찔리거나 교수형이나 총살을 당할 기회를 놓쳤다. 망명을 하게 된 블라드 이모부는 매일 점심 전에 마티니 스물세 잔을 마심으로써 자신을 암살하기 시작했다. 잔을 비우면 던져서 깨뜨리는 별난 러시아 관습 때문에 집 안은 한시도 조용할 겨를이 없었다. 낸시는 블라드 이모부의 누이인 안나 공작 부인의 잊힌 자서전을 갖고 있었다. 낸시의 아버지가 갖고 있던 것이었다. 아버지는 안나 공작 부인의 오빠의 처형의 남편인데 그 책에는 보라색 글씨로 '친애하는 매부에게'라는 헌사가 쓰여 있었다. 그 헌사에는 모든 것을 포괄하는 그 놀라운 가족의 후한 면모가 특징적으로 반영된 것 같았다. 그들은 그런 면모로 키예프에서 블라디보스토크에 이르기까지 두 대륙을 동시에 아울렀던 것이다. 블라드 이모부가 비아리츠에서 거티 이모와 결혼하기 전, 전통적으로는 부모가 행해야 할 축복 의식을 그의 누이가 대신해야 했다. 그것은 그곳에 그들의 가족이 부재하는 이유를 떠올리게 했기 때문에 그들에게는 두려운 시간이었다. 공작 부인은 그녀의 자서전 『추억의 궁전』에서 그때의 심정을 이렇게 묘사한다.

창밖을 내다보니 큰 파도가 바위를 때리고 있었다. 해는 졌다. 그 순간 회색의 바다는 운명처럼 잔인하고 무심하고 한없이 외로워 보였다.

거티는 블라디미르 일가와 더 가까워지기 위해 러시아 정교로 개종하기로 했다. 안나는 이렇게 썼다.

우리의 사촌 로이히텐베르크 공작과 나는 거티의 대부와 대모가 되었다. 예배는 길고 따분했다. 한마디도 알아듣지 못하는 거티가 불쌍했다.

특별한 유령 작가가 있어서 그렇게 글을 잘 쓸 수 있다면 베스트셀러가 될 것이라고 낸시는 확신했다. 경솔한 동생들은 잔존하는 세계적 명문가 후손들과 손을 잡고 역사 화보에 게재되는 일에 바빴지만, 골동품을 나무 상자에 포장해 운송받기를 선호한 현명한 이디스 이모는 부를 공고히 하는 결혼을 했다. 남자의 아버지는 이모의 아버지와 마찬가지로 1900년대 미국에서 100대 부자에 들어가는 사람이었다. 낸시는 전쟁의 첫 두 해는 이디스 이모와 살았고, 어머니는 귀중한 소유물들을 스위스로 가져가 창고에 저장해 놓고서야 미국에 가 있는 두 딸에게 갔다. 이디스 이모의 남편 빌은 아내에게 주는 선물을 자기 돈으로 산다는 점에서 독창적이었다. 어느 해에는 이모부가 진녹색 덧창이 달리고 양옆으로 부속 건물이 약간 둥근 모양으로 붙은 하얀 미늘벽 집을 이디스 이모에게 생일 선물로 사 주었다. 1만 에이커 크기의 농장 한가운데 있는 그 집에서 호수까지는 완만한 잔디밭이 펼쳐져 있었다. 이디스는 그 선물을 좋아했다. 그건 『증여의 기술』과 같은 책에서는 결코 찾아볼 수 없는 종류의 유용한 조언이었다.

패트릭은 여전히 입구에 서서 니컬러스에게 불평을 늘어놓고 있는 불행한 이모를 바라보았다. 그는 우울증 환자 지지 그룹의 중재자가 좋아하는 금언을 떠올리지 않을 수 없었다. '원망은 독을 마시는 것이고 남이 죽기를 바라는 것입니다.' 환자들은 이 문장을 적어도 하루에 한 번은 다소간 그럴듯한 스코틀랜드 악센트를 흉내 내 말했다.

그는 어머니의 관 옆에 뒤숭숭한 기분으로 무관심하게 서 있었지만, 이모가 말하는 '금쪽같은 주소록'에 마음이 끌려서 그런 것은 아니었다. 패트릭이 보는 한, 과거는 소각되기를 기다리는 송장이었다. 그의 소원은 조금만 있으면 지금 그가 선 곳으로부터 몇 야드 떨어진 화로에서 전혀 은유적이지 않은 방식으로 이루어지겠지만, 낸시 이모를 사로잡고 있는 사고방식을 소각시키려면 다른 종류의 불이 필요했다. 상속 재산이 주는 심리적 영향, 상속 재산을 처분하고픈 강렬한 갈망과 그것을 붙들고 싶은 강렬한 갈망, 거의 모든 사람들이 소중한 인생을 다 바쳐 획득할 수 있는 것을 이미 소유했을 때 그것이 그 사람의 도덕성에 미치는 부정적인 영향, 다소 은밀한 우월감과 부자라서 느끼는 다소 은밀한 수치심을 소각시킬 불이 필요한 것이다. 그런 수치심은 그 특유의 위장을 생성해 낸다. 자선 활동 해법, 알코올 중독 해법을 찾고, 기행의 가면을 쓰고, 고상한 취미의 구원을 추구하는 것도 그런 위장이다. 이러한 가치 기준이 그 자체로 무익하다면, 두 세대에 걸쳐 유산을 박탈당한 뒤 그것은 그만큼 더 터무니없어 보였다. 그는 현재와 동떨어져 증오심에 빠져 사는 듯한 이모에게서 멀어지고 싶으면서도 외가 쪽 사람들에게 면면히 흐르는 그 신분의 매혹이 무엇인지를 알아야만 했다.

그는 어머니의 마지막 자선 사업인 자아 초월 재단이 생긴 직

후에 그녀를 보러 간 일을 떠올렸다. 어머니는 한 인간으로 살아갈 때의 좌절감을 던져 버리고 초월적 자아가 된다는 흥분된 전망을 택했다. 길 잃은 한 가족의 딸이자 길 잃은 한 가족의 어머니로서의 본분을 부인하고, 자신의 본분이 아닌 치유자요 성인임을 자처했다. 성숙하지 않은 생각에서 출발한 그 사업이 늙어가는 어머니의 몸에 끼친 영향으로 어머니는 뇌졸중을 일으키고 그 후 여남은 번의 재발은 그녀를 완전히 파괴했다. 패트릭은 어머니가 처음 뇌졸중으로 쓰러졌을 때 라코스트로 병문안을 갔다. 그때만 해도 그녀는 말하는 데는 별로 지장이 없었지만 정신상태는 확연히 의심스러웠다. 어머니의 침실에 단둘이 있었을 때, 너덜너덜해진 커튼이 저녁 산들바람에 부푸는 가운데 어머니는 그의 팔을 움켜쥐더니 다급히 낮은 소리로 "우리 어머니가 공작 부인이었다는 것을 아무에게도 말하지 마!"라고 했다.

패트릭이 공모하는 듯이 고개를 끄덕하자 엘리너는 그의 팔을 놓고 다른 걱정거리를 찾는지 천장을 물끄러미 쳐다보았다.

낸시라면 그것을 정당화할 뇌졸중을 일으키지 않았어도 정반대되는 지시를 내렸을 것이다. 아무에게도 말하지 말라고? 누구에게나 말해! 라면서. 세속적인 낸시 이모와 딴 세상 사람 같은 어머니, 몸집이 큰 낸시 이모와 여윈 어머니. 풍자만화 같은 그 대조적인 모습의 이면에는 공동의 목표가 있었다. 그것은 바로 과거를 억제하거나 선택적으로 미화하는 일이었다. 그게 뭐라고 그렇게들 그랬을까? 엘리너와 낸시는 독립된 개인이기나 했을까? 그들은 그저 그들의 신분과 가문의 특징을 나타내는 파편일 뿐이었을까?

1970년대 초 패트릭이 열두 살이었을 때 엘리너는 그를 데리고 이디스 이모의 집에서 지낸 일이 있었다. 세계는 OPEC 위기와 스태그플레이션, 융단 폭격, LSD의 영향이 오래 지속되는가, 영원한가, 일시적인가 하는 것을 가지고 고민하고 있을 때 이디스는 라이브 오크 지역을 상속받은 후 50년이 흘렀는데도 그 세월에 조금도 양보하지 않은 방식으로 살고 있었다. 마흔 명의 흑인 하인들에 비하면 〈바람과 함께 사라지다〉에 나오는 노예들은 영화 촬영장의 엑스트라로 보였다. 패트릭과 엘리너가 도착한 날 저녁, 이디스는 형제의 장례식에 가게 해 달라는 하인, 모세의 요청을 거절했다. 저녁 식탁에서 서빙을 하는 하인은 네 명이었는데, 모세는 옥수수 죽 서빙에 필요했다. 패트릭은 메추라기를 내오는 하인이나 채소를 맡은 하인이 옥수수 죽을 서빙해도 괜찮다고 생각했지만, 그 집안의 운영에는 일정한 체계가 잡혀 있었고, 이디스는 그것이 흐트러지는 것을 허용하지 않았다. 흰 제복에 흰 장갑을 낀 모세는 얼굴이 눈물범벅이 된 채 조용히 나와, 패트릭은 처음 먹는 옥수수 죽을 권했다. 패트릭은 자기가 그것을 좋아할 줄은 전혀 몰랐다.

나중에 침실로 올라갔을 때 장작 타는 소리가 나는 벽난로 옆에서 엘리너는 이모의 잔인에 격분했다. 저녁 식탁에서 벌어진 광경은 엘리너의 마음속에 큰 반향을 불러일으켰다. 그녀에게 모세의 눈물은 옥수수 죽 맛과 분리되지 않았다. 사실, 그녀가 어렸을 때 흘린 눈물 또한 그녀의 어머니가 보인 취향의 완벽함과 분리되지 않았다. 자신의 온전한 정신은 하인들의 친절에 뿌리를 내리고 있다는 의식은 그녀로 하여금 언제나 모세의 편에 서리라는 생각을 갖게 했다. 그녀가 자신의 생각을 잘 표현할 수 있었더라면 그런 충심은 그녀를 정치로 이끌었을지도 모르지만, 사실은 그렇지 않으므로 그녀는 자선 사업을 하게 되었다. 엘리너는 무엇보다 이모가 아직도 자기를 열두 살 먹은 아이로 취급하는 것에 분노했다. 전쟁 초기에 롱아일랜드에 있는 이모의 집 페얼리에서 지냈던 엘리너는 열정적이었지만 말이 없는 열두 살 먹은 아이였다. 엘리너는 바로 그 열두 살 소녀였을 때, 즉 패트릭 나이였을 때의 추억에 도취되었다. 그녀의 발육 정지는 패트릭이 성장하려는 노력에 늘 가혹한 암운을 드리웠다. 그녀는 패트릭이 아주 어렸을 때는 자기에게 유모가 얼마나 소중했는가 하는 생각에 몰두했지만 정작 아들에게는 그 유모의 보살핌에 준하는 따뜻함과 신뢰의 귀감을 보이지 않았다.

어머니의 관에서 얼굴을 들어 보니 낸시와 니컬러스가 그에게 오려는 듯했다. 그들은 사회적 위계와 관련해서 본능적으로 어머니 장례식에서 임시로 그를 중요한 사람으로 취급해 주려는 것이리라. 그는 엘리너의 관에 한 손을 얹고 오해에 대항하는 비밀 동맹을 맺었다.

"여보게," 니컬러스는 무슨 중요한 말을 새로 들었는지 활기를 띠고 말했다. "난 자네 어머니가 '자선 사업'을 하기 전에는 굉장한 파티광이었다는 걸 방금 자네 이모 말을 듣고서야 알게 됐어." 그는 방금 자기가 내뱉은 말을 지팡이로 쳐서 옆으로 치우는 듯한 동작을 취했다. "수줍음을 잘 타고 종교에 열심인 엘리너가 바이스터기*의 무도회에 갔었다니! 난 그때는 자네 어머니를 몰랐지. 그랬더라면 그 축제의 탐욕스러운 어릿광대들로부터 자네 어머니를 보호해 주었을 텐데." 니컬러스는 아취 있게 한 손을 들어 허공을 갈랐다. "그 무도회는 아주 황홀한 축전이었지, 마치 바토**의 그림 속 부유한 게으름뱅이들이 감옥 같은 마법의 그림에서 풀려 나와 대량의 스테로이드를 맞고 한 무리의 고속 모터보트를 가지게 된 것 같다고나 할까."

"아니, 언니는 그 정도로 수줍음을 타지는 않았어요, 내 말 뜻이 뭔지 아시는지 모르겠지만." 낸시는 니컬러스의 말을 정정하고 패트릭을 바라보며 말을 이었다. "언니는 애인이 많았어. 네

---

* Charlie de Beistegui(1895~1970). 스페인계 프랑스인 백만장자. 20세기 중반 유럽 사교계를 주름잡은 사람으로 그의 무도회는 모든 사람들이 선망하는 파티였다.

** Jean-Antoine Watteau(1684~1721). 프랑스의 로코코미술 화가.

엄마는 눈부신 결혼을 할 수도 있었다는 말이다."

"그랬더라면 제가 태어나는 불상사를 피할 수 있었을 텐데 말이죠."

"그거 무슨 바보 같은 말이냐. 너는 어쨌든 태어났을 거야."

"아뇨."

"내가 아는 사람들 중에 그 전설적인 파티에 갔었다고 주장하는 모든 사기꾼들을 생각하면 실제로 거기에 갔었는데도 그랬다는 말을 한마디도 하지 않은 사람이 내 주위에 있었다니 믿기 어렵군. 그런데 그런 겸손을 칭찬해 주기엔 이제 너무 늦었어." 니컬러스는 우승한 경주마 주인이 그러듯 관을 가볍게 두드렸다. "그러니 바로 그 꾸민 행동이 얼마나 부질없는가."

낸시는 검은색 줄무늬 양복과 검은색 실크 넥타이 차림의 백발 신사가 가운데 통로를 따라 걸어오는 것을 보았다.

"헨리!" 그녀는 과장되게 뒤로 비틀거리며 말했다. "존슨 가문 사람이 너무 없었는데." 낸시는 헨리를 무척 좋아했다. 그는 굉장한 부자였다. 그녀가 그의 돈을 가졌더라면 더욱 좋았겠지만 차선은 가까운 친척이 부자라는 것이었다.

"잘 있었어, 양배추 씨?" 그녀가 그를 맞이했다.

헨리는 낸시와 키스로 인사를 나누었다. '양배추'라는 호칭이 달가운 기색은 아니었다.

"이럴 수가, 여기 오실 줄 몰랐어요." 패트릭은 갑자기 양심의 가책을 느꼈다.

"그건 나도 마찬가지야." 헨리가 말했다. "이 집안사람들은 모두 연락을 안 하고 사니 말이야. 난 며칠 전에 여기 와서 코노트 호텔에 묵고 있는데, 오늘 아침 식사와 함께 방으로 배달된《타임스》를 보고 자네 어머니가 돌아가셨고 오늘 장례식이 있다는 걸 알았네. 다행히 호텔에서 즉시 차를 불러 줘서 이렇게 올 수 있었어."

"몇 년 전에 호의를 베풀어 주셔서 섬에서 지낸 뒤로 처음이군요." 패트릭은 바로 옛날 일에 대한 이야기로 뛰어들었다. "그때 제가 좀 불쾌하게 굴었던 것 같아요. 죄송합니다."

"불행을 즐기는 사람은 없을 테니까 뭐." 헨리가 말했다. "불행은 반드시 밖으로 넘쳐흐르는 법. 하지만 외교 정책의 이견 따위가 정말 중요한 인생사에 지장이 돼서는 안 되지."

"물론입니다." 패트릭은 헨리가 상당히 상냥하다는 느낌을 받았다. "이렇게 와 주셔서 기쁩니다. 어머니는 외숙을 많이 좋아하셨으니까요."

"그래, 나도 자네 어머니를 많이 좋아했네. 자네도 알겠지만 엘리너는 전쟁 초기에 2년 정도 페얼리 집에서 우리와 함께 살았지. 그래서 우리는 서로 당연히 친해졌어. 엘리너는 순진했는데, 그게 엘리너의 매력이었어. 그게 사람을 끌어당기기도 했지만, 동시에 일정한 거리를 유지하지 않을 수 없게 했지. 말로 설명하기는 힘든데, 자네가 어머니와 그 자선 사업에 대해 어떻게 생각하건 엘리너는 선의에 넘치는 좋은 사람이었다는 것만 자네가 알았으면 좋겠네."

"네." 패트릭은 일단 헨리의 소박한 애정을 받아들였다. "'순진'이라는 말이 어머니에게 딱 맞는 말 같습니다." 그는 주관의 투출이 끼치는 영향에 다시금 놀랐다. 패트릭이 주위의 모든 사람들에게 적대적이었을 때 헨리는 그에게 얼마나 적대적으로 보였던가. 그런데 이제 헨리와 논쟁을 벌이지 않으니 그는 매우 사려 깊은 사람으로 보였다. 주관을 투출하지 않는 삶은 어떤 것일까? 그런 게 가능하기는 한 걸까?

패트릭이 돌아서 다른 곳으로 가려고 할 때 헨리가 팔을 뻗어 그의 어깨에 손을 얹었다.

"어머니를 잃어서 정말 안됐네." 그는 감정을 담아 형식을 갖추어 말하고, 낸시와 니컬러스를 향해 고개를 숙였다.

"실례하겠습니다." 패트릭은 화장장 입구를 뒤돌아보며 말했다. "저기 조니 홀이 와서요."

"저 사람은 누구죠?" 낸시는 그가 무명의 인물임을 감지하고 물었다.

"모르는 것도 당연합니다." 니컬러스는 얼굴을 찌푸리며 말했다. "대단한 인물이 아니니까요, 내 딸아이의 정신과 의사라는 것 말고는. 사실 저자는 악마입니다."

3

패트릭은 관에서 멀어지며 어머니 옆에 서는 것은, 병적인 발
작을 일으켜 되돌아오지 않는 한, 그게 마지막이 되리라는 것을
의식했다. 그는 그 전날 밤 버니언 장의사에 갔을 때 관 속의 차
갑고 습한 내용물을 보았다. 파란색 양복을 입은 짧은 백발의
친절한 여자가 문에서 그를 맞았다.

"안녕하세요, 자동차 소리가 나길래 오신 줄 알았어요."

그녀는 그를 지하실로 안내했다. 시골 저택 호텔 로비의 바가
대개 그렇듯 분홍색과 갈색 다이아몬드 무늬의 카펫이 깔려 있
었다. 특별 서비스를 알리는 은근한 광고물들이 눈에 들어왔다.
액자 속의 사진에는 한 여자가 무릎을 꿇고 있고, 그 옆의 검은
색 상자 속에는 비둘기 한 마리가 풀려나기를 간절히 바라는 것

같았다. 흰 날개를 퍼덕이며 흐릿한 형체로 치솟는 비둘기. 그것은 버니언 장의사의 비둘기장으로 돌아와 재활용될까? 이럴 수가, 또 아버지 때와 같은 그 검은 상자라니! "저희는 고객을 위해 장례식에서 비둘기를 날려 보내는 서비스를 제공합니다." 장의사 건물의 문을 통과하면 모든 글자가 휘고 구부러져서 고풍스럽고 장식적인 서체로 바뀌기라도 하는 것 같았다, 죽음이 마치 독일 마을이기라도 한 것처럼. 지하실로 내려가는 계단의 벽에는 전기불로 밝힌 스테인드글라스 창들이 있었다.

"어머니와 혼자 계시도록 저는 위에 올라가 있을 테니 필요한 게 있으시면 주저하지 말고 부르세요."

"고맙습니다." 패트릭은 그녀가 모퉁이를 돌아갈 때까지 기다렸다가 '버드나무* 영안실'로 들어갔다.

그는 영안실에 들어가 문을 닫고 관 속을 얼른 흘긋 보았다, 마치 어머니에게 사람을 빤히 쳐다보는 건 무례하다는 꾸지람을 듣기라도 한 것처럼. 그가 보고 있는 것이 무엇이든 그것은 몇 분 전에 그 여자에게 엄숙하고 친밀한 목소리로 들은 그 '어머니'가 아니었다. 그 익숙한 몸에 생명이 없다는 것, 그가 자신의 얼굴을 알기도 전에 먼저 알았던 얼굴의 경직되고 교정된 모습은 그의 인식에 그렇게 큰 차이를 보였다. 여기에 있는 것은

---

* 버드나무 가지나 잎은 죽은 이에 대한 애도를 상징한다.

생명의 반대편으로 이행하는 물체였다. 어린아이가 어머니의 부재에 대처할 때 사용하는 봉제완구나 턱받이 대신 그에게 주어진 것은 시신이었다. 시신의 야윈 손에는 하얀 인조 장미 한 송이가 쥐어져 있었고, 실크 꽃잎들은 뛰지 않는 가슴 위에 비틀려 얹혀 있었다. 그것은 유물의 비웃음과 함께 환유의 높은 지위를 지녔다. 또한 그것은 어머니를 상징했을 뿐 아니라 이와 동등한 권위를 가지고 어머니의 부재도 상징했다. 어찌 되었건 그 시신은 어머니가 사람들의 기억에서 사라지기 전의 마지막 모습이었다.

그는 어머니를 다시 한번 보는 것이 좋을 것 같았다. 좀 더 오래 보는 것이다. 이번에는 이론적인 생각을 개입시키지 않고 보는 것이다. 하지만 이 당황스러운 지하실에서 어떻게 집중을 할 수 있을까? 버드나무 영안실은 사람들의 왕래가 많은 길 아래에 있다는 것을 그는 알게 되었다. 휴대 전화에 대고 열변을 토하는 사람들의 명랑한 소리가 관통하고 또각거리는 하이힐 굽이 머리 위 보도 표면에 문신을 새겼다. 왕래하는 자동차의 행렬에서 벗어난 택시가 덜거덕거리며 연도에 설 때 웅덩이 물을 튀기면 영안실 구석 천장의 위쪽에 닿았다. 패트릭은 오랜 세월 생각해 본 적이 없는 테니슨의 시를 떠올렸다. "죽었다네, 오래전에 죽었다네, / 오래전에 죽었다네! / 하여 나의 가슴은 한 줌 흙이 되었고, / 나의 머리 위로는 바퀴들이 굴러다니고 / 나의 뼈는 고통으로 떤다네, / 그 뼈가 던져진 얕은 무덤은 / 길 아래 겨우 1야드, / 말발굽 소리가 울리고, 울리고, / 말발굽 소리가 울리고, / 내 머리 가죽과 두뇌에 울리고, / 행인의 발자국 흐름은 끝이 없고." 그는 버니언 장의사가 이 방을 '지하 석탄고'랄지 '얕은 무덤'과 같은 이름을 붙이지 않고 왜 '버드나무 영안실'이라고 부르는지 알 것 같았다. "안녕하세요, 손님의 어머니는 '지하 석탄고'에 있어요." 패트릭이 중얼거렸다. "저희는 '얕은 무덤'에 비둘기를 풀어 드립니다. 하지만 비둘기가 탈출할 가망은 전혀 없습니다." 그는 의자에 앉아 팔짱을 끼고 상체를 앞뒤로 흔들거렸다. 창자가 끊어지는 듯했다. 사흘 전 어머니의 사망 소식을 전해 듣고 계속 그랬다. 10년 동안 정신분석을 받은 경험을 되살리지 않더라도 그게 '창자가 끊어지는' 기분이란 것은 알 수 있었다. 그는 스트레스를 받을 때면 늘 그렇듯 주위의 모든 것을 의식하고 용인할 수 없는 느낌을 우회하면서 여러 다른 목소리로 혼잣말을 중얼거렸다. 이 경우 그 느낌은 편리하게도 어머니의 관에 박혔다.

어머니는 날카로운 소리를 내며 천천히, 조금씩 망각의 늪으로 미끄러져 들어가다 이 세상을 떠났다. 영안실에 들어와서 처음에는 어머니의 존재가 상대적으로 조용한 상황을 그는 만끽하지 않을 수 없었다. 그러면서도 한편 그는 방 한가운데 도사린 고요의 깊은 나락으로 떨어지지 않으려고 밖에서 들려오는 도심의 소음을 붙드는 자신을 의식했다. 그는 어머니를 좀 더 가까이서 봐야 했다. 그러려면 우선 영안실의 불빛을 줄이지 않을 수 없었다. 낮은 스티로폼 천장의 격자 철제 사이로 비치는 등불이 너무 밝았다. 관의 네 모서리에 놓인 놋쇠 촛대의 굵은 양초들이 밝히는 불빛이 천장의 전깃불에 허옇게 탈색되었다. 패트릭은 환한 전깃불의 밝기를 죽이고 교회처럼 과장된 촛불의 느낌을 살렸다. 그러나 한 가지 확인해야 할 것이 있었다. 방 한쪽에 분홍색 벨벳 커튼이 드리워 있었는데, 어머니에게 주의를 기울이기 전에 그 뒤에 무엇이 있는지 알아야 했다. 커튼을 쳐들어 보니 잡다한 장비들이 보관된 곳이었다. 기능적인 바퀴가 달린 회색 철제 수레, 실용적인 고무관 몇 개와 커다란 금 십자가. 모두 기독교도 시신의 방부 처리에 필요한 것들이었다. 엘리너는 죽음의 터널 끝에 예수님이 기다리고 있으리라 기대했다. 가엾게도 예수는 그를 추종하는 팬들의 노예였다. 이 땅에서 소멸하고 부활의 운하를 지난, 열의에 찬 망자의 무리에게 저 너머 네온사인이 찬란한 전원을 보여 주려고 맨날 기다리고 있어야 하니 말이다. 낙천주의자들의 주된 상투어인 '터널 끝에 보이는 빛'의 주인공이 되어 낙관과 희망의 빛나는 무리 위에 군림한다는 것은 참으로 힘든 일일 것이라고 패트릭은 생각했다.

패트릭은 더 이상 정신을 산만하게 할 것이 없음을 인정하고 마지못한 듯 들추었던 커튼을 놓고 벼랑 끝에 접근하는 사람처럼 조금씩 관에 다가갔다. 그래도 저기에 있는 것은 벼랑이 아니라 어머니의 시신이 든 관이었다. 20년 전 아버지의 유골을 모시러 뉴욕의 장의사에 갔을 때 패트릭은 엉뚱한 방으로 안내를 받았다. 그 방에는 '허먼 뉴튼을 추모하며'라는 푯말이 있었다. 그때는 가급적 그런 사별의 절차를 거치지 않으려고 별짓을 다했었다. 그러나 이번만큼은 빠져나갈 수 없었다. 냉정하고 인정미 없는 머리로는 금언 같은 말로써 감정을 통제하려고 애썼지만 창자를 찌르는 듯한 아픔은 그런 노력을 무력하게 만들었고 그의 방어 체제를 교란했다.

그는 관 속을 들여다보았다. 그 순간 동요된 동물적 비애감이 엄습했다. 그는 안 믿긴다는 듯이 시신 옆에 머물고 싶었다. 시신이 살아생전에 불러 모으던 관심을 조금 기울여 주고 싶었다. 흔들어 보고, 만져 보고, 말을 하고, 캐묻는 듯한 시선으로 바라보고 싶었다. 그는 어머니의 가슴에 손을 얹고 그 앙상함에 깜짝 놀랐다. 몸을 구부려 어머니의 이마에 키스를 하고는 그 차가움에 깜짝 놀랐다. 이 선명한 느낌에 그의 방어 체제는 더 약화되었다. 그러자 그는 앞에 놓인 한 파괴된 인간을 향한 복받쳐 오르는 연민에 압도되었다. 이 비상한 애틋함은, 이 감상이 살아 있는 잠깐 동안, 어머니의 인격을 작은 부분으로 축소시켰고, 그와 어머니의 관계를 그 작은 부분 안의 작은 부분으로 축소시켰다.

그는 의자에 도로 앉아 다리를 꼬고 자신을 끌어안으며 몸을 앞으로 수그렸다. 창자가 끊어지는 듯한 고통을 조금이나마 완화할 수 있을까 해서였다. 그러자 문득 어떤 접점이 떠올랐다. 아, 그렇지, 그것은 정말이지 기묘한 일이었다—정말이지 예정된 일이었다. 그는 일곱 살 때 어머니와 단둘이서 처음으로 해외여행을 갔었다. 어머니가 아버지와 이혼하고 몇 달 뒤였다. 그때 잠깐이지만 이탈리아를 처음으로 보았다. 자동차의 흰 번호판, 푸른 만, 황갈색 교회. 그들은 나폴리의 엑셀시오르 호텔에 묵었다. 말벌 소리를 내는 오토바이와 만원 전차로 북적거리는 바닷가의 호텔이었다. 어머니는 화려한 객실 발코니로 나가서 그에게 지붕에 웅크리고 있거나 전차 뒤에 매달려 가는 거리의 부랑아들을 가리켜 보였다. 나폴리에 놀러 온 줄 알았는데, 어머니의 목적은 그 불쌍한 아이들을 구제하기 위한 것이라는 말을 듣고 패트릭은 깜짝 놀랐다. 그곳에 토르텔리 신부라는 훌륭한 사제가 있었다. 그는 지치는 일이 전혀 없이 나폴리의 길 잃은 소년들을 거두어들여 엘리너가 런던에서 계속 재정 지원을 해온 시설에 데려다 보호해 주었다. 그리고 그녀는 이제 처음으로 그 시설을 보게 되었다. 흥분되지 않아? 정말 좋은 일이지? 엘리너는 토르텔리 신부의 사진을 패트릭에게 보여 주었다. 검은색 셔츠를 입은, 작고 강인한 50세의 그는 권투 선수 같아 보였다. 사진 속의 토르텔리 신부는 흰 조끼를 입고 피부가 구릿빛

71

인 두 소년의 앙상한 어깨에 곰 같은 팔뚝을 얹고 있었다. 그는 거리의 위험으로부터 소년들을 보호했다. 그러나 누가 그들을 토르텔리 신부로부터 보호했을까? 엘리너는 아니었다. 그녀는 증가하는 고아들과 가출 청소년들을 보호소에 채울 수단을 제공할 뿐이었다. 패트릭은 그날 점심을 먹고 급성 장염에 걸렸다. 그녀는 그날 그 아이들을 돌보러 가기 위해 패트릭을 혼자 방치해 두는 사치를 부리지 못하고, 초록색 대리석 욕실에서 괴로움에 비명을 지르는 그의 손을 잡고 함께 있을 수밖에 없었다.

이제는 아무리 배가 아파도 어머니를 여기에 머물게 할 도리는 없었다. 그렇다고 어머니가 머물기를 그가 바란 것은 아니다. 하지만 그의 몸은 별도의 기억을 갖고 있어서 그가 지금 무엇을 원하든 상관하지 않고 계속 이야기를 했다. 어머니의 무엇이 남편에게 그리고 토르텔리 신부에게 어린아이를 제공하게 만들었을까? 그 충동은 얼마나 강한 것이었기에 결혼 생활이 파국으로 치달은 뒤인데도 곧바로 신부가 아버지를 대체하고, 사제인 토르텔리가 의사였던 아버지를 대체하게 된 걸까? 어머니의 동기는 틀림없이 무의식적인 것이었으리라고 패트릭은 생각했다. 지난 사흘 동안 그를 사로잡은 몸의 기억처럼 무의식적인 것이었으리라. 그러니 그로서는 어둠 속에서 그 단편적인 기억들을 끄집어내고 그것을 인정할 수밖에 없지 않겠는가?

조용한 노크 소리와 함께 문이 열리더니 직원이 영안실에 몸을 디밀고 나직하게 물었다.

"아무 이상 없으신가 해서요."

"그럴지도요." 패트릭이 말했다.

그는 집으로 돌아가는 길에 경미한 환각 증상을 경험했다. 형광등 불이 켜진 버스를 탔는데 비 오는 밤을 뚫고 맹렬한 인상과 먼 기억이 새로이 밀려들었다. 버스에는 여호와의 증인 두 명이 타고 있었다. 전단지를 나누어 주는 흑인 남자와 목청 높여 전도를 하는 흑인 여자였다. "회개하고 예수님을 영접하십시오, 죽고 난 뒤 무덤에서 회개하는 건 너무 늦습니다, 회개하지 않으면 지옥 불에……"

그러자 눈이 벌겋고 낡아 빠진 트위드 재킷을 입은 아일랜드 남자가 뒷좌석에서 그 소리와 대조를 이루어 똑같이 소리를 지르기 시작했다. "닥쳐, 이 개 같은 년아! 가서 사탄의 좆이나 빨아! 이슬람교든 기독교든 사교든 여기서 그러는 건 불법이야!" 전단지를 나눠 주던 남자가 이층 버스 위층으로 올라가려고 하자 그 아일랜드인은 비음 섞인 남부 억양을 흉내 내 말하며 그를 집요하게 물고 늘어졌다. "너 다 보여, 이 자식아. 너 네 머리를 겨드랑이에 끼고 다니면 어떻겠냐, 이 자식아. 저년을 입 닥치게 하지 않으면 내가 네 얼굴을 고쳐 주겠다."

"어휴, 댁이나 좀 닥치시오!" 어느 화가 난 통근자가 말했다.

패트릭은 복통이 가신 것을 의식했다. 그는 아일랜드 남자가 제자리에 앉은 채 동요하는 것을 물끄러미 쳐다보았다. 그는 여호와의 증인과 그러는 건지 아니면 어린 시절의 예수회 수사를 생각하며 그러는 건지, 조용히 입술을 실룩거리며 누군가와 계속 논쟁을 벌였다. 사내아이가 일곱 살이 될 때까지 우리에게 맡기면 우리가 평생 붙잡아 두게 될 겁니다, 라는 말이 떠올랐다. 난 아니야, 하고 패트릭은 생각했다. 나를 붙잡아 둘 수는 없지.

버스가 목적지를 향해 느릿느릿 움직이는 동안 그는 자살 감시 병실에서 보낸, 짧지만 중요했던 며칠 밤에 대해 생각해 보았다. 사우나처럼 더워서 이불을 걷어찼더니 냉장실처럼 추워서 덜덜 떨었고, 불을 켜면 너무 밝아서 괴로웠고, 불을 끄면 불안해져서 스위치를 껐다 켰다 하기를 반복했다. 독성의 두통은 점핑빈* 속에 납이 들어간 듯이 그의 두개골 속에서 이리저리 돌아다녔다. 『티베트 사자의 서』 외에 읽을 것은 아무것도 가져오지 않았다. 죽은 뒤에도 계속되는 의식에 대해 여전히 갖고 있을지도 모를 환상을 씻어 내기에 충분히 우스꽝스러운 이국적 초상을 그 책 속에서 찾을 수 있기 바랐던 것이다. 그러나 막상 책을 읽었을 때 「초에니 바르도」** 편 서론의 한 구절이 그의 상상력을 사로잡았다. '오, 고귀한 이여, 그대는 몸과 마음이 분리

---

* 등대풀과의 식물 씨앗으로 씨앗 속에 작은 벌레가 생기면 그것이 움직이는 대로 씨앗이 뛰는 것처럼 보인다.
** 사람이 죽으면 그 영혼이 49일 동안 이승과 저승의 중간 지대를 헤매며 통과한다는 세 단계의 하나.

될 때, 미묘하고 반짝거리고, 눈부시고, 장엄하고, 경이감으로 빛나고, 전율의 연속적인 흐름 속, 봄의 풍경을 가로지르는 신기루 같은 그 **순수한 진리**를 엿보았으리라. 그러므로 겁먹지 말라, 무서워하지도 위압되지도 말라. 그것은 그대의 실체가 발하는 빛이니라. 그것을 알라.'

이 구절은 그가 몹시 믿고 싶어 하는 물질주의자적 영혼의 소멸을 무력화하는 환각적 권위를 지녔다. 그는 죽으면 끝이라는 믿음을 회복하고자 애를 썼지만, 이것마저 미신의 하나로, 다른 미신들보다 더 합리적일 게 없다고 보지 않을 수 없었다. 죽으면 끝이라는 생각을 직시하지 못하는 사람들을 안심시키기 위해 사후 세계라는 것이 날조되었다는 의견은, 끊임없는 경험의 악몽을 직시하지 못하는 사람들을 안심시키기 위해 날조되었다는 의견과 마찬가지로 그럴듯하지 않기는 매한가지였다. 알코올 중독 섬망증에 「바르도」서의 시인들이 합세해 격렬한 감전사의 느낌을 자아냈다. 그러자 합리적 머리가 도살될까 봐, 그래서 '**순수한 진리**를 엿보게' 될까 봐 겁을 먹은 채 그는 잠의 도살장으로 몰아쳐 끌려 갔다.

기억과 문구가 심야의 도로에 깔린 안개처럼 전방에 어렴풋이 나타났다가는 그를 스쳐 지나갔다. 생각은 멀리서 그를 위협하다가도 그가 다가가면 사라졌다. '꿈속에 빠져 죽기를 갈망하며.' 누가 한 말이더라? 남의 말이다. 이전에도 '남의 말'을 생각했던가? 생각은 멀리 있는 듯하다가도 조금 있으면 금세 반복적인 것이 되었다. 그가 헤치고 나아가려고 애쓰는 한편 접촉하지 않으려고 하는 그 무엇, 그것은 안개와 같을까, 아니면 뜨거운 모래와 같을까? 차가우면서 축축한 무엇, 뜨거우면서 메마른 무엇. 둘 다일 수 있을까? 둘 다가 아닐 수 있을까? 차이점들의 직유―모형 기차처럼 스스로를 따라잡으려고 좁은 환상 경주로를 빙빙 도는 또 하나의 문구. 제발 기차를 멈춰 주시오.

어떤 장면이 계속 그의 정신착란적 생각 속에 넘나들었다. 철학자 빅터 아이즌이 죽을 고비를 넘겼을 때 그를 보러 간 일이다. 예전에 생나제르에서 살 때의 이웃이었던 빅터는 런던 병원에 있었다. 그는 며칠 전에 수평선을 그었던 심장 모니터에 여전히 연결되어 있었다. 환자복 속에서 쇠약하고 누런 팔이 흐느적거리며 드러났지만, 무슨 일이 있었는지 설명할 때는 평생의 버릇대로 자신만만한 의견을 곁들여 예전처럼 빠르고 강한 어조로 말했다.

"내가 어느 강둑에 이르렀는데, 강 건너편에 우주를 관장하는 빨간 불이 있더군. 그 불 양쪽에는 두 인물이 서 있었네. 나는 그들을 보고 각각 시간의 주님과 공간의 주님인 줄 알았지. 그들은 말이 아닌 생각만으로 직접 나에게 의사를 전달하더군. 시간과 공간의 조직이 찢어졌다는 거야, 그러면서 나더러 그걸 고쳐야 한다고 했네. 우주의 운명이 나한테 달렸다면서. 그래서 긴박감과 목적의식을 가지고 내게 주어진 임무를 수행하러 가는데 내 몸속에 도로 끌려 들어가는 느낌이 들었지. 나는 정말 싫었지만 그렇게 해서 결국 이렇게 돌아온 걸세."

빅터는 자기가 본 환상의 신빙성에 설득되었지만 처음 3주 동안만 그랬다. 세상이 다 아는 그의 무신론적 생활 습관이 다시 고개를 쳐들었고, 자신의 철학 저작에 분명히 기술된 논리적 환원에 따른 결과들이 틀렸음을 스스로 입증하는 짝이 될까 봐 두려운 나머지 새롭고 개방된 느낌을 가졌던 것은 당시에 겪었던 생물학적 위기 때문이었다고 그는 애써 치부했다. 자기 머리는 확장되었던 게 아니라 작동을 멈추었다는 거였다.

모든 현상의 의미를 결정지어야만 하는 빅터의 욕구에 대해 생각하며 패트릭은 좁은 방에 누워 땀을 흘리며 자신에게 일어나는 모든 일의 의미가 무엇인지 확정하지 않아도 느긋하게 과연 자신의 자아를 가볍게 할 수 있을까 생각해 보았다.

한편 자살 감시 병실은 그 거창한 이름에 잘 어울리는 방이었다. 그 방에 있으면 언제나 아무런 의문도 없이 자살을 그의 존재 속에 받아들이게 되었다. 『시시포스 신화』를 외투 주머니에 넣어 가지고 다니는 버릇을 들이기 전부터 패트릭은 이 책의 첫 문장*을 20대 초 삶의 모토로 삼았는데, 그는 '자살하지 않을 타

---

* 『시시포스 신화』의 첫 문장은 다음과 같다. "정말 중대한 철학적 문제는 단 하나뿐, 그것은 자살이다."

당한 이유를 생각할 수 있을까?'라는 의문으로 그날그날 하루를 맞았었다. 그때 그는 광기와 조롱의 목소리들로 가득한 과장된 고독 속에서 살았기 때문에 그 의문에 긍정적인 대답을 얻을 것 같지는 않았다. 자살을 정교하게 지연하는 것만이 그가 할 수 있는 최선이었다. 그리고 결국 그 목소리들이 지껄이도록 내버려 두어야 한다는 의무감은 자살의 욕구보다 더 강했다. 그 후 20년 동안 그의 자살적 지껄임은 해안을 따라 난 길이나 조용한 약국에서 간혹 발생하는 속삭임 정도로 줄어들었다. 그 목소리들이 총력전을 펼치며 돌아오기라도 할 경우에는 초현실적인 코러스가 아닌 암울한 독백의 형태를 띠었다. 가장 최근에 그들의 공격이 상대적으로 단순해진 것을 보고 그는 전에는 피상적으로 편안한 죽음과 사랑에 빠졌던 것일 뿐, 훨씬 더 깊이 파고들어가 보면 그저 자신의 인격에 정신이 팔렸던 거란 걸 깨닫게 되었다. 자살은 자기 거부의 가면을 썼다. 그러나 사실 인격의 지시를 따라 자살할 계획을 세우는 사람보다 더 자신의 인격을 심각하게 받아들이는 사람은 없다. 그런 사람은 누구보다 더 무슨 일이 있어도 주도권을 쥐려 하고, 인생의 가장 신비한 측면을 자신의 오만한 일정에 억지로 끼워 맞추려 한다.

병원에서 보낸 한 달은 그의 인생에서 고난의 시기였다. 결혼 생활의 파탄에 이어 더 심해진 과음을 하게 된 위기 상황을 돌려놓은 시기였다. 병원에 들어간 지 사흘 만에 베키의 퇴원에 이끌려 그녀와 함께 도망칠 뻔했던 일을 생각하면 아찔했다. 그녀는 병원을 나가기 전 우울증 병동 휴게실로 그를 찾아왔다.

"아저씨를 찾고 있었어요. 난 여기 누구와도 말하면 안 돼요." 그녀는 짐짓 속삭이는 척했다. "난 나쁜 영향을 주는 아이거든요."

그녀는 작게 접은 쪽지를 그에게 주고 입술에 살짝 키스하더니 급히 휴게실에서 나갔다.

이건 우리 언니 집 주소예요. 언니는 지금 미국에 가 있어요. 그러니까 나 혼자 있을 거예요. 이 지랄 같은 데서 도망쳐서 무언가 **미친** 짓을 하고 싶으면 오세요. 사랑해요, 벡스.

이것을 보고 패트릭은 고등학교 화학 기초반 수업에서 공책 가장자리에 **미친**이라는 단어를 찌글찌글한 글씨로 끄적거리던 일이 생각났다. 그는 뒤쪽 계단의 공중전화에 있는 콜택시 회사에 전화를 걸면서, 그녀에게 가는 것은 말도 안 되는 일이야, 하고 중얼거렸다. 무력하다는 것은 이런 것을 두고 하는 말일까?

"제발 그러지 마!" 그는 피로 물든 기능 장애의 축제를 추구하지는 않으리라는 굳은 결심을 표하듯이 콜택시 문을 단단히 닫으며 중얼거렸다. 그는 운전사에게 베키의 쪽지에 적힌 주소를 불러 주었다.

"병원에서 퇴원시키는 걸 보니 이제 다 나으셨나 보군요." 쾌활한 운전사가 말했다.

"내가 그냥 나온 거요. 더 있을 돈이 없어서."

"좀 비싸긴 하죠?"

패트릭은 욕망과 갈등 속에 눈이 흐려져 대답하지 않았다.

"정신병원에 들어간 사람에 대한 농담 들어 보셨어요?" 차가 출발해서 진입로를 따라 내려갈 때 운전사가 백미러를 보고 웃으며 물었다. "그 사람이 '끔찍합니다, 선생님, 나는 3년 동안 내가 나비라고 생각했습니다. 그뿐 아니라 상태가 더 심각해졌어요. 지난 3개월 동안은 내가 나방이라고 생각했습니다,' 하니까 정신과 의사가 '저런! 정말 힘드셨겠습니다. 그런데 오늘은 무슨 일로 오셨습니까?'라고 물었답니다. 그러니까 그 사람이 '네, 창가에 불빛이 보이기에 그 빛에 끌려서 그냥 날아 들어왔습니다'라고 했대요."

"그거 재미있는 농담이군요." 패트릭은 베키의 나체를 상상하는 일에 점점 더 깊이 침잠하며 말했다. 한편으론 마지막으로 먹은 옥사제팜이 얼마나 오래갈까 생각했다. "댁은 그 쾌활한 기질 때문에 프라이어리 병원 환자들을 주로 상대하는 겁니까?"

"그러시니 하는 말인데요, 나는 작년에는 한 넉 달 동안은 말 그대로 침대에서 나오지도 못했어요, 말 그대로 모든 게 아무런 의미가 없어 보였거든요."

"저런, 딱하게도." 패트릭이 말했다.

해머스미스 브로드웨이에서 셰퍼드 부시 로터리까지 가는 동안 그들은 까닭 모를 눈물, 자살하는 공상, 극심한 느릿함, 불면의 밤, 무기력한 나날에 대해 이야기를 나누었다. 베이스워터에 거의 다 갔을 무렵, 그들은 친한 친구가 되어 있었다. 운전사는 뒤돌아보고 그때 회복했다는 그 명랑한 기분을 있는 대로 다 발휘해서 말했다. "손님도 몇 달만 지나면 그동안 겪은 일을 뒤돌아보고 '도대체 내가 **무엇** 때문에 그랬지? 왜 그렇게 야단을 부리고 짜증을 냈지?' 하게 될 겁니다. 나는 그랬어요."

패트릭은 손에 든 베키의 쪽지를 다시 내려다보았다. 벡스. 그녀는 맥주 상표명으로 서명했다. 그는 말런 브랜도가 연기한 비토 코를레오네의 목쉰 소리로 속삭이듯 말했다. "너한테 와서 만나자고 하는 사람, 이름이 유명 맥주 상표와 같은 사람—바로 **그녀가** 바라는 건 네 병의 재발이야……"

내면의 목소리들은 안 된다, 그 목소리들이 말하게 내버려 두어서는 안 된다. "그건 말런 브랜도를 흉내 내는 것으로 시작하지," 청소부 아줌마*가 한숨을 쉬었다. "그러다 보면……"

"닥쳐!" 패트릭이 말을 잘랐다.

"네?"

---

* 　패트릭의 많은 내면의 목소리 중 하나로 2권 『나쁜 소식』에 등장한다.

"아니, 당신 말고. 미안해요."

차는 중앙에 화단이 있는 커다란 광장으로 접어들었다. 운전사는 하얀 치장 벽토 건물 앞에 차를 댔다. 패트릭은 옆으로 몸을 기울여 창밖을 내다보았다. 예쁘고, 가질 수 있고, 정신 질환이 있는 베키의 아파트는 3층이었다.

그는 과거에 약간의 친밀한 행위를 위해 어떤 노력을 기울였던가! 그는 어깨 너머로 흙을 날리며 자신의 무덤을 팠었다. 그가 누리지 못했던 보살핌을 준 좋은 여자들도 있었다. 그들은 그의 기대를 저버리도록, 그래서 사실은 신뢰할 수 없다는 것을 그에게 드러내도록 고통을 당해야 했다. 그런가 하면 곧장 불성실하게 행동함으로써 시간을 절약해 준 악녀들도 있었다. 그는 대체로 그 포괄적인 두 범주에 속하는 여자들 사이를 오갔다. 퇴락해 가는 인격의 요새를 방어하는 일의 무용함을 일시적으로 가린 어떤 변형에 홀려서 그랬다. 그러는 가운데도 그는 그 요새가 친절하게 재정비되어 평안과 성취의 신전이 되기를 바랐다. 희망을 가지다 침울해지고, 침울해지다가 희망을 가지고. 그의 애정 생활은 되풀이해서 전진하다 번번이 부엌 식탁 끝 벼랑으로 떨어지는 태엽 감는 장난감 같았다. 연애의 설렘은 사랑의 가장 고상한 표현을 성취할 것 같은 곳에 있지 않고 사랑이 가장 위협받는 곳에 있었다. 베키처럼 그 후보가 충분히 절망적일 경우, 그녀와의 연애는 결말이 불행할 게 뻔하기 때문에 매력적이었다. 그렇게 스스로를 기만하는 것은 창피한 노릇이긴 했다. 그러나 자신의 무시무시한 그림자를 보고 달아나는 사람처럼 그 기만에 반응을 보이는 것은 더 창피한 노릇이었다.

"이런 말을 하면 **미쳤다**고 생각할 줄 알지만, 미쳤다는 말 외에 달리 적당한 말이 없다 보니," 패트릭은 콧방귀를 뀌는 듯이 웃으며 말했다. "우리 돌아갈 수 있을까요? 아직 준비가 안 됐어요."

"병원으로요?" 운전사는 승객에게 조금 전처럼 호의적이지 않았다.

병원에 돌아가지 않을 수 없는 우리 같은 사람들에 대해선 별로 알고 싶지 않겠지, 하고 패트릭은 생각했다. 그는 눈을 감고 뒷좌석에 길게 누웠다. '이야기가 이야기를 하면서 그렇게 한참 비스듬히…… 나아간다…… 당신은 정신병원과 그곳의 모든 것은 생각도 않는 게 좋다.'* 그곳의 그 모든 것, 그 불가사의한 '표현되지 않음', 위협을 생각하면 팽창하고, 명시적인 긴박감을 생각하면 수축하는 그것.

병원으로 돌아가는 차 안에서 패트릭은 가슴에 통증을 느끼기 시작했다. 병적인 연애의 설렘을 바라는 격렬한 갈망 때문이리라는 것으로는 설명할 수 없는 통증이었다. 손이 떨리고 이마에는 송골송골 땀이 맺혔다. 파가치 박사에게 갔을 때쯤 그는

***

* 영국 시인 윌리엄 엠프슨의 시 「그냥 두라」를 틀리게 인용하게 함으로써 패트릭이 알코올 중독 섬망증에 다시 빠지며 정신이 해체되고 있음을 암시한다.

살짝 환각에 빠졌고, 유리창을 기어 다니며 나갈 구멍을 찾는 벌레처럼 깊이가 없는 이차원 공간에 갇힌 듯했다. 파가치 박사는 4시에 먹을 옥사제팜을 걸렀다고 그를 꾸짖었다. 너무 급격히 약을 끊으면 심장마비를 일으킬 수 있다고 했다. 패트릭은 떨는 손으로 불투명한 플라스틱 약통을 집어 옥사제팜 세 알을 꺼내 먹었다.

다음 날 그는 우울증 환자 모임에서 거의 성공할 뻔한 탈출 체험을 '간증'했다. 알고 보니 참석자들 거의 모두가 달아날 뻔했거나, 달아났다가 돌아왔거나, 거의 하루 종일 달아날 생각을 한 체험을 가지고 있었다. 그런가 하면 병원에서 나가는 것을 두려워하는 이들도 있었지만, 달아나고 싶어 하는 사람들에게 겉으로만 반대하는 입장인 듯했다. 모든 참석자들은 얼마나 많은 치료를 받아야 '정상적인 생활'을 시작할 수 있을까 하는 생각에 집착했다. 패트릭은 다른 환자들과 유대감을 느끼며 얼마나 감사한지 스스로 놀랐다. 평생토록 자신을 남들과 구별하던 버릇은 모임 참석자들 전원을 향한 선의의 파도에 밀려 일시적으로 전복되었다.

조니 홀은 표 나지 않게 식장 뒤쪽 자리에 앉았다. 패트릭은 좌석 가장자리를 돌아 죽마고우가 있는 곳으로 갔다.

"어떻게 견디고 있어?" 조니가 말했다.

"아주 잘." 패트릭은 조니 옆에 앉으며 말했다. "너와 메리 외에는 누구에게도 말할 수 없는 이상한 흥분감이 들어. 처음 며칠은 얼이 빠져 있었어. 그러다 너희 정신과 의사들이 말하는 '직관'을 얻게 되었지. 어제저녁 장의사에 가서 어머니 시신 옆에 앉아 있다 왔어. 접점을 찾았어…… 나중에 말해 줄게."

조니는 격려하듯이 웃고는 잠시 멈칫하더니 "아니 뭐야, 니컬러스 프랫이잖아!" 하고 말했다. "저분을 여기서 보게 될 줄은 몰랐는걸."

"나도 그래. 너는 그래도 니컬러스와 말을 안 해도 될 윤리적 이유가 있으니 다행이다."

"안 그런 사람이 있어?"

"꽤 있지."

"끝나고 나중에 온슬로에서 보자." 조니는 안내원이 옆에 와서 패트릭을 기다리는 것을 보고 일어나 그렇게 말하고 다른 데로 갔다.

"준비되셨으면 이제 언제든 시작할 수 있습니다." 안내원은 차례를 기다리는 시신들이 있기 때문에 당장 식을 시작해야 한다는 인상을 풍겼다.

패트릭은 실내를 휘 둘러보았다. 조문객 몇십 명이 엘리너의 관을 바라보며 앉아 있었다. "좋아요. 10분만 더 있다 시작합시다."

"10분요?" 안내원은 스물한 살이 되면 정말 신나는 일은 무엇이든 다 할 수 있다는 말을 들은 어린아이처럼 대꾸했다.

"네, 사람들이 아직 오고 있어서." 패트릭은 문 앞에 줄리아가 서 있는 것을 보고 말했다. 흐린 아침 하늘을 배경으로 검은색이 삐죽삐죽 번지며 묻어난 느낌. 검은색 베일, 검은색 모자, 뻣뻣한 검은색 실크 드레스. 그리고 머리로는 야들야들한 검은색 실크 속옷을 보았다. 그는 줄리아의 심리 상태가 주는 영향을, 열정적이지만 배타적인 그 감수성을 바로 느낄 수 있었다. 줄리아는 젖은 풀 사이의 거미줄처럼 살짝 건드리기만 해도 떨고, 이슬을 머금어 반짝이지만 그 빛에는 무관심한 여자였다.

"딱 맞춰서 왔네." 패트릭은 까칠한 검은색 베일 위로 줄리아에게 키스했다.

"언제나처럼 늦었다는 거겠지."

"아니야. 시간 딱 맞았어. 이제 개시될 참이야, 개시가 내가 원하는 말인지는 모르겠지만."

"아니야." 그녀는 짧게 목쉰 소리로 웃었다. 늘 그의 신경에 거슬리는 그 웃음소리였다.

그들이 서로를 마지막으로 본 곳은 프렌치 호텔이었다. 그곳에서 그들의 혼외 관계는 끝났다. 두 사람이 따로 든 방은 중간 문으로 서로 연결되었지만 그들은 아무것도 말할 것이 없었다. 희미한 구름과 장미 화환을 그려 넣어 하늘처럼 꾸민 둥근 천장 아래 장시간 함께 앉아 식사를 하는 동안 그들은 계단을 응시했다. 그 계단을 한 층 내려가면 호텔 전용 부두가 있었다. 그곳에 정박된 배들은 서로 부딪치고 그 배들을 붙들고 있는 밧줄은 기둥에 매여 삐걱거리고, 부두의 돌바닥에 박힌 기둥들은 녹이 슬었다. 그들 모두 떠나기를 열망했다.

"자기는 메리와 이혼했으니 이제 내가 필요 없겠지. 나는······ 구조적이었으니까."

"맞아."

너무 노골적인 한마디였는지 모른다. 침묵만이 그것을 덮을 수 있었다. 그녀는 아무런 말도 없이 일어나 가 버렸다. 더러운 난간에 앉아 있던 갈매기가 날개를 퍼덕이며 솟아올라 날카롭게 울며 바다로 날아갔다. 그는 그녀를 불러 돌아오라고 하고 싶었지만 그들 사이에 깔린 카펫은 길이가 점점 늘어나는 것만 같았고, 그렇게 하고 싶은 충동은 이내 사라져 버렸다.

줄리아는 모친상을 당한 이 아들을 바라보며 이제는 패트릭에게서 완전히 떠난 느낌이 든다고 분명히 생각했다. 그에게 매혹적으로 보이기를 바라는 것은 별개의 문제였다.

"정말 오랜만이야." 패트릭은 검은 베일의 망사에 가려진 붉은 입술을 내려다보며 말했다. 그는 그와 성관계를 가졌던 거의 모든 여자들에게 불편한 마음을 느끼면서도 여전히 끌렸다. 다른 모든 이유에서 관계 회복에 강한 반감을 느끼면서도 그랬다.

"1년 반 만이네." 줄리아가 말했다. "자기, 술 끊었다는 거 사실이야? 그럼 지금 아주 힘들겠네."

"전혀. 위기는 영웅을 요하니까. 복병은 만사 편안할 때 들이닥친다고 하지."

"그 만사 편안하다는 게 어떤 건지 자기가 직접 말로 나타낼 수 없다면 만사 별로 달라진 건 없다는 거야."

"달라졌어. 다만 내 말버릇이 그 변화를 따라잡는 데 시간이 좀 걸릴 뿐."

"정말 기대돼."

"풍자적으로 말할 기회가 생기기만 하면……"

"그걸 잡겠지."

"그 중독은 무엇보다 끊기 힘들어." 패트릭이 말했다. "헤로인은 아무것도 아니야. 풍자적으로 말하는 습관을 버리려고 해 봐 어떤지. 무언가를 말할 때 다른 무엇을 빗대어 말해야 하고, 한곳에 있으면서 다른 곳에 있어야 하고, 한 가지 고정된 의미의 재앙에 참여하지 않고자 하는 그 깊은 마음속의 필요를 말이야."

"하지 마!" 줄리아가 말했다. "그러잖아도 나는 금연 패치를 차고도 담배를 피우느라 애를 먹고 있어. 내가 처한 풍자적 상황은 가만 내버려 둬." 그녀는 연극 조로 과장되게 그를 붙들고 애원했다. "그냥 야유만 좀 하고 가든가."

"야유는 가치가 없어. 야유가 의미하는 건 단 하나, 경멸이니까."

"그래, 자기는 언제나 질을 따졌지." 줄리아가 말했다. "하지만 나처럼 야유를 좋아하는 사람도 있어."

줄리아는 자기가 패트릭과 희롱하고 있다는 것을 의식했다. 그녀는 옛정에 약간 끌렸지만 그와 헤어지길 잘했다는 것을 스스로 꾸짖듯 상기했다. 더욱이 그녀에게는 이제 귄터가 있었다. 그는 매주 주중의 가운데 날들은 런던에서 지내는 멋진 독일인 은행가였다. 그도 패트릭처럼 유부남이긴 했지만, 그 외의 모든 면에서는 패트릭과 정반대였다. 붙임성 있고 건강하고 부유하고 절제할 줄도 아는 남자. 그는 오페라 티켓을 가져왔고 캐비아 전문점에 예약을 했고 여러 나이트클럽 회원권을 가지고 있었고, 그 모든 것을 그의 개인 비서가 다 알아서 챙겨 주었다. 어떤 때는 잘 다린 청바지에 지퍼 달린 스웨이드 재킷을 걸치고는 앞뒤 가리지 않고 그녀를 데리고 여기저기 생소한 동네의 재즈 클럽을 찾아다녔다. 물론 항상 밖에는 그들을 집에 데려다줄 조용하고 듬직한 대형 승용차가 대기하고 있었다. 버클리 스퀘어 바로 뒤편 헤이즈 뮤즈 거리에 있는 귄터의 집은 옛날 마구간을 개조한 집 세 채를 터서 그의 친구들이 다 그러듯이 지하 이층에는 수영장을 만들었다. 그는 미술계에 있는 친구들의 말을 무턱대고 믿고 흉측한 현대 미술 작품들을 수집했다. 그의 옷방에는 여자의 젖꼭지를 찍은 흑백 예술 사진들이 걸려 있었다. 줄리아는 그와 함께 있으면 수준 높은 생활을 한다는 기분이 들었지만 그와 희롱하고 싶은 마음은 들지 않았다. 귄터와 있으면 그런 생각조차 들지 않았다. 그는 풍자적인 말을 하지 말아야 할 필요도 느끼지 않았다. 물론 풍자가 무엇인지는 아는 사람이었다. 더욱이 그는 아무리 우스꽝스러워도 개의치 않고 집요하게 풍자적인 말을 추구했다.

"이제 자리를 찾아 앉는 게 좋겠어." 패트릭이 말했다. "나도 뭐가 어떻게 진행되는지 잘 몰라. 장례식 순서를 들여다볼 틈도 없었어."

"하지만 자기가 준비한 거 아니야?"

"아니. 메리가 했어."

"어쩌면!" 줄리아가 말했다. "메리는 정말 항상 도움을 주는 여자야. 자기 어머니보다 더 어머니 같아."

줄리아는 가슴이 점점 더 빨리 뛰는 게 느껴졌다. 어쩌면 너무 나갔는지 모른다. 그 자기희생의 귀감에게 가졌던 자신의 오랜 경쟁심이 이제는 쓸모가 없는데도 불쑥 튀어나오자 그녀는 깜짝 놀랐다.

"그랬지, 아이를 낳기 전까지는." 패트릭은 상냥하게 말했다. "얼마간은 그런 이유로 나는 마각을 드러내게 되었고."

줄리아는 그가 그렇게 미치게 차분하게 굴지 않았으면 좋겠다고 생각했다. 그러다 그가 화를 낼까 봐 두려웠던 것이다.

기분 좋은 오르간 연주가 시작되었다.

"더 어머니 같든 아니든 난 이제 언제까지고 단 하나뿐일 어머니를 태워 버려야 해." 패트릭은 줄리아에게 상쾌하게 웃어 보이고 가운데 통로를 따라 메리가 기다리는 맨 앞줄로 갔다.

4

메리는 맨 앞자리에 앉아 엘리너의 관을 응시하며, 순간적으로 일어난 반발심을 억눌렀다. 패트릭이 어디에 있지 하고 뒤돌아봤다가 줄리아와 가볍게 시시덕거리는 것을 보았기 때문이다. 그녀의 교양 있는 무관심을 필요로 하는 심각한 일이 아무것도 없어서인지 화가 치밀었다. 그녀는 다시 도움이 되어 주고 있는데 패트릭은 다른 여자에게 관심을 기울이고 있었다. 그렇다고 메리가 그의 관심을 더 원하는 건 아니었다. 다만 그녀는 패트릭이 좀 더 자유로워지기를, 뻔한 생활에서 좀 더 벗어나기를 원했다. 공정하게 말하자면—그녀는 그렇게 매사에 공정하려는 버릇을 버리고 싶었다—패트릭이 원하는 것도 자유로워지는 것이었다. 메리는 이혼을 했기 때문에 자기와 패트릭 사이가 더 가까워졌다는 것을 애써 상기해야 했다. 이혼하기 전, 습관적으로 함께 있거나 멀어지거나 하던 생활을 뒤로 하고, 이제는 자식을 중심으로, 또 서로를 중심으로 비교적 안정된 궤도를 도는 생활에 안주하고 있었다.

그런 생각을 하는 가운데 화가 조금 누그러졌다. 다시 뒤를 흘긋 돌아보니 에라스무스 프라이스가 보였다. 진지한 얼굴로 웃음을 보내는 그를 보고 화가 조금 더 누그러졌다. 그녀는 그녀대로 그와의 간통으로 위안을 얻었다. 그들의 관계는 프랑스 남부에서 시작되었다. 패트릭은 그들의 결혼 생활이 파국에 접어들었을 무렵 그곳에 집을 임대하자고 고집을 부렸다. 유년기를 보낸 생나제르 집 근처로 돌아가고 싶은 강박적인 생각에 사로잡혔던 것이다. 메리가 그것은 낭비라고 아무리 항변해도 소용이 없었다. 패트릭은 술에 빠져 사는 생활의 절정에 이르러 무의식의 미로를 헤매고 있었기 때문에 도무지 말이 통하지 않았다.

프라이스 부부도 결혼의 위기를 맞고 있었다. 그들의 아들들도 로버트와 토머스 또래였다. 두 집은 겉으로는 균형이 잘 맞아 서로 잘 지낼 것 같아 보였지만 실제로는 조화를 이루지 못했다.

"'정치에서 일주일은 긴 시간'*이라는 말에 놀라는 사람은 프

---

* 1960년대 영국의 해럴드 윌슨 총리가 정치에서는 짧은 시간에 많은 일이 일어날 수 있다는 뜻으로 한 말이라고 알려져 있다.

라이스네와 지내 봐야 해. 그러면 망할 놈의 영원처럼 느껴질 테니." 이튿째 되는 날 패트릭이 말했다. "그 친구가 어떻게 그 별난 이름을 갖게 됐는지 알아? 자기 아버지가 옥스퍼드 대학교 출판사의 65권짜리 『에라스무스 전집』을 편집하는 중에 자기 어머니가 아들을 낳았다는 소식을 알려 왔는데 '이름을 에라스무스라고 하자, 루터라고 해도 되고. 오늘 아침에 에라스무스가 루터에게 보낸 중요한 편지를 다시 읽었거든' 하면서 영감을 받은 사람처럼 외쳤다더군. 그 두 이름 중에서 선택을……" 패트릭의 말소리가 가라앉았다.

메리는 그의 말을 무시했다. 인사불성이 되도록 술을 더 마시려고 그날 분의 핑곗거리를 만들려는 것임을 알기 때문이었다. 패트릭이 술로 정신을 잃고 에밀리 프라이스가 잠을 자러 간 뒤에도 메리는 밤늦도록 자지 않고 에라스무스의 고충에 귀를 기울여 주었다.

"어떤 사람들은 미래는 자기들 것이며 그걸 잃을 수도 있다고 생각하죠." 그는 첫날밤에 레드 와인을 따른 잔을 빤히 바라보며 말했다. "하지만 나는 그런 의식이 없어요. 일이 잘될 때조차 고통 없이 즉사해도 괜찮다고 생각하죠."

그녀는 왜 이런 우울한 남자들한테 끌리는 것일까? 그래도 에라스무스는 패트릭과는 달리 철학자로서 쇼펜하우어처럼 자신의 비관을 세계관으로 발전시키기라도 했다. 그 독일 철학자를 언급하고 그는 얼굴에 생기가 돌았다.

"쇼펜하우어가 한 말 중에서 내가 가장 좋아하는 말은 죽어가는 친구에게 해 준 조언입니다. '자네는 생성되지 않았더라면 좋았을 무엇으로 존재하기를 중단하는 중이야'라고 했죠."

"퍽이나 도움이 되었겠군요." 메리가 말했다.

"과거에 대한 그리움을 여지없이 깨는 말이죠." 그는 감탄하여 속삭였다.

에라스무스는 자기들의 결혼 생활이 회복할 수 없는 지경에 이르렀다고 했다. 메리가 보기에도 그들의 결혼은 존속한다는 것 자체가 미스터리였다. 에밀리 프라이스에게는 손님으로서 세 가지 주된 결점이 있었다. 부탁할 때 덧붙이는 정중한 표현을 못 한다는 것, 고맙다는 표현을 못 한다는 것, 미안하다는 표현을 못 한다는 것. 그러면서 이런 표현이 요구되는 상황을 불러일으켰다. 그녀는 메리가 토머스의 희멀건 어깨에 선블록을 발라 주는 것을 보고는 얼른 달려와 메리의 손바닥에 짜 놓은 흰 크림을 손가락으로 그냥 듬뿍 떠 가면서 "나는 선블록만 보면 바르지 않고선 못 배겨요"라고 말했다. 장남이 태어났을 때도 그 같은 갈구를 느꼈다고 했다. "우리 첫째를 본 순간 나는 **아이를 하나 더 낳고 싶다**고 생각했어요."

에밀리는 케임브리지에 대해 불평했고, 남편과 아들들에 대해 불평했고, 집에 대해 불평했고, 프랑스와 해와 구름과 나뭇잎

95

과 바람과 병뚜껑에 대해 불평했다. 그녀는 멈추지를 못했다. 불만의 작은 배가 물에 잠기지 않게 해야 했다. 심지어 허위의 표적을 만들어 불만의 화살을 쏘기도 했다. 케임브리지는 지옥과 같았고 런던은 훌륭하다고 말했다. 하지만 막상 에라스무스가 런던 대학교 교수직에 지원하자 지원을 취소하게 만들었다. 그때 그곳에 지원하는 건 너무 비겁하다고 남편에게 말했지만 멜로즈 부부에게는 진실을 털어놓았다. "나는 그저 공기의 질과 학교에 대해 불평하기 위해 런던으로 이사하고 싶었을 뿐이었거든요."

패트릭은 술로 인사불성이 되었다가 도전적인 에밀리의 성격에 잠시 정신이 번쩍 났다.

"에밀리는 클라인 정신분석학회에서 인기를 끌거야—'매력 없는 유방에 관한 강연'이라는 주제로." 그는 침대 속에서 땀을 흘리며 낄낄거렸고 메리는 자신의 인내심을 연마했다. "에밀리의 어머니는 에밀리가 어렸을 때 잉크가 다 닳을까 봐 볼펜을 못 쓰게 했대." 그는 웃다가 침대에서 떨어졌고, 침대 머리맡 탁자에 머리를 찧어 혹이 나 진통제를 먹어야 했다.

메리는 인내심을 잃으면 적당히 넘어가지 않았다. 그녀는 용광로에서 불어 나오는 뜨거운 바람처럼 에밀리의 근원적인 박탈감을 느낄 수 있었다. 그러나 왠지 그녀 특유의 감정이입은 접어 두고, 짜증스러운 결과들에 열중해, 에밀리가 그런 행동을 보이는 비참한 원인은 느끼지 않기로 했다. 에라스무스가 서툴게 수작을 건 뒤로 특히 그랬다. 그것은 실패한 결혼에 대한 끝없는 이야기를 나누던 이튿날 저녁에 일어난 일이었는데, 그녀는 그의 수작을 전적으로 거부하는 반응을 보이지는 않았다. 한 주 동안 그들은 각기 난파한 결혼의 표류물을 가지고 서로를 부양시켰다. 이 흠뻑 젖은 파편들을 가지고 관계를 가지려는 시도는 무용하다는 것을 인정하기까지는 런던에 돌아와서도 두 달이나 걸렸다. 그동안 메리는 에라스무스의 최근 저작 『여전한 무지 : 의식 철학의 진전』을 붙들고 씨름하며 성실히 다 읽어 냈다.

패트릭은 메리의 침대 옆 탁자에 『여전한 무지』가 있는 것을 보고 아내의 수고스러운 연애를 의식하게 되었다.

"당신이 그 책의 저자와 바람나지 않은 다음에야 그 책을 읽을 리가 없지." 그는 눈을 반쯤 뜨고 짐작으로 말했다.

"그렇더라도 이 책을 읽는다는 건 사실상 불가능해, 정말이야."

그는 눈을 꼭 감고 안도감에 자신을 맡겼다. 입가에 야릇한 미소가 돌았다. 혼자 저울의 한쪽에서 간통의 거대한 짐을 지고 있었는데, 그녀가 다른 한쪽에서 작은 무게를 지고 균형을 맞춰 주게 된 것이다. 이로써 짐을 덜게 되었다는 생각에 그가 기분 좋아한다는 것을 알고 그녀는 어렴풋한 혐오를 느꼈다.

그 후 메리의 어머니라면 "사람을 완전히 미치게 한다"고 했을 시기가 시작되었다. 패트릭은 새로 얻은 단칸 셋방에서 불을 끄고 두문불출하는 생활을 했고, 어쩌다 집에 오더라도 그녀를 붙들고 의식 연구에 대한 설교를 늘어놓거나 취조하듯 이것저것 따져 물을 뿐이었다. 취기에서 나오는 느릿한 훈계조로 정확성을 갖추어 말할 때도 있었고, 몽상에 사로잡혀 열광적인 변을 토하기도 했다. 어떤 경우가 되었든 그는 사람들 앞에서 변론을 하던 변호사답게 그럴듯한 능변을 발휘했다.

"의식이라는 주제가 과학의 영역에 속하려면 의식의 대상이 되어야 해. 그런데 의식은 의식의 대상이 될 수가 없다는 게 문제지. 눈이 스스로를 지각하지 못하는 것처럼. 눈이 튀어나와 자신의 수정체를 볼 수는 없잖아. 경험의 언어와 실험의 언어는 시험관의 물과 기름처럼 정체되어 있어. 철학이 폭력을 행사하는 경우가 아니면 그 둘은 절대로 섞이지 않지. 철학의 폭력. 동의해? 앗! 스탠드! 걱정 마, 그거 내가 새로 사다 줄게. 그런데 농담이 아니라, 방추 세포에 대한 당신의 입장은 뭐야? 방추 세포 지방종 말이야. 당신은 찬성이야, 반대야? 당신은 확장된 정신에 대한 이론이 양자론적 편재에 자신 있게 기초할 수 있다고 생각해? 방추 세포의 따뜻한 나선형 양자 자궁 속에 잉태된 두 개의 연결된 소립자는 행성 간의 광대한 어둠 속을 돌진하더라도 서로에게 계속 영향을 미칠 수 있다는 거, 겉모양은 **냉랭하게**

분리되어 있어도 여전히 서로 감응한다는 거, 당신은 믿어? 당신은 찬성이야 반대야? 그런데 이 소립자들이 계속 서로 공명한들, 그게 우리가 경험하는 소립자가 아니라면 그게 경험에 어떤 영향을 미칠까?"

"아아, 제발 좀 그만해!"

"우리의 '설명의 간극'*은 누가 제거해 주지?" 그는 암살자에게 골치 아픈 사제를 처치해 달라고 하는 헨리 2세처럼 목청을 돋워 가며 말했다. "그런데 이 간극은 그저 우리의 곡해된 대화의 산물일까?" 그는 지루한 말을 계속 이어 갔다. "현실은 합의에 의한 환각일까? 신경 쇠약은 사실은 **합의를 거부**하는 것이 아닐까? 자, 말해 봐, 수줍어하지 말고, 당신은 어떻게 생각해?"

"당신, 곤드라지려면 당신 집에 가서 해. 당신 이 지경인 거 애들한테 보이지 말고."

"이 지경? 무슨 지경? 철학적 탐구의 지경? 난 당신이 찬성할 줄로만 생각했는데."

"난 가서 애들 데려와야 해. 어서 당신 집에 가."

"그걸 내 집으로 생각해 주다니 정말 고맙기도 하군. 난 그렇게 복된 위치에 있지 않은데 말씀이야."

그는 흔히 그러듯 의식에 관한 토론을 포기하고 문을 세게 닫

＊   의식과 심리 철학에서 물리적 성질이 어떻게 의식에 영향을 미치는지 설명하고자 할 때 발생하는 설명의 어려움을 가리키는 말이다.

고 가 버렸다. 집에 대한 손상된 의식을 표현하기 위해 '속성 이원론'*과 같은 추상적인 구절을 왜곡해서 말하는 그에게 '씨팔년'은 반가울 만큼 단순 명쾌했다. 그는 그렇게 성을 내며 갔고 그녀의 죄책감은 날이 갈수록 감소되었다. 그녀는 로버트와 토머스가 아버지의 기분이 어떤지 물을까 봐 두려웠다. 그의 노려보는 듯한 침묵, 열변을 토하는 내향성, 졸렬함과 불행이 펼치는 그 비참한 광경. 아이들은 사실 그를 별로 보지 못했다. 그는 술에 빠져 살던 마지막 두 달 동안은 '출장 중'이었고, 그 후 한 달 동안은 프라이어리 병원에 있었다. 그래도 남의 흉내를 내는 비상한 재능이 있는 로버트는 패트릭이 아내에게 위장 공격을 가할 때 사용하는, 에라스무스의 책 내용을 가지고 그를 흉내 냈다.

"생각은 어디서 오지?" 로버트는 깊은 생각에 잠긴 듯이 서성거리면서 중얼거렸다. "손을 움직이기 전에 그 결정은 어디서 있다 오는 걸까?"

"형, 솔직히 그건 두뇌가 알 거라고 난 생각해." 토머스는 킥킥 웃으며 말했다.

"글쎄요, 트레이시 씨," 로버트는 줄에 매달린 듯이 머리를 끄덕거리며 말을 더듬었다. "손을 움직이면…… 두뇌가 손에게 움

---

* 심리 철학에서 물질에는 물리적 속성과 정신적 속성이 있다는 주장.

직이라고 말하니까 그러는 것이죠, 하지만 손한테 말하라고 두 뇌에 말하는 건 누가 하죠?"

"그건 정말 어려운 문제군요, 브레인 씨." 로버트는 트레이시 씨의 최저음 목소리로 바꾸어 말했다.

"아, 글쎄요, 트레이시 씨," 로버트는 말을 더듬는 과학자의 역할로 돌아갔다. "내가 그 문제를 풀 수 있는 기계를 발명했습니다. '싱크어트론Thinkatron'이란 겁니다."

"그거 켜시오, 켜시오!" 토머스가 턱받이를 공중에 휘휘 돌리며 소리쳤다.

로버트는 점점 더 위협적으로 커지는 기계음을 냈다.

"어, 안 돼! 터지겠다!" 토머스가 경고했다. "싱크어트론이 폭발할 거야!"

로버트는 큰 폭발음을 내며 바닥에 몸을 던졌다.

"어이쿠, 트레이시 씨, 1차 회로에 과부하가 걸렸나 봅니다."

"걱정 마시오, 브레인 씨." 토머스는 너그럽게 말했다. "당신이 문제를 해결할 수 있을 것이오. 그런데 그보다 엄마," 그는 메리를 향해 말했다. "아빠가 그렇게 화를 내며 말하던 '의식에 관한 토론'이 뭐야?"

"어휴, 맙소사." 메리는 자기와 가까운 사람에게서 의식 이야기가 나오지 않았으면 하는 마음이 간절했다. 그녀는 그 주제를 이해하기 어렵게 학문적으로 보이게 말하면 토머스의 관심을 끌 수 있으리라 생각했다. "그건 두뇌와 마음이 동일한 것인가에 대한 철학적이고 과학적인 토론을 말하는 거야."

"아니, 당연히 동일하지 않아." 토머스는 입에서 엄지손가락을 빼고 눈을 크게 뜨며 말했다. "두뇌는 몸의 일부고 마음은 외부의 영혼이란 말이야."

"그렇지." 메리는 깜짝 놀랐다.

"내가 이해하지 못하는 건 왜 사물이 존재하느냐는 거야." 토머스가 말했다.

"그게 무슨 말이니? 왜 아무것도 없지 않고 무언가가 있느냐는 거니?"

"응."

"그건 나도 몰라. 하지만 아마 그것에 놀라워하는 마음은 계속 간직할 가치가 있을 거야."

"난 그게 놀라워, 엄마. 정말 놀라워."

마음은 '외부의 영혼'이라는 토머스의 말을 에라스무스에게 해 주었더니 그는 메리만큼 감동을 받은 것 같지 않았다.

"그건 구식 사고방식이야. 영혼은 내면의 마음이라는 좀 더 현대적 시각으로 두 개의 불투명한 기표가 가진 관계를 단순히 전도시켜서 어떤 성과를 거두지는 못했지만 말이야."

"응." 메리가 말했다. "하지만 여섯 살 먹은 아이가 미묘하기로 유명한 문제에 대해 그렇게 분명한 의견을 낸다는 건 상당히 놀랍지 않아?"

"어린아이들에게는 그 거창한 의문들이 아직은 '미묘하기로 유명한' 문제가 아니기 때문에 우리 어른들에게는 비범해 보이는 말들을 많이 하는 거야. 우리 올리버는 지금 겨우 여섯 살인데 죽음에 대한 생각에 사로잡혀 있어. 그 생각을 견딜 수 없어 해, 그것은 아직 설명된 부분에 편입되지 않은 것이지. 죽음은 추문이고 디자인상의 비극적 결함인 거야. 그것은 모든 것을 파멸시키는 것이지. 우리 어른들은 죽음이라는 기정사실에 익숙해진 거야―죽음이라는 건 축소할 수 없이 이상한 일이긴 하지만. 올리버는 그 사형 집행자의 머리에 복면을 씌우는 비결을, 그 이상한 일을 사실로 가리는 비결을 터득하지 못한 것이지. 언젠가 창턱에 파리가 죽어 있는 것을 보고 올리버가 울더군. 그러면서 왜 모든 것은 죽어야 하느냐고 내게 묻더라고. 내가 해줄 수 있는 대답은 동어반복뿐이었어. 영원한 것은 없다는 말."

메리는 모든 일을 일반적이고 이론적으로 바라보는 에라스무스가 어떤 때는 너무 화가 났다. 그녀는 그저 토머스에 대한 칭찬의 말을 듣고 싶을 뿐이었다. 마침내 그녀가 그들의 관계를 지속시키는 것은 아무런 의미가 없는 듯하다고 했을 때, 그는 그녀의 입장을 냉정하게 받아들였고, 그녀는 그 냉정함에 모욕을 느꼈다. 그는 더 나아가 자기는 "최근 범신론적인 방법론을 만지작거리고 있다"고 털어놓았다. 마치 지성의 야생적인 면을 드러내면 그녀가 마음을 고쳐먹기라도 할 것처럼.

메리는 아이들을 할머니의 장례식에 데려가지 않고 외할머니에게 맡겨 놓기로 했다. 토머스는 할머니에 대한 기억이 없고 로버트는 아버지의 배신감에 물들었기 때문에 장례식에 가 봐야 슬픔과 상실의 자연스러운 감정을 덜기보다는 시든 적대감만 되살릴 것 같았다. 그들 모두가 마지막으로 함께 있었던 것은 2년 전, 초롱꽃이 만발할 때*였다. 엘리너가 생나제르에서 영국으로 돌아오고 나서 얼마 안 되었을 때 모두 함께 큐 왕립 식물원에 갔다. 가장자리에 멋진 색의 꽃들이 우거진 구불구불한 '진달래 골짜기' 길을 따라 메리는 엘리너가 탄 휠체어를 밀고 숲의 산책길로 갔다. 패트릭은 뒤에 처져서 따라갔다. 흐드러진 분홍색, 주황색 꽃에 짐짓 얼을 빼앗긴 척하면서 그는 마침 가지고 있던 조니워커 블랙 레이블 일회용 병을 들이켰다. 그들이 가는 길에 금계 한 마리가 나타났다. 사프란 같은 샛노란 색과 피처럼 붉은 깃털이 에나멜처럼 빛났다. 메리는 깜짝 놀라 휠체어를 멈추었다. 금계는 깐닥거리는 조류의 걸음걸이로 위엄 있게 화산 자갈로 다져진 길을 가로질렀다. 그 걸음걸이는 헤엄치는 개가 머리를 높이 처드는 것처럼 부자연스러운 재능 때문

---

*   4월 말에서 5월.

에 치르는 대가였다. 팔꿈치에 구멍이 나고 단추가 크고 납작한 밤색 카디건과 낡은 하늘색 플란넬 바지 차림으로 휠체어에 잔뜩 웅크리고 앉은 엘리너는 그 새를 보고 깜짝 놀라더니 혐오스러운 얼굴로 쳐다보았다. 그러나 그 혐오의 표정은 이미 오래전부터 그녀의 얼굴에 자리 잡고 있던 것이었다. 어머니와 말하지 않겠다고 마음먹은 패트릭은 "아이들을 봐야겠다"고 중얼중얼 말하며 그들을 앞질러 갔다.

엘리너는 격앙된 손짓으로 메리에게 가까이 오라는 표시를 했다. 그리고 드물게 완전한 문장으로 말을 꺼냈다.

"난 저 아이가 데이비드의 아들이란 걸 잊을 수가 없어."

"요즘 저이를 따라다니며 괴롭히는 건 아버님이 아니에요." 메리는 쏘는 듯이 말을 한 자신을 의식하고 내심 놀랐다.

"따라다니며 괴롭힌다……" 엘리너가 말했다.

메리가 휠체어를 밀어 여기저기 고인 물이 얼룩덜룩한 빛을 반사하는 숲의 산책길을 지나갈 때쯤 엘리너는 다시 말을 할 수 있었다.

"너…… 괜…… 찮…… 아?"

엘리너는 계속해서 똑같은 질문을 했고, 그럴수록 점점 더 동요했다. 울창한 오크나무의 움직이는 그늘 아래 노란 달래 줄기와 초롱꽃이 어우러진 몽롱한 경치는 무시했다. 엘리너는 패트릭에게서 메리를 구해 주고자 그러는 것이었다. 메리가 처한 상황이 어떤지 이해해서 그런 것이 아니라 소급 적용할 수 있는 마법으로 스스로를 데이비드에게서 구하려는 것이었다. 메리는 긍정적인 대답을 하려는 시도를 했고 이것은 엘리너에게 고통을 주었다. 엘리너가 받아들일 수 있는 대답은 단 하나였다. "아뇨, 저는 괜찮지 않아요! 저는 폭군 같은 미치광이와 지옥 같은 삶을 살고 있어요, 가엾은 어머니도 그렇게 사셨죠. 그렇지만 저는 우주가 우리를 구해 줄 것을 진심으로 믿어요. 진정 상처 입은 치유자인 어머니의 놀라운 샤머니즘적 능력 덕분이에요."

무슨 이유에서인지 메리는 그런 말을 할 엄두가 나지 않았다. 그렇지만 두 여자 사이에는 성가신 자매애 같은 것이 여전히 존재했다. 메리는 엘리너의 성장 과정의 어떤 특징들을 아주 쉽게 알아챘다. 극심한 수줍음, 지극히 중요한 유모, 소심한 자아의식, 까다로운 남자에게 끌리는 마조히즘적 성향. 엘리너는 이런 기운들이 이루어 낸 교훈적인 이야기 자체였다. 희생시킬 자아가 거의 없는데 자기희생을 하는 일의 무용함, 길을 잃은 상황에서 더 길을 잃는 것으로 대처하는 일의 무용함에 대한 경고였다. 무엇보다 엘리너는 어린아이였다. 수많은 성인처럼 '애어른'이 아니라 돈과 알코올과 환상의 절임 단지 속에 온전히 보존된 작은 아기 같았다.

큐 왕립 식물원에 갔던 그 다채로웠던 날 이후 그들은 엘리너를 보러 요양원에 가더라도 아이들은 데려가지 않았다. 패트릭도 어머니가 안락사에 대한 일시적 관심으로 그를 괴롭힌 뒤로는 아예 발길을 끊어 버렸다. 그게 2년 전이었다. 메리만은 꾸준히 인내했다. 어쨌든 엘리너는 시어머니가 아니냐는 박약한 의무감을 상기할 때도 있었고, 엘리너가 참여하든 안 하든, 깨진 가족의 조화를 복구하는 작업을 미루지 말아야 한다는 불분명한 확신을 가질 때도 있었다. 그러나 달이 거듭되는 가운데 엘리너는 움직이지 않고 멍하니 천장을 응시했고, 메리는 허공에 대고 말하면서도 자기가 무언가 유익한 일을 한다고 생각하기도 했다. 그런 상황 속에서 드는 기분은 정말 묘했다. 두 사람 사이에 아무런 대화가 없을 때, 엘리너가 아들을 보호하지 못했다는 생각이 들었고, 메리는 경멸감에 휩싸였다. 그러면 긍정적인 자세가 좌초하는 일이 많았다.

엘리너가 갓 난 패트릭을 안고 병원에서 퇴원해 집으로 오고 나서 몇 주 동안 일어난 일에 대해 해 준 이야기를 메리는 잘 기억하고 있었다. 데이비드는 아들의 울음소리에 몹시 시달린 나머지, 그 시끄러운 녀석을 가장 멀리 떨어진 다락방으로 데려가라고 그녀에게 명했다. 엘리너는 이미 데이비드가 좋아하는 콘월에서 충분히 추방당했다고 느꼈다. 그 집은 빽빽한 삼림으로 둘러싸인 강어귀를 굽어보며 뾰족하게 뻗은 벼랑 끝에 있었다. 그런데 그것도 모자라 더 멀리 내몰릴 곳이 있다니 믿을 수 없었다. 그녀는 슬리퍼를 신거나 아기 담요를 챙길 겨를도 없이 갑자기 침실에게 쫓겨나 그 크고 추운 집의 작고 추운 방으로 올라갔다. 엘리너에게 그 집은 이미 우울의 공포에 푹 젖어 있었다. 그들은 엘리너가 첫째 아기를 임신해서 배가 많이 불렀을 때 트루로시의 등기소에서 결혼했다. 데이비드는 자신의 의술을 과대평가하고 그녀에게 아기를 집에서 낳자고 종용했다. 그렇게 해서 출산했지만 인큐베이터가 필요했던 조지나는 이틀 후에 죽고 말았다. 데이비드는 배를 저어 나가 아기를 바다에 수장한 뒤 사라져 사흘 동안 술을 마셨다. 엘리너는 출혈하는 가운데 방치된 채 침실에서 나오지 않았다. 그녀는 외부로 돌출된 창가에 서서 회색의 바닷물만 하염없이 바라보았다. 조지나가 죽은 뒤로 그녀는 데이비드와의 동침을 거부했다. 그러던 어느 날 밤, 그는 이층으로 올라가는 그녀의 오금을 주먹으로 쳤다. 그녀가 쓰러지자 팔을 뒤로 꺾어 계단 위에서 그녀를 강간했다. 그리고 그를 버리고 떠날 수 있을 만큼 역겨워져 정이 떨어졌다 싶었을 때 그녀는 자신이 임신했다는 것을 알았다.

갓난아이를 안고 다락방으로 올라간 엘리너는 발작적으로 자신감을 잃었다. 좁은 침대를 보자 아기를 데리고 누워 잠들면 자칫 자기 몸에 아기가 질식사할까 봐 겁이 났다. 하여 그녀는 불이 없는 벽난로 옆쪽 구석의 나무 의자에 앉아 아기를 안고 밤을 꼬박 샜다. 그 후 나무 의자에 앉아 밤을 지새우는 나날이 계속되었고, 그녀는 번번이 밤의 늪으로 빠지다가 아기가 벼랑에서처럼 잠옷 바람의 무릎에서 미끄러져 떨어지는 듯한 느낌이 들면 불현듯 깨어나 아슬아슬하게 아기를 잡곤 했다. 아기가 떨어져서 그 연한 머리가 딱딱한 바닥에 부딪혀 깨질까 봐 겁이 났지만, 침대에 누우면 아기가 깔려 죽을까 봐 그럴 수 없었다.

시간이 가고 상황은 조금 나아졌다. 조산사가 와서 시중을 들었고 부엌에 활기를 주는 가정부도 두게 되었고, 데이비드가 보트를 타고 나가 술을 마시는 동안에는 집 안에 피상적이나마 명랑한 분위기가 감돌았기 때문이다. 세 여자는 패트릭에게 지나친 관심을 보였다. 엘리너는 그녀의 침실로 돌아왔다. 그리고 자신의 방에서 휴식을 취할 때 그 끔찍한 밤을 보낸 날들은 거의 생각나지 않았다. 눈을 감고 창밖으로 회색 바닷물이 보이지 않자 조지나의 죽음에 대해서도 거의 생각나지 않았다. 패트릭에게 젖을 물리고 함께 잠이 들었을 때는 아기를 세상에 나오게 한 그 폭력에 대한 생각도 거의 다 잊었다.

하지만 엘리너가 아기를 낳고 집에 온 지 3주째 되던 어느 날, 데이비드는 밖에 나가지 않았다. 그의 기분은 아침부터 위태로웠다. 커피에서는 브랜디 냄새가 났고 그의 표정에는 격렬한 질투가 드러났다. 점심시간이 되었을 무렵, 그는 가슴을 찌르는 말로 모두의 마음에 상처를 입혔다. 이리저리 서성거리며 마음을 다치게 하거나 모멸감을 줄 기회를 엿보는 그를 의식하고 세 여자 모두 불안했다. 그런 가운데 그가 부엌으로 들어오자 그들은 새삼 깜짝 놀랐다. 그는 잘 맞지 않는 파자마 같은 외과 의사 복 차림에 낡은 가죽 가방을 들고 왔다. 그리고 깨끗이 닦은 오크 식탁에 있는 것들을 치우라고 하고 그 위에 수건을 깐 다음, 가방에서 수술 기구가 든 나무함을 꺼내 수건 옆에 놓았다. 모든 게 이미 다 합의된 듯이, 모두 다 무슨 일인지 알기라도 한 듯이 냄비에 물을 끓이라고 했다.

"무엇에 쓸 물 말씀이신가요?" 가장 먼저 멍한 상태에서 정신을 차린 가정부가 말했다.

"이 기구들을 소독하려고." 데이비드는 자명한 무엇을 멍청한 사람에게 설명하는 듯한 어조로 대꾸했다. "할례를 해 줄 때가 되었기 때문이오. 안심해요." 그는 그들의 마음 깊은 곳에 도사린 두려움을 가라앉히려는 듯 덧붙여 말했다. "종교적 이유에서가 아니라 의학적 이유에서 그러는 거니까." 그의 얼굴에 슬쩍 미소가 스쳤다.

"당신 술 마셨잖아요." 엘리너가 불쑥 말했다.

"수술용 술을 한 컵 마셨을 뿐인데 뭘." 그는 빈정거리듯 말했다. 수술한다는 생각에 약간 들떴지만 더는 말장난할 기분이 아니었다. "가서 애 데려 와."

"그게 아기를 위한 최선일까요?" 조산사가 물었다.

"내 권위에 이의를 제기하지 마시오." 데이비드가 말했다. 이 말에는 모든 것이 담겨 있었다. 연장자이자 의사, 고용주이며 몇 세기에 걸쳐 명령을 하던 가문의 후손이라는 사실뿐 아니라 사람을 마비시키는 침 같은 그의 심리적 존재감. 그에게 대항했다가는 생명에 지장이 있을 것 같았다.

엘리너의 상상 속에서 그는 살인자의 자격을 충분히 갖춘 사람이었다. 그의 말을 들을 사람이 엘리너 한 사람밖에 없고 빈 병과 비버 끈 시가 꽁초들이 널린 한밤중에 그는 1920년대에 자기가 인도에서 경험한 멧돼지 사냥 이야기를 하길 좋아했다. 엄니로 말의 다리를 못 쓰게 만들고 말에서 떨어진 사람을 들이받아 죽일 수도 있는 멧돼지 사냥을 나가 창을 들고 키 큰 풀 숲을 질주하는 위험에 그는 신이 났었다. 그 빠르고 끈질긴 멧돼지들을 창으로 찔러 죽이는 일은 엄청난 쾌감을 안겨 주었다. 멀리서 총을 쏴 죽이는 것보다 더 정신을 집중할 수 있는 일이었다. 일행 중 한 명이 들개에게 물려 광견병에 걸린 사건은 그 사냥을 망친 유일한 흠이었다. 가장 가까운 병원은 사흘이나 걸리는 거리에 있었기 때문에 치료를 받으려 해도 너무 늦었다. 그래서 사냥꾼들은 입에 거품을 물고 몸부림치는 친구를 멧돼지 운반 그물로 씌워 키 큰 자카란다 나무에 높이 매달아 두기로 결정했다. 가까이에 공수병으로 괴로워하는 사람이 짐짝처럼 매달려 있으니, 그들이 아무리 냉혹한 사람들이라도 하루 종일 신나는 스포츠를 즐긴 뒤에 오는 긴장의 해이를 만끽하기는 상당히 어려웠다. 저녁 식탁에 일렬로 늘어선 등잔불, 은제 식기의 은은한 빛, 잘 훈련된 하인들, 인도의 광막한 야생의 밤을 위압하는 문명의 개가, 이 모든 것들에 의문이 드는 듯했다. 비명 소리가 들리는 가운데 데이비드는 조랑말이 끄는 이륜마차*를 몰아 총독의 무도회장에 난입한 아치 몬크리프에 관한 재미있는 이야기가 떠올랐을 뿐이었다. 대충 만든 토가를 입은 아치는 '라틴어를 흉내 내는 런던 토박이의 이상한 말투'로 크게 외설적인 말을 지껄였고 조랑말은 무도회장에 배설물을 쏟아 냈다. 그의 부친이 총독의 친구가 아니었다면 그는 보직에서 사임하지 않을 수 없었을 것이다. 그러나 사실인 즉, 총독은 '또 한 번의 따분한 무도회'가 되었을 행사에서 아치가 기백을 드높였다고—물론 은밀히—고백했다.

데이비드는 이 이야기를 마치고 식탁에서 일어나며 "저 소리를 견딜 수가 없군"이라고 중얼거리고는 자기 텐트로 가서 권총을 가지고 나와 그 광견병 환자에게 걸어가더니 머리에 총을 쏘았다. 그는 '더없이 평온한 기분'으로 다시 식탁으로 돌아와 아연실색한 사람들 가운데 앉아 "지극히 인도적인 일이죠"라고 말했다. 지극히 인도적인 일. 이 말은 점차 좌중에 퍼졌다. 일행은 부유하고 영향력이 있는 사람들이었다. 일부는 정부의 고위 관리였고 판사도 한 사람 있었다. 그들은 그의 말에 동의하지 않

---

* a pony and trap은 조랑말이 끄는 작은 이륜 경마차를 가리키기도 하지만 런던 토박이의 압운 속어로 쓰일 때는 '헛소리'나 '배변'을 뜻한다.

을 수 없었다. 비명 소리가 사라지고 소다수를 탄 위스키가 큰 잔으로 몇 순배 돌고 저녁 시간이 다해 갈 무렵, 데이비드가 한 일은 대단히 용기 있는 행위였다는 중론이 모아졌다. 데이비드는 자기 행동이 일행 모두의 지지를 얻었다는 것을 말할 때는 입가에 웃음까지 띠었다. 그 일이 있었던 당시에는 『그레이의 해부학』을 보지도 못했을 때였지만, 그 권총을 쏜 경험을 '의술에 대한 애정'의 시발점으로 생각한다며 갑자기 경건한 자세로 이야기를 마치곤 했다.

엘리너는 아기를 내줄 수밖에 없었다. 콘월 집의 부엌 식탁에 오른 아기는 앙앙 울고 또 울었다. 엘리너는 멀리 있는 개집에서 개들이 낑낑거리며 우는 것으로 치부했다. 그 비명 소리는 굉장히 크고 날카로웠다. 세 여자는 모두 한데 몰려가 울며 데이비드에게 그만두라고, 조심하라고, 아기에게 국부 마취라도 시키라고 애원했다. 그들은 그건 수술이 아니라 광포한 중늙은이가 제 아들의 생식기를 폭행하는 행위란 것을 알았지만, 고대 그리스 연극의 합창단처럼 배우의 행동을 바꾸지는 못하고 논평하고 울부짖을 수밖에 없었다.

"나는 그이한테 조지나를 죽이고 이제는 패트릭마저 죽이려드는 거냐고 말하고 싶었단다." 엘리너는 말을 할 수만 있었다면 그렇게 과감한 말을 했을 거라는 걸 메리에게 알려 주고 싶었다. "나는 경찰을 부르고 싶었어!"

그런데 왜 안 부르셨어요? 라는 물음을 메리는 떠올렸지만, 엘리너가 스스로 말하지 않는 것에 대해서는 아무런 말도 하지 않았다. 그저 고개를 끄덕이며 그녀의 말에 귀를 기울여 줄 뿐이었다.

"그건 마치……" 엘리너가 말했다. "그건 마치 제 아들을 집어삼키는 사투르누스를 묘사한 고야의 그림 같았어."

명화에 둘러싸여 자라난 엘리너는 사춘기가 끝나 갈 무렵 미술사에 폭 빠졌지만 예상치 못하게 상속을 박탈당한 후로는 낙관적인 상징주의의 밝은 그림들을 좋아하게 되었다. 그리고 스무 살 되던 해, 자신이 처음으로 산 차를 타고 스페인을 여행하는 중에 프라도 미술관에 들렀다가 그곳에서 후기 고야의 암울한 상상도를 보고 충격받은 일을 기억하고 있었다.

메리는 엘리너의 비교가 인상적이라고 생각했다. 엘리너가 그런 연관을 짓는 건 흔치 않은 일이기도 했고, 메리 자신이 그 그림을 잘 알아서 쉽게 머릿속에 떠올릴 수 있었던 것이다. 질투와 왕위 찬탈*의 두려움에 미쳐 버린 그 우울한 늙은 신이 목이 잘린 제 자식의 피 묻은 시체를 입을 쩍 벌리고 먹는 모습, 그 텁수룩한 백발. 면책을 호소하는 엘리너를 보면서 메리는 어차피 엘리너가 자신의 취약함에 도취되어 아무도 보호하지 못

---

* 로마 신화에서 사투르누스는 농경의 신으로, 그의 아들 주피터에게 왕위를 찬탈당하고 쫓겨났다.

했으리라는 것을 깨달았다. 엘리너는 남을 어찌하기 전에 자신이 구원받을 필요가 절실했다. 자기 결혼이 파경의 마지막 단계에 접어들었을 무렵에는 그래도 자신을 위해 경찰의 보호를 요청할 줄은 알았다. 생나제르에 있었을 때 엘리너는 어머니의 부고를 받았다. 유언 내용을 아직 모른 채 세계적 규모의 재산을 상속받으리라는 기대를 하고 장례식에 참석하기 위해 바로 로마로 날아가려던 날 아침이었다. 데이비드는 그녀와 마주하고 아침을 먹으며 아내의 증대된 독립성이 어떤 결과를 부를지 곰곰이 생각해 보았다.

"당신은 그 모든 감미로운 돈을 하루 빨리 손에 넣기를 고대하고 있겠지." 그는 식탁을 돌아 그녀가 있는 쪽으로 가며 말했다. 그녀는 위험을 감지하고 자리에서 일어났다. "하지만 그렇게는 안 될 거야." 그는 그녀를 붙들고 양손 엄지손가락으로 노련하게 목을 지그시 누르며 말했다. "내가 죽여 버릴 테니까."

그녀는 거의 무의식적으로 있는 힘껏 무릎으로 그의 고환을 찼다. 그가 아파서 반사적으로 움츠린 사이 그녀는 미끄러지듯 식탁 위를 넘어가 집 밖으로 뛰쳐나갔다. 그는 얼마간은 그녀의 뒤를 쫓아 뛰었지만 그의 지친 몸은 스물세 살이라는 나이 차를 극복하지 못했다. 그녀는 결국 숲으로 몸을 피했지만 그가 차를 가지고 뒤쫓을 것이라고 확신하고 길에서 벗어나 덤불숲을 헤쳐 인근 파출소를 향해 달렸다. 그곳에 도착했을 때 그녀의 몸은 온통 긁히고 피가 났으며 얼굴은 눈물범벅이 되었다. 경찰관 둘이 그녀를 집까지 바래다주었고, 그녀가 로마로 갈 짐을 쌀 동안 거만하고 골이 난 데이비드를 감시했다. 그녀는 집을 떠나며 한숨 놓았지만 패트릭은 데려가지 않았다. 그녀는 패트릭을 겁에 질린 유모—평균 6주를 넘기지 못하고 그만둔 많은 유모들 가운데 한 명—의 미약한 보호에 맡겨 둔 것이다. 엘리너는 그의 손에서 벗어났을지 몰라도, 데이비드는 유모에게 하루 동안 후한 외출을 허락하고 가정부 이베트를 퇴근시킨 뒤, 경찰의 간섭 없이 아들에게 고통을 주는 것을 위안으로 삼았다.

엘리너의 모성 배반이 결국은 메리의 인생을 지배하는 결과를 낳았고, 그것은 메리가 그녀를 좋아할 수 없는 절대적 장애가 되었다. 메리는 자기 자식들이 태어난 지 3주 되었을 때를 잘 기억했다. 그들은 세상에 나온 충격을 누그러뜨리려는 것인지, 열이 나는 부드러운 머리를 들이밀며 은신처를 찾듯 엄마의 품에 파고들었다. 그런 아기를, 피부가 양모만큼 거칠어지기도 전에 잔인하고 사악한 한 사람의 칼에 난도질을 당하도록 내준다는 것은 그녀의 상상을 초월하는 수준의 배반이었다.

데이비드는 아마 어리석고 굴종적인 사람들 가운데서 그의 특별한 취향을 참고 받아들일 여자를 열심히 찾았을 것이다. 하지만 그의 타락상이 적나라하게 드러났다면 엘리너는 사디스트이자 소아성애자인 사람과 공모했다는 비난을 어떻게 피할 수 있을까? 그녀는 휴가철에는 다른 집 어린 자녀들을 남부 프랑스의 집에 초대했다. 그리고 그 아이들은 패트릭처럼 강간을 당했다. 그들에게 처벌과 죽음의 위협이 가해졌고, 그들은 수치와 비밀의 지하 세계로 인도되었다. 최초의 뇌졸중을 일으키기 직전 엘리너는 그런 아이들 중 하나였던 한 여자에게서 편지를 받았다. 불면과 자해, 불감증, 문란한 성생활, 끊임없는 불안, 자살 기도로 이루어진 생활을 하고, 7년 동안 치료를 받은 끝에 좀 더 정상적인 생활을 하게 되었고, 멜로즈 가족과 함께 지낸 어느 해 여름에 그녀를 보호해 주지 않은 엘리너를 마침내 용서하게 되었다는 내용이었다. 엘리너는 그 편지를 메리에게 보여 주었다. 그리고 그런 짓이 그녀의 침실 옆방에서 벌어지기는 했지만, 그런 행동 범주가 있는 줄도 몰랐던 그녀가 죄책감을 느껴야 하는 경우의 부당함을 강조했다.

하지만 엘리너는 그 일에 대해 정말 얼마나 몰랐던 걸까? 엘리너가 그 당황스러운 편지를 받아 보기 1년 전, 패트릭은 옛날 오페어*였던 소피에게서 편지 한 통을 받았다. 그녀는 2년이 넘게 멜로즈 가족과 함께 지냈다. 그 정도면 그 집을 거쳐 간 젊은 외국인 여성들이 인내한 평균 기간보다 스무 배는 더 긴 시간이었다. 그 편지에서 소피는 패트릭을 돌보았던 그해 여름 때문에

---

* 그 나라 언어를 배우기 위해 외국의 가정에 입주해서 주거와 식사를 제공받고 아이를 돌보는 젊은 여성.

몇십 년 동안 죄의식을 안고 살았다고 고백했다. 라코스트 집의 복도에 그의 비명 소리가 울려 퍼지곤 했는데, 그 소리는 단순히 벌을 받는다거나 불만스러워 지르는 것이 아니라 고통 때문이었음을 그녀는 알았다고 했다. 하지만 그녀는 그때 겨우 열아홉 살이었고 참견하기가 망설여졌다. 데이비드가 두렵기도 했다. 그녀는 패트릭을 진심으로 좋아했고 엘리너를 불쌍히 여기기도 했지만 그 기괴한 가족에게서 멀리 떠나고 싶었다.

무언가 심각하게 잘못되었다는 것을 소피가 알았다면 엘리너가 어찌 몰랐을 수 있을까? 모르는 척하려야 할 수 없는 것을 모르는 척하는 경우는 흔하지만 엘리너는 흔치 않은 집요함을 보이며 아무것도 안 보기로 한 입장을 고수했다. 그녀는 자기 발견과 샤먼의 치유에 관한 그 모든 과정을 거치면서도 자기가 회피의 열망을 가졌다는 것을 인정하지 않고 회피했다. 만일 엘리너가 자신의 진정한 '수호 동물'을 발견했다면 그것은 '나쁜 것은 보지도 듣지도 말하지도 말라'는 금언을 상징하는 '세 원숭이'였으리라고 메리는 생각했다. 그 엄숙한 자경단은 뇌졸중에 의해 제거되었을 것이라고도 생각했다. 그와 동시에 엘리너는 비밀 조직의 세포처럼 개별적으로 분리 유지되어 왔던 조각의 범람 속에 잠겼다. 그 조각들은 온전함을 서투르게 모방하고 결합하기에는 너무 늦었을 때 한데 모아졌다.

엘리너는 죽기 전 2년 동안은 거의 침대에서 나오는 일이 없이 전적으로 요양원에서 생활했다. 그중 처음 1년, 엘리너와 그녀의 고통스러운 존재 양식을 하나로 붙들어 준 끈들 중 하나는 가족 걱정이었다. 그들은 잘 지낸다고 메리는 계속해서 엘리너를 안심시켜 주었다. 사실 엘리너가 올가미에 걸려 있었던 것은 애착이 강해서라기보다는 애착이 약하기 때문이었음을 메리는 나중에야 알게 되었다. '손에서 놓을' 실질적인 것은 아무것도 없고 휘발성이 강한 죄의식과 혼돈만 남았던 것이다. 그녀는 마음 한편으로는 간절히 죽고 싶었지만 그럴 시간을 내지는 못했다. 걱정이 증식하는 와중에 그럴 틈이 없었다. 죽고 싶은 마음은 곧바로 죽음의 두려움과 충돌했고, 이것은 결국 새로워진 욕망을 낳았다.

메리는 마지막 1년 동안은 대체로 침묵을 지켰다. 병실에 들어가면 엘리너의 쾌차를 기원할 뿐이었다. 그 외에 무슨 말을 할 수 있었겠는가?

메리가 엘리너를 마지막으로 본 건 사망하기 2주 전이었다. 그 무렵 엘리너는 아예 존재하지 않는 것과 분간되지 않는 평안을 찾았다. 얼굴은 핼쑥하고 일그러졌고 아무런 표정도 지을 수 없는 듯했다. 메리는 엘리너가 상대방에게 낯선 느낌을 주는 은밀한 이야기를 할 때 자신이 죽을 날을 정확하게 안다고 했던 말을 기억했다. 그 신비한 정보의 출처(점성술? 혼령과의 교신? 어떤 병적인 취미를 가진 도사? 북을 두드리며 치유를 구하는 모임? 계시를 준 꿈?)는 드러나지 않았지만, 그 사실은 순전한 공상이 빚어낸 표정 즉 약간 과장되게 차분한 표정과 함께 전달되었다. 죽음의 필연성과 죽는 시간의 불확실성과 죽음의 의미. 이것들은 피할 수 없는 인생의 기본적인 현실이라고 메리는 생각했다. 그런데 엘리너는 자기가 정확히 언제 죽을지를, 또 그 죽음은 최종적인 것이 아님을 알고 있었다. 메리가 판단하기에 엘리너는 숨을 거두기 전에 그 확신을 잃었다. 그녀의 인격을 이루는 모든 특색들도 자취를 감췄다. 마치 모래 폭풍이 엘리너를 덮치고 지나간 듯이 모든 위안의 표시가 쓸려 갔고, 텅 비고 메마른 하늘 아래 잔잔한 살풍경만이 남았다.

그래도 엘리너는 부활절 일요일에 죽었으며, 이보다 더 그녀를 기쁘게 하는 것은 없었으리라는 걸 메리는 알았다. 다시 말해서 엘리너가 그것을 알았더라면 무엇보다 더 그 사실에 기뻐했으리라. 정신은 달력과 같은 일상의 모든 것과 동떨어진 영역에 머물렀을지라도 엘리너는 어쩌면 자신이 부활절에 죽는 것을 의식했을지 모른다. 그렇더라도 그날이 자신이 죽을 날이라고 예상했는지 알 도리는 없었다.

메리는 화장장의 벤치가 불편해서 자세를 고쳐 앉았다. 의식 이론 가운데 설득력 있고 실질적인 것이 필요한데 그런 것은 어디에 있을까? 그녀는 몇 줄 뒤에 있는 에라스무스를 돌아다보았지만 그는 졸고 있는 듯했다. 몇 걸음 앞에 놓인 관을 다시 쳐다보는 사이 메리의 사색은 갑자기 중단되었다. 그리고 문득, 잔인한 최후의 2년 동안 자신의 개성을 이루는 신체 기능과 기억이 하나씩 소멸되어 갈 때 엘리너의 기분이 어땠을까, 생생하게 상상했지만 이 생생함을 계속 유지하지는 못했다.

눈물로 시야가 흐려졌다.

"당신 괜찮아?" 패트릭이 옆에 앉으며 속삭였다.

"어머니 생각을 했어." 그녀가 말했다.

"아주 적절한 선택이군." 패트릭은 알랑거리는 상점 주인 같은 말씨로 나직하게 말했다.

어떤 까닭인지 메리는 걷잡을 수 없이 웃기 시작했다. 패트릭도 웃기 시작했다. 그들은 어깨가 너무 흔들리지 않게 아랫입술을 깨물고 웃음을 억제해야 했다.

5

패트릭은 비탄에 잠긴 발작적인 웃음을 참으려고 천천히 호흡하며 식이 시작되기를 기다리는 무딘 긴장에 몰입했다. 오르간 연주는 알맞은 선율을 찾는 일이 싫증 나기라도 한 것처럼 탄식하는 듯한 소리를 내고는 체념한 듯 정처 없이 흘러갔다. 그는 자제해야 한다. 어머니의 죽음을 애도하는 중대한 일을 위해 여기에 있으니 말이다.

그의 앞에는 다양한 장애물들이 놓여 있었다. 그는 프랑스의 옛집을 잃고 나서 생긴 미칠 듯한 기분 탓에 오랫동안 엘리너를 원망하는 마음을 극복할 수 없었다. 생나제르 집의 상실은 어린 그를 미치지 않게 돌보아 주었던 상상의 세계를 상실하는 것을 의미했다. 그곳의 아름다움에 대한 애착도 물론 있었지만, 그보다는 자신이 완전히 파괴될까 봐 두려워 단념하지 못했던 것, 즉 그를 비밀스럽게 보호해 준 것들에 대해 보다 깊은 애착을 느꼈기 때문이다. 집과 마주 보는 석회암 산의 갈라진 틈과 얼룩과 골짜기가 이루는 얼굴 모양의 변화는 그의 친구가 되어 주었다. 산마루를 따라 늘어선 소나무들은 그를 구조하러 오는 군인들의 행렬 같았다. 아무도 그를 찾을 수 없는 숨을 곳이 있었고, 계단식 포도밭에서 뛰어내리며 도망칠 때는 날아갈 듯한 기분을 느꼈다. 그곳에는 위험한 우물이 있었다. 그는 그 속에 빠지지 않게 조심하며 돌이나 흙덩어리를 떨어뜨리며 놀았다. 무엇보다 가장 영웅적인 연결 고리는 도마뱀붙이였다. 그 녀석은 그가 위기에 처했을 때는 그의 영혼을 맡아 가지고 지붕 위로 달아나 안전한 곳으로 또 타향으로 멀리 떠나곤 했다. 패트릭이 그곳에 없다면 그 녀석이 어떻게 그를 다시 찾을 수 있을까?

생나제르 집에서 보낸 마지막 날 밤, 장엄한 폭풍우가 몰아쳤다. 골이 진 층운 뒤에서 막전이 번쩍일 때는 어두운 계곡의 바닥까지 빛이 전율했다. 처음에는 굵은 열대의 빗방울이 메마른 땅으로 파고들더니 이내 가파른 오솔길이 개울이 되어 작은 폭포처럼 흘러내렸다. 패트릭은 따스한 폭우가 내리는 집 밖으로 나갔다. 미칠 듯한 기분이었다. 그는 이 풍경과 맺은 마법의 계약을 해지하지 않을 수 없다는 것을 잘 알았지만, 폭풍우의 짜릿한 분위기와 격렬한 항의는 어린아이의 해묵은 심리 상태를 되살렸다, 마치 벼락과 억수같이 쏟아지는 비가 빗줄기처럼 굵은 피아노 줄을 두드려 그의 몸과 대지에 관통하기라도 한 듯이. 얼굴이 빗물로 범벅이 되어 눈물은 필요 없었다. 하늘을 가르는 천둥소리가 있으므로 비명을 지를 필요도 없었다. 그는 여기저기 부옇게 빛을 반사하는 물웅덩이가 보이고 새로 형성된 개울물 소리가 나고 젖은 로즈메리 냄새가 나는 진입로에 우뚝 섰다. 그리고 도저히 포기할 수 없는 것에 대한 생각에 눌려 자갈과 진흙으로 범벅이 된 길에 그대로 주저앉아 꼼짝도 하지 않았다. 사슴 뿔 모양으로 갈라지며 내리치는 번개가 석회암 산을 때렸다. 그 순간 전광이 번득였고 진입로를 따라 가장자리에 세워진 담과 자신 사이에 무언가가 있는 것을 보았다. 칙칙한 빛 속에서 주의를 기울여 가만히 보니 월계수 숲에서 물바다가 된 세상으로 나온 두꺼비였다. 패트릭은 두꺼비가 그곳에서 여름 내내 비가 내리기를 기다리다 나와 두 웅덩이 사이의 진흙 둔덕에서 고마워하며 쉬는 것이라고 상상했다. 그들은 서로 마주 보고 가만히 앉아 있었다.

패트릭은 매년 봄마다 보곤 했던, 연못 바닥에 흰 배를 뒤집고 죽어 있는 두꺼비들을 상상했다. 소모된 그 두꺼비들 주위에는 수백 마리의 검은 올챙이들이 연못 벽에 낀 탁한 녹색의 해조류에 들러붙어 있거나 아무것도 거칠 것이 없는 연못을 꿈틀꿈틀 헤엄쳐 돌아다니거나 계곡의 좁은 틈을 흐르는 시내와 수

원 사이의 연못과 연못을 연결하는 작은 수로로 흘러들어 빠져 나가기도 했다. 비탈진 개울을 따라 흐느적흐느적 미끄러져 흘러가는 올챙이들이 있는가 하면 미친 듯이 흐름을 거슬러 올라가는 것들도 있었다. 로버트와 토머스는 매년 부활절 휴일에는 밤새 찌꺼기에 막힌 물길을 터 주는 일을 했다. 그리고 덮개가 씌워진 물길이 막혀서 물이 낮은 지대의 연못에 고이다 주변의 잔디로 넘쳐흐를 때는 오도 가도 못하게 된 올챙이들을 손으로 떠서 안전한 곳으로 옮겨 주었다. 패트릭은 자기가 어렸을 때도 똑같이 그랬던 기억이 있었다. 두 손을 모아 올챙이들을 떠서 안전한 연못으로 옮겨다 놓아줄 때 손가락 사이로 빠져나가는 올챙이들을 보며 벅찬 동정심을 느꼈었다.

그 시절 봄날 밤이면 개구리의 합창 소리가 들렸고 낮에는 개구리들이 초승달 모양의 연못 속 수련 잎 위에 앉아 있었다. 황소개구리가 울 때는 거죽이 풍선껌처럼 부풀었다. 그러나 대지가 그에게 허락한 것이라고 여겨진 상상 속 보호 체계에서 그에게 정말 중요했던 건 행운의 청개구리였다. 청개구리를 만지기만 하면 모든 것이 잘될 것 같았다. 그러나 청개구리를 찾기는 쉽지 않았다. 새로 나온 연두색 잎이나 익지 않은 무화과 같은 보호색을 띤 청개구리는 발끝의 동그란 빨판 덕분에 나무의 어디에든 매달릴 수 있었기 때문이다. 그 빛나고 팽팽한 피부에 모난 뼈가 도드라진 작은 개구리가 반들반들한 회색 나무껍질에 움직이지 않고 들러붙은 것을 보면 보석이 숨을 쉬는 것 같았다. 그는 집게손가락을 내밀어 행운을 위해 그것을 살짝 만져 보곤 했다. 그런 적은 단 한 번밖에 없었는데도 그는 수없이 많았다고 생각했다.

그는 그 긴장되고 주저된 동작을 기억했지만 지금 바로 눈앞에 있는 젖은 두꺼비의 혹투성이 머리를 바라보니 회의적인 생각이 들었다. 그러면서도 한편으론 아든 출판사의 A레벨 판『리어왕』에서 두꺼비 머리의 보석에 관한 주석을 본 기억이 떠올랐다. 그것은 진흙투성이의 불쾌하고 추악한 경험 속에 숨겨진 보물을 상징하는 것이었다. 언젠가는 미신을 믿지 않고 살겠지만 아직은 아니었다. 그는 손을 내밀어 두꺼비의 머리를 만졌다. 어렸을 때 느꼈던 것과 같은 경외감이 들었지만 곧 잃게 될 것이 무엇인지 문득 다시 떠오르자 그 느낌은 스스로를 말살하는 극단으로 흘렀다. 말도 안 되는 신화들의 미친 융합은 금방이라도 아무런 의미가 없는 세계로 툭 튀어 들어갈 수 있는 의미의 과잉을 자아냈다. 그는 손을 거두고 몸을 뒤로 뺐다. 마치 이국적인 긴 여행을 끝내고 익숙하고 절충된 도시의 아파트로 돌아오는 사람처럼. 그리고 자신은 폭풍우를 맞으며 진흙탕이 된 진입로에 괴짜처럼 앉아 두꺼비와 교통하려고 하는 중년의 사내란 것을 의식했다. 그는 뻣뻣한 몸을 일으켜 축 늘어져서 집으로 갔다. 현실적으로 비참한 기분이었지만 성숙의 무능함에 저항이라도 하듯이 물웅덩이를 발로 차며 걸었다.

엘리너는 나중에 생나제르 집을 남에게 기부하기는 했지만, 그래도 처음에는 어머니 같은 그 땅과 집을 마련했었다. 그녀 자신을 대신할 대용물로 의도한 것이긴 하지만 어쨌든 그 땅은 그녀의 무능을 대신해 주었다. 어떤 의미에서 그 땅의 아름다움은 하나의 미끼였다. 구름 한 점 없는 하늘을 향해 뻗은 아몬드 꽃 나뭇가지, 파란 물감에 담근 붓 같은 붓꽃 봉오리, 벚나무의 청회색 껍질에서 흘러나오는 호박색의 맑은 송진. 이 모든 것은 미끼였다. 그래도 그는 이제 그런 생각을 그만해야 한다. 어린아이들은 보호를 필요로 하기 때문에 어떤 소재가 발견되면 그것이 아무리 의례적이거나 괴상하더라도 그것을 하나의 보호 방식으로 삼는다. 사랑과 안심의 짐을 떠맡게 되는 그 소재는 청소 용구를 넣어 두는 벽장 속의 거미일 수 있다. 또는 사면이 아파트 건물로 막힌 공터의 반대편에 보이는 이웃의 모습이나 집에서 학교 정문까지 가는 동안 보이는 빨간색 자동차의 수인 경우도 있을 것이다. 그에게 그것은 프랑스의 언덕 비탈이었다. 패트릭이 살던 집은 언덕 꼭대기의 짙은 솔밭에서부터 언덕 기슭의 시냇가에서 자라는 옅은 대나무 숲까지 펼쳐져 있었다. 그 중간에는 포도밭, 올리브 밭이 있었는데, 비틀린 포도나무는 녹슨 쇠 같은 모습으로 겨울을 난 뒤 새순을 냈고, 올리브나무는 바람이 빗질하듯 부는 방향에 따라 나뭇잎들이 초록색에서 회색으로, 회색에서 초록색으로 바뀌었다. 비탈 중간쯤에는 여러 채의 주택과 삼나무 숲, 서로 연결된 연못들이 있었다. 그곳은 패트릭이 가장 큰 공포를 경험하고 가장 터무니없는 도피를 교섭하던 곳이었다. 그의 상상력은 본채와 마주 보는 가파른 산비탈을 식민지로 만들었다. 산마루를 따라 진군해 오는 나무 군단만 동원된 것은 아니었다. 사람의 침입을 불허하는 그 가파른 산은 나중에는 군단보다는 더 불안정한 냉담의 표상이 되었다.

평생 살던 곳을 떠날 때 아쉬움을 느끼지 않을 사람은 없으리라. 누구나 자기가 늘 살던 환경과의 관계에서 틀린 생각, 주관의 투출, 치환, 감정의 전이를 경험하기 마련이지만, 패트릭의 경우에는 그런 작용들에 강렬한 병리적 요소가 개입했기 때문에 그로서는 그것들의 실상을 이해하는 일이 중요했다. 위안 없이 산다는 것, 위안을 바라는 마음도 없이 산다는 것은 어떤 삶일까? 생나제르의 언덕 비탈에서 시작된 후로 약과 여자와 술로 이어진 위안 방식을 뿌리째 뽑아 버리지 않는 한 그런 삶이 어떨지 결코 알 수 없을 것이다. 대체 위안물로 대체 위안물을 대체하는 생활. 이 방식은 언제나 그 내용보다 더 근본적이고, 정신 작용은 한층 더 근본적이다. 기억이 위안 또는 피해를 주는 힘이 없이 한낱 기억일 뿐이라면 어떨까? 그렇다면 기억이 존재하기나 할까? 아니면 그것은 잠재적으로 현재까지의 경험의 총체인 것에서 형상을 호출해 내는 정서적 압박일까? 설령 그렇다

하더라도 어스레하고 혼잡한 서가에서 그 형상을 찾으려면 공포나 분노, 과거에 대한 분열적 그리움보다는 더 좋은 사서 역할을 할 무언가가 있어야 한다.

보통은 무언가를 누군가에게 주고 싶은 욕구에서 관용이 나오는데, 엘리너의 자선은 모든 것을 아무에게나 주고 싶은 욕구에서 나왔다. 그 강박의 원인은 복합적이다. 일단 상속을 박탈당한 딸의 반복 증후군을 생각해 볼 수 있다. 자기 어머니의 물질 만능주의와 우월 의식을 거부하는 심리였다. 돈을 가지고 있다는 사실 자체에 대한 기본적인 수치감이었고, 자신의 순자산과 자부심을 완전히 제로로 만든 지점에서 교차시키고자 하는 무의식적 충동도 있었다. 이 부정적인 영향들과는 별도로 엘리너는 외할아버지의 형의 아내였던 버지니아 존슨의 선례에서 또한 영감을 받았다. 엘리너는 버지니아의 자선 사업이 영웅적 규모였다는 것을 패트릭에게 말해 주곤 했는데, 그럴 때는 그녀로선 드물게 선조에 대해 열광적이었다. 버지니아는 상당히 많은 사람들의 삶에 정말 큰 영향을 주었고, 열렬한 이타심이 노골적인 이기심보다 흔히 더 완강하다는 것을 보여 주었다고 했다.

버지니아는 두 아들을 잃은 데다 1901년에는 남편마저 죽었다. 그 후 25년 동안 그녀는 슬픔에 잠긴 자선 활동을 통해 존슨가의 재산 절반을 탕진했다. 1903년에 토머스 J. 존슨 기념 재단에 2000만 달러를 기증했는데 유언장에 추가로 2500만 달러를 재단에 기증했다. 근래에는 평범한 헤지 펀드 매니저들도 크리스마스 보너스로 그 정도는 받지만 당시만 해도 그런 금액은 드물게 큰 규모였다. 그밖에 버지니아는 명화를 수집했다. 티치아노, 루벤스, 반다이크, 렘브란트, 틴토레토, 브론치노, 로렌초 디 크레디, 무리요, 벨라스케스, 할스, 르브룅, 게인즈버러, 롬니, 보티첼리. 그녀는 이들의 그림을 클리블랜드 미술관 존슨 전시실에 기증했다. 엘리너는 그런 문화유산에는 가장 관심이 없었다. 아마도 자기 직계 가족의 열광적인 소유욕과 너무 닮았기 때문이었을 것이다. 엘리너가 정말 우러러본 것은 버지니아의 대범한 자선 활동이었다. 그녀는 여러 병원과 YMCA를 세웠으며, 무엇보다 빈민에게 이상적인 주거지를 제공함으로써 클리블랜드의 슬럼가를 없애고자 400에이커 크기의 부지에 새로운 주택 단지를 건설했다. 그녀는 뉴포트의 여름 별장 이름을 따서 그 단지에 '우정의 마을'이라는 이름을 붙였다. 1926년, 단지가 완공되었을 때는 〈우정의 메신저〉라는 인쇄물을 통해 첫 입주자들에게 보내는 '환영의 말'에서 다음과 같이 알렸다.

안녕하세요. 그곳 우정의 마을에서는 햇빛이 좀 더 밝게 비치나요? 공기가 좀 더 맑은가요? 여러분의 집은 좀 더 아늑한가요? 여러분의 집안일은 좀 더 수월한가요? 그리고 자녀들─그들의 안전이 안심되나요? 그들의 얼굴에 좀 더 혈색이 도나요? 다리는 좀 더 튼튼해졌나요? 우정의 마을에서 사니까 더 크게 웃고 떠들며 노나요? 그렇다면 저는 만족합니다.

오하이오주의 빅토리아 여왕 버지니아에게서 엘리너는 무언가 깊은 감명을 받았다. 그녀는 몸이 작고 얼굴은 희고 부은 듯했으며 항상 검은색 옷을 입고 은둔 생활을 했다. 깊은 종교적 신념에 사로잡혀서 한 자선 행위였기 때문에 개인의 영광을 구하지는 않았지만, 마지막까지 모든 거리와 건물에는 죽은 아들들의 이름을 붙였다. 그렇게 해서 우정의 마을에서 안전하고 아동 친화적인 구역의 가로수 길에는 앨버트 길, 셸던 길이라는 이름이 붙었다.

버지니아는 사회 복지와 가족의 복리 사이에서 균형을 잡지 못했다고 하는 존슨 자매들의 의견에서 그들과 숙모 사이의 냉담한 관계가 드러난다. 그들은 누군가 존슨가의 돈을 기부해야 한다면 빈털터리 목사의 딸로서 토머스 삼촌과 결혼한 여자가 아니라 자기들이어야 한다고 생각했다. 그들은 버지니아에게서 각각 10만 달러밖에 물려받지 못했다. 존슨 자매들보다는 버지니아의 친구들이 더 많은 것을 물려받았다. 그녀는 250만 달러로 신탁 기금을 조성해서 그녀의 친구 69명이 평생 연금을 받을 수 있도록 했다. 버지니아가 엘리너의 어머니와 이모들을 약 오르게 한 재능은 엘리너가 버지니아를 흠모하게 된 원천이라고―확인되지는 않았지만―패트릭은 생각했다. 엘리너와 버지니아는 부를 추구하는 가문의 향상심과는 동떨어진 사람들이었다. 그들에게 돈은 세상의 선을 위해 쓰라고 하나님이 맡겨 놓은 것이었다. 패트릭은 엘리너가 요양원에서 광기 어린 깊은 침묵 속에서 생활하는 동안, 나중에 죽으면 앞서 저세상으로 간 위대한 존슨가의 자선사업가 옆에 앉는 꿈을 적어도 가끔은 꾸었기를 바랐다.

버지니아는 시동생이 나중에 그의 딸들 즉 존슨 자매들에게 막대한 재산을 물려주리라는 생각 때문에 더 야박하게 굴었을 것이다.

그렇지만 막상 그들의 시대가 다가왔을 때 상속권 박탈의 충격과 자선이라는 얄궂은 장난은 곧 부자가 되리라는 생각에 전율하는 그들에게 암운을 드리웠다. 버지니아가 죽고 2년 뒤인 1929년에 대공황이 왔다. 가난한 사람들은 더 곤궁해졌고 예전보다 훨씬 더 가난해진 백인 중산계층은 도심을 떠나 목재 골조로 아늑하게 지어진 우정의 마을로 향했다. 그러나 버지니아가 우정의 마을을 건설한 것은 '흑인종의 친구'였던 남편을 기념하기 위해서였다.

엘리너의 우정은 대체로 흑인종보다는 더 모호한 무엇에 대한 것이었다. '아일랜드 민화의 신비스러운 분위기를 새로운 샤머니즘으로 부활시키는 사람들의 편'이라는 말로는 구체적인 사회적 진보를 이룰 것 같지는 않았다. 패트릭이 어렸을 때 엘리너가 집중한 자선은 압도적으로 어린아이들에 대한 헌신이라는 점을 제외하면 버지니아의 자선 활동에 훨씬 더 가까웠다. 패트릭은 엘리너가 아동구호기금 위원회 회의에 가 있는 동안 아버지와 단둘이서만 있게 된 적이 많았다. 그녀의 진심 어린 모습에서 아이러니가 완전히 추방되었을 때 그녀의 행위를 맹목적으로 비꼬는 암시장이 형성되었다. 나중에는 토르텔리 신부와 나폴리의 어린 부랑아들이 엘리너의 회피적 자선의 대상이 되었다. 세상천지의 모든 어린이들을 구할 것처럼 달려들던 그녀의 열정은 자신의 자식은 구할 수 없으리란 것을 무의식으로 인정한 결과였다고 패트릭은 생각하지 않을 수 없었다. 가엾은 엘리너, 그녀는 얼마나 두려웠을까. 패트릭은 갑자기 어머니를 보호해 주고 싶었다.

엘리너는 패트릭의 유년기가 지나가고 자신의 유년기에서 들려오던 불분명한 메아리가 사라지자 아동을 위한 자선 활동을 중단하고 뉴에이지 탐색이라는 제2의 사춘기를 맞았다. 엘리너는 그녀의 아동 구호 활동을 특징짓는 일반화에 보인 것과 같은 특별한 재능을 발휘했다. 다만 이번에는 정체성의 위기가 지구뿐만 아니라 행성과 전 우주와도 관련된 것이라는 점에서 달랐다. 그런데도 자기 이해의 단단한 암반에는 단 1밀리미터도 파고들지 못했다. 엘리너는 '우주의 에너지'를 알면서 자기 자신은 여전히 알지 못했다. 패트릭은 어머니의 전 재산이 관여된 기부에 박수갈채를 보내는 척할 수는 없었다. 어쨌든 그것이 피할 수 없는 기정사실이 되고 전 재산이 자아 초월 재단으로 간다고 생각하니 패트릭은 참으로 애석한 마음을 금할 수 없었다.

버지니아도 그것은 승인하지 않았을 것이다. 그녀는 인류에 실질적인 혜택을 주고 싶어 했다. 버지니아가 엘리너에게 끼친 영향은 간접적이었지만 강력했고, 다른 모든 강력한 영향들처럼 모권 중심적이었다. 패트릭에게 존슨가의 남자들은 가끔 작은 수컷 거미 같아 보였다. 수컷 거미들은 그들의 단 하나 중요한 의무를 이행하고는 그들보다 훨씬 더 큰 암컷에게 잡아먹힌다. 존슨가 시조의 두 아들은 모두 아내보다 먼저 세상을 떠났다. 자선 사업을 한 미망인 버지니아, 그리고 엘리너의 외할머니. 여러 번의 결혼 모두 부자와 결혼한 엘리너의 외할머니는 영국 백작의 아들과 두 번째 결혼을 하고 세 딸을 휘황찬란한 사교와 혼인의 무대에 올렸다. 패트릭은 낸시가 지난 20년 동안 줄곧 존슨가에 대한 책을 쓸 생각을 해 왔다는 것을 알고 있었다. 그녀는 겸손을 가장하는 지겨운 시늉을 하지 않고 패트릭에게 "**실제로** 있었던 일을 가지고 쓰는 거니까 헨리 제임스나 이디스 워튼 같은 작가들의 책보다는 훨씬 나을 거야"라고 한 적이 있다.

존슨가의 여자들과 결혼한 남자들은 시조의 두 아들보다 그리 크게 운이 좋지는 않았다. 엘리너의 아버지와 블라디미르 이모부는 둘 다 그들이 원한다고 생각했던 상속녀와 결혼함으로써 남성적인 활력을 잃은 알코올 중독자였다. 그들은 이혼하고 버림받고 자식들과도 단절되어 결국 화이트 클럽에서 함께 사치스러운 술을 마시며 서로의 상처를 어루만져 주었다. 엘리너는 그런 것을 보고 자라며, 장차 자기와 결혼할 남자가 더는 파괴될 수 없을 정도로 이미 타락했거나, 타락에 면역이 되었을 만큼 부자가 아닐 경우, 어떻게 하면 남자를 파괴시키지 않을 수 있을까 생각했다. 그녀는 첫 번째 유형에 속하는 데이비드와 결혼했다. 그러나 처음부터 이미 충분히 인상적이었던 그의 악의와 오만은 아내의 돈에 의존한다는 굴욕감이 가세하자 한층 더 심화되었다.

패트릭은 결혼으로 거세된 존슨가의 남자는 아니었지만, 모권 중심의 세상에 태어난다는 것이 무엇인지는 알게 되었다. 그는 거의 알지도 못하는 외할머니에게서 돈을 물려받았는데, 아들에게 보살핌을 받기 바라는 어머니에게는 단 한 푼도 상속받지 못했다. 이 영향력 있는 여자들의 심리적 영향력은 개인적인 접촉이 없는 먼 사람들에게는 관대했지만, 가까운 사람들에게는 위험했다. 이것을 본 패트릭은 여자는 무릇 어떻게 보여야 하며 실제로 어떤 여자여야 하는지에 대한 기본적인 모델을 형성하게 되었다. 그런 조합으로 생성된 욕망의 대상은 '상사녀'

이었다—'상사'는 그의 일본인 친구가 상류 사회의 머리글자를 조합해서 만든 말이다. 존슨 자매가 환생하면 틀림없이 그 상사 년일 것이다. 아름다운 소유물에 둘러싸여 화려하게 열정적으로 사교계에 드나들며 무한히 다채로운 쾌락을 추구하는 생활. 이것으로는 만족스럽지 않았는지 (또는 과도하지 않았는지) 그녀는 또한 성적인 탐욕과 도덕적인 혼란에 빠져야만 했다. 패트릭의 첫 애인은 그런 유형의 발아적 단계에 있는 여자였다. 그는 아직도 전기 스탠드의 불빛 아래 그녀를 마주하고 무릎을 꿇었던 때가 가끔 생각났다. 그녀의 벌어진 가랑이에 검은색 실크 파자마가 주름져 빛났다. 그녀의 팔뚝에서는 피가 한 줄기 흘러내렸다. 그녀는 쾌감의 한숨을 몰아쉬며 "굉장해, 굉장해"라고 속삭이듯 말했다. 땀이 엷은 막처럼 그녀의 마른 얼굴을 덮었고, 그의 손에는 주사기가 들려 있었다. 그때 그녀는 생전 처음 코카인 주사를 맞았다. 그는 그녀를 중독시키려고 최선을 다했지만 그녀는 특이한 흡혈귀였다. 주변 남자들의 절망적인 집착을 빨아먹고 살았고, 사회적으로 자신감 있는 구애자들의 힘을 소모시킴으로써 그녀에게 소속감을 느끼게 만들었다. 그리고 그들로 하여금 그녀만이 유일하게 가질 만한 가치가 있는 여자라는 것을 느끼게 한 다음 그들을 떠남으로써 그들에게 그 소속감이란 것이 변변치 않게 느껴지도록 만들었다.

30대 초 강박적으로 실망을 추구한 그의 생활은 '상사년'의

시스티나 성당 격인 이네즈에게 그를 인도했다. 이네즈는 수레 한 대분 정도 되는 애인들을 자기가 독점하고 있다고 주장했다. 자기 남편도 독점하지 못했으면서 패트릭에게 독점을 착취하는 일은 성공적이었다. 패트릭은 비교적 제정신인 관대한 여자를 버리고 진공 상태 같은 이네즈와의 사랑에 뛰어들었다. 애인들의 기분에 대한 전적인 무관심은 그녀의 성적인 감수성을 일종의 자유낙하의 통로로 만들었다. 결국 그가 뛰어내린 벼랑은 헌신적인 아들에게 인도되어 글로스터가 뛰어내린, 울퉁불퉁한 바위가 없는, 맹목과 죄의식과 상상의 벼랑처럼 평평했다.

구불구불한 금발, 호리호리한 팔다리, 아름다운 의상. 이네즈는 누가 보아도 매력적이었지만, 살짝 튀어나온 파란 눈은 몇 가지 거짓 감정이 깜박깜박 비치는 자기애의 텅 빈 스크린이었다. 이네즈는 자신을 남들과 관계를 가진 다른 누구로 가장하고 아무렇게나 행동했다.

그녀에게 구애하는 이들에 대한 소문, 많은 할리우드 영화, 그녀 자신의 교활한 계산의 투영에 기초한 이 추측들은 감상적이거나 고약할지는 모르며, 예외 없이 천박하고 극단적이었다. 이네즈는 상대방의 답변에는 전혀 관심이 없었기 때문에 굉장히 진지하게 "**어떻게** 지냈어요?"라고 적어도 대여섯 번은 묻는 버릇이 있었다. 그녀는 종종 자기가 얼마나 후한 사람인가 하는 생각에 지칠 때가 있었다. 그렇지만 그 피로감은 사실 아무것도 주지 않으려고 온 힘을 다하는 데서 오는 것이었다. "스페인 여왕 생일 선물로 순종 아랍 종마를 여섯 필 사려고 해." 그녀가 어느 날 그렇게 밝혔다.

"여섯 필로 충분해?"

"여섯 필로 충분하지 않아? 그 말들이 얼마나 비싼지 알기나 해?"

그는 그녀가 그 말들을 샀을 때 깜짝 놀랐다. 그리고 그들을 생일 선물로 주지 않고 자기가 그냥 가졌을 때는 그보다는 덜 놀랐고, 판매자에게 되팔았을 때는 따분했다. 그녀는 친구로서는 정말 짜증스러웠어도 밀고 당기는 연애에는 뛰어난 재능이 있었다.

"난 이런 감정은 처음이야." 그녀는 난처한 표정으로 심각하게 말하곤 했다. "지금까지 살면서 아무도 나를 정말 이해한 사람은 없었던 것 같아. 자기 그거 알아? 자기가 나한테 얼마나 중요한지?" 그녀는 속삭이는 맛도 없이 그렇게 말했고 눈에는 눈물이 그렁그렁했다. "이렇게 편한 기분은 생전 처음인 것 같아." 그러면서 남자다운 그의 튼튼한 팔에 바싹 기댔다.

그러고는 얼마 안 있어 이네즈가 약속대로 나타나지 않은 외국의 어느 호텔에서 그는 며칠이고 혼자 그녀를 기다리게 되었다. 그녀의 사교 담당 비서는 하루에 두 번씩 전화를 걸어 이네즈의 출발이 좀 지체되고 있지만 이제 가는 중이라고 알려 왔다. 이네즈는 그렇게 나타나지 않고 애타게 하는 것이 상대방으로 하여금 그녀만 생각하게 하는 가장 효과적인 방법임을 확실이 알고 있었다. 멀리 떨어진 안전한 곳에서는 자유로이 그럴 수 있는 것이다. 그의 품에 안겨 헛소리를 늘어놓으며 누으면 그의 생각은 얼마든지 다른 곳에 갈 수 있을 테지만, 전화에 붙들려 있으면 전화 요금의 출혈과 더불어 다른 할 일도 못 하면서 계속 그녀만 생각하지 않을 수 없다. 그녀는 결국 모습을 나타내고 자신의 계획이 끊임없이 어긋나서 애를 먹었다는 이야기를 잔인하게 독점하면서 그간 모든 것이 얼마나 견디기 힘들었는지 늘어놓기에 바빴다.

스스로를 그런 얕은 수에 소멸되게 그냥 내버려 두는 사람은 대체 어떤 사람일까? 마음속에 묻혀 있던 어느 부주의한 여자의 이미지가 밖으로 형상화되기를 갈망해서 그런 게 아니라면 말이다. 늦음과 실망, 가질 수 없는 것에 대한 갈망은 모권을 분발시키는 강력한 요소를 모성 억제의 강력한 요소로 바꾸어 놓았다. 특히 혼란스러운 늦음은 그가 어렸을 때 계단에 앉아 헛되이 엄마를 기다리다 엄마가 죽었는지 모른다는 공포에 질리게 했고, 어린 그를 곧장 절망으로 이끌었다.

패트릭은 그 해묵은 감정들이 갑자기 신체적 압박으로 느껴졌다. 올가미가 숨겨져 있지 않은 것을 확인하려고 손가락으로 칼라 안쪽을 훑었다. 그는 실망의 유혹을 더 이상 견딜 수 없었다. 실망의 샴쌍둥이인 위로의 유혹도 마찬가지였다. 어떻게 하든 그 둘을 넘어서야 하지만, 그전에 먼저 어머니의 죽음을 애도해야 했다. 어떤 의미에서 그는 평생 어머니를 그리워했다. 그가 애도해야 한 것은 친밀의 종말이 아니라 친밀을 향한 갈망의 종말이었다. 생나제르의 땅에 자신을 분산시켰다면 그의 갈망은 얼마나 헛되었겠는가. 그의 옛날 집보다 더 심오한 무엇을 상상하고자 할 때, 그는 그곳에 서 있는 자신을 떠올렸다. 정오의 따스한 연못 속에 꼬리를 담근 잠자리를 관찰하거나 석양의 하늘에 빙빙 돌며 날아다니는 찌르레기 떼를 보려고 손으로 눈위에 차양을 만들었고, 혹은 파악하기 어려운 무언가를 보려고 눈에 잔뜩 힘을 주기도 했다.

생나제르 집의 상실은 어머니의 죽음을 애도하는 일에 장애물이 아닌, 단 하나의 가능한 수단임을 알 수 있었다. 어머니의 집에 투사한 상상의 세계를 손에서 놓음으로써 그는 헛된 갈망에서 해방되었고 더 깊이 슬퍼할 수 있었다. 그토록 선한 의도를 지녔는데도 아들에게 사랑을 주고 싶은 욕구를 버리고—그는 이 사실을 의심하지 않았다—그렇게 큰 불안과 공포를 전가하지 않을 수 없었던 어머니는 한 여자로서 얼마나 두려웠을까 하고 자유로이 상상하게 되었다. 그는 마침내 비극적인 삶을 살다 간 엘리너의 죽음을 그녀를 위하여 애도할 수 있게 되었다.

6

패트릭은 장례식이 어떻게 진행될지 알 수 없었다. 그는 어머니가 사망했을 때 미국에 출장을 가 있었고, 무슨 말을 해야 할지, 무엇을 낭독해야 할지 아무것도 준비할 수 없다고 사정하며 메리에게 모든 준비를 맡겼다. 그는 어제야 뉴욕에서 돌아와 간신히 버니언 장의사에서 행해지는 장례식에 참석할 수 있었다. 그렇게 해서 지금 메리 옆에 앉아 처음으로 식순을 집어 들었고, 그제야 자신이 어머니의 혼란스러운 인생을 들여다볼 준비가 얼마나 안 되었는지 깨달았다. 작은 팸플릿 표지에는 엘리너가 60대였을 때의 사진이 있었다. 검은색 선글라스를 눈에 바싹 끼고 세상을 포옹하듯 양팔을 벌리고 있었는데, 음주측정기의 측정 결과가 어땠는지는 알 수 없다. 그는 팸플릿을 펼쳐 보기가 주저되었다. 이는 2년 전 어머니가 안락사에 일시적 관심을 가졌다 접은 후로 줄곧 그가 물리치고자 애써 온 사실과 느낌의 혼돈, 그 축적이었다. 엘리너는 몸이 죽기 전에 한 개인으로서 죽었다. 그래서 그는 그녀의 숨이 끊기기 전에 이미 그녀의 인생은 끝났다고 생각하려고 노력했다. 그러나 아무리 많은 예상을 해 보았어도 실제로 일어난 죽음과 현재의 요구를 벗어날 수는 없었다. 곤혹과 공포에 휩싸이면서 회피하고자 하는 마음에 그는 순서지를 앞에 있는 선반에 도로 놓았다. 가만있어도 그 내용을 곧 알게 될 것이다.

패트릭은 '트리플 J'라는 애칭으로 알려진 존 J. 존슨 회사의 법무를 담당하는 브라운 앤드 스톤 법률사무소에서 편지를 받고 미국에 갔었다. 엘리너 멜로즈는 자신의 일상 업무를 관리할 능력을 잃었고, 그녀는 그녀의 외할아버지가 설정해 놓은 신탁 자산의 수혜자이며 패트릭은 그다음 궁극적인 수혜자라는 '가문'의 통지를 받았다며—패트릭은 헨리가 그들에게 알린 건 아닌가 생각했다—어머니를 대신해서 그 돈을 관리하려면 미국에서 유효한 위임장을 설정해야 한다는 것이었다. 이 모든 것은 패트릭이 모르던 새로운 사실이었다. 그는 비밀을 간수하는 어머니의 능력에 다시금 혀를 내둘렀다. 얼마나 놀랐는지 신탁 자산이 얼마나 되는지도 묻지 못했다. 그리고 그가 관리할 돈이 2만 달러인지 20만 달러인지 알지 못한 채 뉴욕행 비행기에 올랐다.

렉싱턴가의 브라운 앤드 스톤 법률사무소에서는 조 리치와 피터 저코브스키가 타원형 테이블에 유리 벽으로 된 작은 회의실에서 패트릭을 맞았다. 그들은 패트릭의 예측과는 달리 유황빛의 노란 줄 노트 대신 상단에 회사의 로고가 인쇄된 미색 패드를 가지고 왔다. 비서가 패트릭의 여권을 복사하는 동안 조 리치는 엘리너의 무능을 입증하는 의사의 진단서를 확인했다.

"나는 이런 신탁 자산이 있는 줄도 몰랐습니다." 패트릭이 말했다.

"모친께서 뜻밖의 기쁨을 주려고 간직해 놓으셨나 봅니다." 피터가 천천히 활짝 미소를 지었다.

"그럴지도 모르죠." 패트릭은 관대하게 말했다. "거기서 나오는 수입은 어디로 가고 있습니까?"

"현재 우리는 그것을……" 피터는 서류 한 장을 넘기고 말했다.

"프랑스 라코스트의 코트다쥐르 국민 은행의 자아 초월 재단 계좌로 보내고 있습니다."

"그럼 당장 중단해 주세요." 패트릭이 말했다.

"워, 너무 빨리 나가시네." 조가 말했다. "먼저 위임장부터 처리하셔야죠."

"그래서 그랬던 거군요." 패트릭이 말했다. "나는 어머니의 런던 요양원 비용을 부담하는데, 어머니는 계속해서 어머니가 좋아하는 자선 사업에 보조금을 지불했기 때문에 나한테는 신탁 자산 이야기를 하지 않으신 거예요."

"모친께서 지시 내용을 변경하시기 전에 법적 능력을 상실하셨는지도." 피터는 패트릭에게 사랑이 많은 어머니라는 생각을 갖게 해 줄 마음인 듯했다.

"이 증서는 하자가 없습니다." 조가 말했다. "이제 몇 가지 서류에 서명을 하시면 공증을 하도록 하겠습니다."

"신탁 액수는 얼마나 되죠?" 패트릭이 물었다.

"존슨가의 신탁 자산으로는 큰 게 아닙니다. 게다가 최근 주가 하락의 영향을 받아서요." 조가 말했다.

"이제부터는 하락하지 않기를 바라야죠." 패트릭이 말했다.

"최근 평가된 가치는 230만 달러이고 여기서 연 8만 달러의 수입이 나옵니다." 피터가 메모한 것을 보고 말해 주었다.

"아, 네, 그래도 쓸모 있는 금액이군요." 패트릭은 살짝 실망한 것처럼 보이게 말했다.

"그래도 시골에 작은 집 한 채는 사겠죠!" 피터는 우스꽝스럽게 영국식 억양을 흉내 내 말했다. "영국 집값이 정상이 아니라고 알고 있습니다."

"방 하나를 더 들일 만큼은 되죠." 패트릭의 이 말을 듣고 피터는 공손하게 너털웃음을 웃었다. 그러나 사실은 침실과 거실을 분리할 수만 있어도 감지덕지할 것 같았다.

패트릭은 렉싱턴가를 따라 그래머시 파크의 호텔로 걸어가는 길에 자신에게 굴러떨어진 이 이상한 행운에 적응하기 시작했다. 50여 년 전, 패트릭이 태어나기도 전에 돌아가신 외증조부의 긴 팔이 그를 비좁은 집에서 빼내 주고 있었다. 그 덕분에 그는 두 아들이 와서 지내고 친구들이 방문해도 될, 방이 있는 곳으로 이사를 갈 수 있게 되었다. 일단 그 돈을 어머니의 요양원 비용에 쓸 생각이었다. 그는 자신의 인생이 완전히 낯선 사람에게 그렇게 강력한 영향을 받게 되었다고 생각하니 어리둥절했다. 이 은인의 재산도 상속받은 것이었다. 1832년 클리블랜드에 존슨 양초 회사를 세운 것은 바로 이 외증조부의 아버지였다. 그 회사는 1845년에 이르러 전국에서 가장 수익을 많이 내는 양초 회사가 되었다. 패트릭은 창업자의 시시한 성공 비결에 관한 글을 읽은 일이 있었다. "우리는 값싼 기름을 정제하는 새로운 공정을 갖췄습니다. 경쟁 업체들은 비싼 소기름과 돼지기름을 썼습니다. 양초는 비쌌고 우리는 다년간 높은 수익을 거두었습니다." 훗날 이 양초 회사는 등유와 기름 처리 및 경화 공정으로 사업을 다변화하고, 드라이클리닝에 필수 불가결한 용액을 개발해 특허를 냈다. 존슨가는 또한 샌프란시스코와 덴버, 캔자스시티, 털리도, 인디애나폴리스, 시카고, 뉴욕, 트리니다드, 푸에르토리코의 많은 건물과 건축 부지를 사들였다. 그러나 원래

의 재산은 창업주의 실리적이고 완고한 성격과 그 '값싼 기름'
에 기초했다. 그는 자기 소유의 한 공장에서 화물 창구에 떨어
져 '순직'했고, 그 값싼 기름은 발견된 지 170년이 지난 현재에
도 그의 후손들의 생활을 윤택하게 해주고 있었다.

엘리너의 외조부 존 J. 존슨 주니어는 예순 살이 되어서야 결
혼했다. 그는 급성장하는 가업에 이바지하기 위해 세계를 누비
고 다니던 중 중국에 있다가 그의 조카 셸던이 세인트 폴 스쿨
에서 썰매 사고로 죽었다는 소식을 듣고서야 귀국했다. 두 조카
중 손위였던 앨버트는 그전 해에 하버드 대학교 재학 중에 폐
렴으로 죽었다. 존슨가 재산의 차세대 상속자들이 다 죽고 없
자 셸던의 아버지 토머스는 아들의 죽음을 애도하며 자신의 동
생에게 결혼하라는 의무를 지웠다. 결국 존은 자신의 운명을 받
아들이고 어느 장군의 딸과 잠깐 연애하고는 바로 결혼해서 뉴
욕으로 이사했다. 그는 연달아 딸을 셋 낳고 별안간 세상을 떠
났지만 그전에 이미 다수의 신탁 자산을 조성해 놓았다. 그리고
그날 오후에 알게 되었듯이 그중 하나가 우여곡절 끝에 패트릭
에게 주어진 것이다.

원거리에서 행해진 이 호의가 뜻하는 것은 무엇일까? 한 부
자가 자신의 후손들이 거의 2세기 동안 일할 필요가 없도록 해
주는 사회계약에 대해서는 뭐라고 해야 하지? 먼 조상에게 구제
를 받는다는 것은 어딘가 좀 불명예스럽다. 잘 알지 못하는 할

머니에게 받은 돈을 다 써 버리고 나자, 잘 알 수도 없는 증조부가 남긴 돈이 굴러 들어왔다. 그는 세피아 색 은판 사진 더미에서 얼굴을 알아볼 수도 없는 증조부에게 추상적인 감사를 할 뿐이었다. 증조부가 보인 왕조적 욕구의 아이러니나 엘리너 또는 버지니아가 보인 박애적 아이러니나 그 강도는 똑같았다. 아마 패트릭의 할머니와 증조부는 상원 의원을 배출하고 훌륭한 미술품을 수집하고 눈부신 결혼을 장려하고 싶었을 테지만 그들이 한 일은 주로 후손들의 게으름과 알코올 중독, 배반, 이혼을 지원한 결과를 낳았다. 그러나 국가 조세의 아이러니라고 더 나을까? 학교와 병원과 도로와 다리를 건설하는 돈을 조세로 조달하고는 자멸적 전쟁들을 치르면서 학교와 병원과 도로와 다리를 폭파하는 일에 다시 돈을 쓰니 말이다. 부를 이동시키는 다양하게 부조리한 그런 방식들 중 어느 하나를 선택하기는 쉽지 않지만, 어쨌든 그는 일단 미국 자본주의의 이 특별한 형태가 주는 혜택을 받는 기쁨에 굴복할 생각이었다. 장자 상속제가 없고 평등의 수평 배분도 없는 나라라야 기본적으로 1830년대에 형성된 재산의 분배된 부를 그 후손이 5대째에 이르러서도 받을 수 있는 것이다. 호텔에 도착했을 무렵, 기쁨과 반감은 이미 평화로이 공존하고 있었다. 향기가 감돌고 어둑한 이 호텔은 스페인의 고급 유곽을 찍는 촬영 세트 같았다. 투숙객들이 약에 취해 어둑한 복도를 기어서도 방을 찾을 수 있도록 각 방의 문

앞에는 그 방의 번호가 바닥 카펫에 새겨져 있었다.

안에 벨벳을 댄 보석함 같은 느낌을 주는 객실에 들어가는데 전화벨이 울렸다. 양피지 색의 갓이 씌워진 등불의 흐린 오줌색 빛이 있는 실내에 들어와 숙취가 있는 듯한 기분으로 더듬거리며 침대 옆 탁자로 가다가 활 모양으로 굽은 의자 다리에 정강이를 찧었다. 뻣뻣한 등 뒤 어깨 위로 보란 듯이 멋진 견장이 두드러진 투우사의 재킷과 비슷하게 고안된 의자였다.

"망할!" 그는 전화를 받으며 외쳤다.

"당신 괜찮아?" 메리가 물었다.

"응, 미안, 당신이구나. 방금 이 망할 투우사 의자에 찔렸어. 이 호텔은 어두워서 아무것도 안 보여. 프런트에서 안전모라도 나눠 주든가 하잖고."

"여보, 나쁜 소식이 있어." 그녀는 잠시 말을 멈추었다.

패트릭은 아내가 무슨 말을 할지 선명한 직관으로 알아차리고 베개에 몸을 기댔다.

"안타깝게도 어머니가 간밤에 돌아가셨어."

"그거 정말 다행이군." 패트릭은 시비조로 말했다. "무엇보다……"

"그래, 무엇보다." 메리는 미리 그의 말을 다 인정한다는 인상을 주었다.

그들은 아침에 다시 이야기하기로 했다. 패트릭은 혼자 있고 싶은 열렬한 마음이 들었다. 다만 혼자 있고 싶지 않은 열렬한 마음이 나란히 경쟁했다. 그는 소형 냉장고를 열고 그 앞에 책상다리를 하고 앉았다. 문 안쪽에 정렬한 미니 술병들이 그 작고 하얀 냉장고의 눈부신 빛을 받아 반짝였다. 큰 컵과 와인 잔이 놓인 선반에 피곤한 몸이나 투정 부리는 아이들을 달랠 초콜릿, 젤리빈, 땅콩, 과자 같은 것들이 나란히 놓여 있었다. 패트릭은 냉장고 문을 닫은 다음 그것을 가리는 장 문을 닫고 투우사 의자에 부딪치지 않게 조심해서 붉은 벨벳 소파로 올라갔다.

한 해 전만 해도 미사일로 도시를 폭격하듯 그의 무력한 머릿속에 환각이 밀고 들어왔다는 사실을 잊지 말아야 한다. 그는 소파에 드러누웠다. 두텁게 수를 놓은 쿠션을 움켜잡아 진작부터 아팠던 배에 갖다 대고 프라이어리 병원의 작은 방에서 겪던 광란의 정신 상태에 사부자기 빠져들었다. 금속 펜촉의 긁는 소리, 나방이 방충망 문에 부딪치며 날개를 파닥이는 소리, 쓱쓱 식칼을 가는 소리, 파도가 밀려 나갈 때 자갈이 서로 부딪치는 소리. 그런 소리들에 익숙해졌던 때를 그는 기억했다. 그의 방에 그런 소리를 내는 것들이 있기라도 한 것처럼, 아니 그렇다기보다는 그것들이 있는 곳에 그가 가 있기라도 한 것 같았다. 침대 발치에는 산란하게 반짝이는 석영 줄이 보이는 부서진 돌 한 개가 자주 보였다. 파란색 바닷가재들이 예민한 더듬이로 굽도리널 가장자리를 더듬었다. 어떤 때는 풍경 전체가 그를 점령했다.

가령 그는 비에 젖은 도로를 가로질러 흐르는 브레이크 불빛과 담배 연기 자욱한 차의 실내, 귀에 익은 음악의 진동, 빗방울이 앞 유리에 흘러내리다 다른 물줄기와 합쳐져 불어나는 형상을 머릿속에 떠올리곤 이 분위기야말로 자기가 아는 가장 심오한 것이라고 느끼곤 했었다. 이 강제된 백일몽에는 이야기가 없기 때문에 한층 더 비밀스러운 접속감이 도입되었다. 그는 평범하게 연속되는 사막을 터벅터벅 건너지 않고, 생물 발광으로 고립되어 흔들리는 불빛에 드러난 대양의 밤 속으로 던져졌다. 그는 이러한 상태에 빠졌다가 다시 밖으로 떠올랐다. 우울증 모임의 참석자들에게 그런 상태의 잊을 수 없는 힘을 어떻게 설명할 수 있을지 상상조차 할 수 없는 데다 아침에 먹는 옥사제팜을 갈망했기 때문이었다.

몇 달만 폭음하면 그 모든 것을 되찾을 수 있을 것이다. 유독하고 순간적이고 충격적인 반영을 부르는 수은의 늪 같은 초기 금단 증세와 그 뒤를 이은 2주 동안의 조심스러운 망상 증세뿐만 아니라 모든 집단 요법까지. 알코올과 약물 중독 집단 요법 모임의 셋째 날에 어느 고참이 들어와 자신의 체험과 힘과 희망을 회복 초기에 떨고 있는 망아지들과 나누고 싶다고 했을 때 창문으로 뛰어내리고 싶었던 일을 패트릭은 여전히 기억했다. 과거에 변성 알코올을 마시던 말쑥한 백발의 사나이, 골초답게 손가락에는 노란 물이 든 그는 처음으로 '의식을 회복'했을 때

'여러 방 안에' 있었다는, 자기보다 더 고참인 어떤 사람의 지혜로운 말을 인용했다. "공포가 문을 두드렸어!" (잠시 멈춤) "용기가 문을 열었어!" (잠시 멈춤) "그런데 밖에는 아무도 없었어!" (한참 멈춤) 그는 또한 주관의 투출 능력을 돕는 영리한 연상 기억술을 발휘하여 우울증 환자 모임의 스코틀랜드인 중재자의 시간을 더 많이 차지했다. "발견한 사람이 임자이지만 임자인 사람이 발견하는 법." 그런가 하면 '맨 밑바닥'에 떨어진 다른 환자들도 고려해 보지 않을 수 없었다. 자다가 일어나 보니 애인이 옆에 있었는데 전날 밤에 자기가 식칼로 그녀를 그은 사실을 기억하지 못했다는 사람. 남의 집에 주말 손님으로 신세를 지다가 벽지에 배설물을 발라 손으로 온통 그림을 그려 놓은 사실을 기억하지 못한 사람. 친구네 아파트 콘크리트 바닥에서 주운 주사기로 팔뚝에 약을 주사했는데 나중에 보니 살을 파먹는 초강력 세균에 감염되어 팔을 절단해야 했던 여자. 외진 휴가용 별장에 자기 어린 자식들을 겁에 질린 채 내버려 두고 마약을 사러 런던으로 돌아갔던 여자. 그 외에 덜 노골적인 절망을 나타내는 수많은 이야기들이 오갔다—회복의 천로역정에서 모든 게 '명확해지는 순간'을 촉진시키는 수치심이 드는 시간이었다.

이래저래 소형 냉장고 안의 내용물은 아웃이다. 프라이어리에서 보낸 한 달이 주효했다. 진정제는 불안의 서곡이고 흥분제는 탈진의 서곡이고 위로는 실망의 서곡이라는 사실을 다른 무엇 못잖게 체험으로 잘 알았다. 그래서 그는 붉은 벨벳 소파에 누워 아무것도 하지 않고 어머니의 부고만 생각했다. 그리고 납득할 수 없이 망연자실한 밤을 꼬박 새웠다. 새벽 5시. 이 시간이면 런던에서는 메리가 아이들을 학교에 바래다주고 집에 와 있을 시간이었다. 그는 메리와 통화를 했고 그녀는 모든 장례식 주선을 알아서 처리해 주기로 동의했다.

오르간이 조용해지자 패트릭은 백일몽에서 깨어났다. 그는 앞에 있는 좁은 선반에서 팸플릿을 다시 집어 들었지만 미처 펼치기도 전에 식장 구석마다 설치된 스피커에서 음악 소리가 터져 나왔다. 그는 흑인의 낮고 굵고 기운찬 목소리가 화장장에 울려 퍼지기 전에 그것이 무슨 곡인지 알아챘다.

오, 난 아무것도 가진 게 없네,
나한텐 아무것도 없다네.
차도 없고 노새도 없고 불행도 없다네.
많은 걸 가진 사람들은
나가서 더 많은 돈을 버는 동안
문에 자물쇠를 잠그고
강도를 당할까 두려워하지.

뭐에 쓰려나?*

패트릭은 옆에 있는 메리를 쳐다보고 짓궂게 미소를 지어 보였다. 그녀도 마주 보고 웃었다. 그는 신탁 자산에 대해 그녀에게 말하지 않은 생각이 났고 갑자기 불합리한 죄의식을 느꼈다. 이제는 예전처럼 가진 게 없지 않기 때문에 이 노래를 더는 들을 자격이 없는 것 같았다. **더 많은 돈 / 뭐에 쓰려나?** 라는 가사는 더 자주 써야 마땅한 구절이었다.

난 아무것도 가진 게 없네,

나한텐 아무것도 없다네.

해가 있고 달이 있고 깊고 푸른 바다가 있다네.

많은 걸 가진 사람들은

살아 있는 동안 기도해야 한다네.

어떻게 하면 악마가 가까이 오지 못하게 멀리할까

걱정해야 하니까.

멀 – 리.

패트릭은 돈의 죄악을 주장하는 포기의 노래를 즐겼다. 엘

★ 조지 거슈윈의 오페라 〈포기와 베스〉(1935)에 나오는 노래.

리너와 버지니아도 괜찮다고 생각했을 것 같았다. 결국 고리대금업자들은 세상의 주인이 되기도 전에 지옥의 7층에 처해졌다. 불의 비를 맞으며 끊임없이 움직이는 그들의 손은 살아생전에 유익하거나 선한 것은 아무것도 생산하지 않고 남의 노동을 착취하기만 한 손에 대한 벌을 받았다. **많은 걸 가진,** 그다지 떳떳하지 않은 사람의 입장에 있었더라도, **아무것도 가진 게 없는 사람**은 악마가 가까이 오지 못하게 **걱정**할 필요도 없다는 환상을 믿는 대가를 치르더라도, 엘리너는 포기의 견해에 찬성했을 것이다. 패트릭은 다시 마지막 부분을 집중해서 들었다.

> 좋은 사람이나 나쁜 사람이 되려고
> 애를 쓸 필요가 없는 나
> 아무러면 어떠랴! 나는 살아 있어
> 나는 기쁘다네.
> 오, 난 아무것도 가진 게 없다네.
> 나한텐 아무것도 없다네.
> 나의 여자가 있고 나의 노래가 있으니
> 하루 종일 천국에 산다네.
> (불평해야 소용없지!)
> 나의 여자가 있고, 나의 주님이 있고, 나의 노래가 있다네!

"선곡이 훌륭하군." 패트릭이 메리에게 고맙다는 표시로 고개를 끄덕이며 속삭였다. 그는 다시 순서지를 집어 들었고 그제야 내용을 들여다볼 마음의 준비가 되었다.

7

정말 역겹군, 하고 니컬러스는 생각했다, 흑인을 대표해서 감상에 젖는 유태인이라니. 운 좋은 녀석들, 너희들은 아무것도 가진 게 없잖아. 반면에 우리는 이 모든 국제 자본과 이 시시한 브로드웨이 뮤지컬 히트작에 짓눌렸어. 가사를 만드는 사람들은 아이디어가 잘 떠오르지 않으면 꼭 천체를 등장시킨단 말이야, 하고 니컬러스는 혼잣말했다. "내가 소중히 여기는 건 / 하늘의 별들 / 모두 거저라네." 하늘엔 별로 놀랄 만한 것들이 없다— 몇 백만 광년 떨어진 수소폭탄 같은 별에게는 임대료를 기대할 수도 없다. 슈롭셔에 있는 앤 여왕 시대의 2등급 문화재, 그 멋진 미망인용 집을 투자 금융 회사 간부에게 빌려주고 괜찮은 액수의 세를 받아 내려 설득하는 일조차 니컬러스에게는 여간 힘든 일이 아니었다. 주말에는 집을 비우고 달에나 다녀오라고 부탁하지 않아도 그렇다. 런던에서 달은 너무 멀기도 멀지만 그곳에 가더라도 산소가 다 닳도록 껑충껑충 돌아다니는 것 외에는 할 일이 없다. 세상 이치라는 게 있다. 타이타닉호의 1등실 승객의 60퍼센트, 2등실은 25퍼센트가 살아남았지만 최하급 3등실에서는 아무도 살아남지 못했다. 그게 세상 이치다. "물론 고맙게 생각하고 있습니다, 주인님," 니컬러스는 히죽히죽 웃으며 작은 소리로 말했다. "저한텐 깊고 푸른 바다가 있으니까요."

앗, 세상에! 지금 무슨 일이 벌어지고 있지? 그 기분 나쁜 '영혼의 연장통' 여자가 강대상에 다가가고 있었다. 도저히 견딜 수 없을 것 같다. 내가 여기서 뭘 하고 있지? 니컬러스는 결국 멍청한 아이라 거슈윈*처럼 감상에 젖었다. 그는 데이비드 멜로즈를 봐서 이곳에 왔다. 데이비드는 여러모로 실패한 무명인이었지만 그의 풍모는 드물고 대단한 특성 즉 전적인 경멸을 지녔다. 데이비드는 중산층의 도덕률에 짐승처럼 걸터앉은 거인 같았다. 다른 사람들은 여기저기서 듣게 되는 편협한 의견들을 헤치고 힘들게 나아가지만 데이비드는 세상 사람들의 의견에 대한 전적인 경멸을 온몸으로 체현한 사람이었다. 니컬러스는 그 전통을 유지하는 일에 최선을 다할 뿐이었다.

*　조지 거슈윈의 형으로 〈포기와 베스〉의 작사를 했다.

에라스무스가 가장 흥미롭게 생각하는 구절은 물론 이것이었다. '좋은 사람이나 나쁜 사람이 되려고 / 애를 쓸 필요가 없는 나 / 아무러면 어떠랴! / 나는 살아 있으니.' 물론 니체도 루소도 (필연적으로) 금강반야바라밀경도 있지만 포기라는 인물은 그 어느 것도 읽었을 것 같지 않았다. 그렇지만 규칙을 바탕으로 한 도덕에 선행하기도 하고 어떤 의미에서는 그 도덕을 불필요한 것으로 만들어 버리기도 하는 자연 상태라는 측면에서, 또 애를 쓰지 않은 삶과 일정한 환상의 덩어리가 주는 영향력의 충만함이라는 측면에서 생각하는 것은 정당하다. 그는 어쩌면 장례식 후에 메리와 만날 수 있을지 모른다. 그녀는 언제든 그를 받아들일 준비가 되어 있었다. 그는 가끔 그 점에 대해 생각했다.

아무것도 가진 게 없어도 행복한 사람들이 있으니 정말 다행이야, 하고 줄리아는 생각했다. 그러니까 나 같은 사람들이 (그리고 나와 만난 다른 모든 사람들이) **더 많이** 가질 수 있는 것이지. '충분하다'는 이 끔찍한 말이 긍정적으로 쓰이는 문장을 생각해 낸다는 건 사실상 불가능해. 아무것도 가진 게 없다고 열심히 부르는 노래에 그런 말이 쓰일 때는 더 말할 나위도 없고. 그러나 패트릭의 노망 든 어머니에게 이 노래는 제법 이상적이야. 상속권 박탈을 낙관적으로 노래하는 축가로도 그렇고. 늘 그렇듯 메리에게 경의를 표하지 않을 수 없네. 줄리아는 감탄하며 한숨을 쉬었다. 패트릭은 실질적인 무엇을 하기에는 완전히 '미친' 상태라서 성모 마리아 같은 메리의 개입을 청했던 것이리라고 줄리아는 추측했다.

정말이지, 하고 낸시는 생각했다. 거슈윈 형제에게 의지하다니 너무 말도 안 돼. 내 대부가 천재적인 콜 포터*였는데 말이야. 언니는 그에게 무관심했는데 엄마는 왜 쓸데없이 그를 언니에게도 대부가 되게 했을까? 그의 매력과 재치를 알아본 내가 그를 독점할 수 있었을 텐데. 〈포기와 베스〉에 매력적인 데가 없는건 아니다. 낸시는 핸시, 딘키 구텐버그와 함께 중요한 뉴욕 개막 공연에 갔을 때 무대 뒤로 가서 출연자 모두에게 축하의 말을 하며 더없이 즐거운 시간을 보낸 적이 있다. 진정한 주연들은 지독히 잘생기고 말을 심하게 더듬는 독일 왕자를 만나도 위축되지 않았어. 그러나 합창단의 어린 여자애들은 무릎을 굽혀인사를 해야 할지, 혁명을 일으켜야 할지, 그의 아내를 독살해야할지 갈피를 못 잡는 걸 나는 알 수 있었지. 그 장면을 반드시내 책에 포함시켜야지. 그건 이 재미없는 장례식과 달리 재미있는 모든 것이 종합된 이야기이니까. 진짜, 엘리너는 가문뿐 아니

★　　Cole Porter(1891~1964). 미국의 작사 작곡가.

라 자신까지 실망시키고 있어.

    아넷은 중앙 통로를 따라 강대상으로 나아가며 그 멋진 영가의 적절성과 의외의 기쁨, 그리고 동시성에 감동을 받았다. 바로 그 전날, 아넷은 생나제르 테라스의 접신 지점에서 셰이머스와 앉아 레드 와인을 마시며 엘리너에게 받은 독특한 선물을 찬미했다(사실 그 장소는 부지 전체의 기가 모이는 곳으로 자기들이 정한 지점이었다). 셰이머스는 엘리너와 아프리카계 미국 사람들이 놀라울 정도로 깊은 관련이 있다는 말을 아넷에게 해 주었다. 셰이머스는 엘리너가 여러 전생으로 회귀했는데, 그럴 때 그 자리에 함께한 영광을 누렸다. 그리고 그런 과정을 통해 엘리너는 남북전쟁 당시 노예였으며, 노예 폐지를 찬성하는 북부로 가기 위하여 어린 아기를 안고 도주했던 여자였다는 사실이 밝혀졌다. 듣자 하니 엘리너는 한겨울에 밤에만 이동하고 도랑에 몸을 숨기며 생명에 위협을 받는 삶을 살면서 끔찍한 고생을 했다. 그에게 그런 이야기를 들은 바로 그 이튿날인 지금, 엘리너의 장례식에서 어느 노예의 후손이 그 놀라운 이야기를 노래하고 있었다. 어쩌면—아넷은 마법 같은 우연의 일치가 펼쳐 보이는 새로운 지평에 스스로 감격하여 거의 말을 멈추었다—어쩌면 도랑에 숨어 가며 야음을 틈타 자유를 위해 도주한 엘리너의 품에 안겼던 바로 그 아기가 깊이 울리는 저음의 목소리를 가진 훌륭한 가수로 성장했을지도 모른다. 견딜 수 없이 아름다운 이야기였지만 아넷은 해야 할 일이 있기 때문에 자신을 도취시킨 생각의 사슬을 끊고, 유감스럽지만 그 놀라운 차원의 지평에서 벗어나 강대상 앞에 똑바로 자세를 고쳐 잡고, 주머니에 넣어 온 종이를 꺼내 펼쳤다. 탈하임의 화신과 함께 다르샨 수행을 하러 갔을 때 성스러운 미라의 기념품 가게에서 산 호박 목걸이를 만지작거렸다. 아넷은 영혼을 꿰뚫어 보는 무조건적인 사랑의 시선을 가진 그 조용한 인도 여자 미라에게 신비스러운 능력을 받은 느낌이 들었고, 이를 계기로 치유의 길을 떠나 오늘날에 이르렀다. 아넷은 아프고 애틋한 마음의 표현과 적당한 크기로 말할 필요 사이에서 망설이며 조사를 읽었다.

"먼저 시를 한 편 읽으려고 합니다. 엘리너가 이 시를 소중히 여긴 것으로 압니다. 사실 제가 소개시켜 준 시인데요, 엘리너에게 호소하는 바가 큰 시입니다. 윌리엄 버틀러 예이츠의 「이니스프리의 호도」입니다." 아넷은 속삭이는 듯한 소리로 경쾌하게 시를 읽었다.

나 이제 일어나 가리니, 이니스프리로 가리라

진흙에 욋가지 엮어 작은 오두막 짓고

아홉 고랑 콩 심고, 벌통 놓아 꿀벌 치며

벌 소리 들리는 숲속 빈터에 홀로 살으리

굴을 아홉 개 시키는 건 세련된 일이지만, 하고 니컬러스는 생각했다. 아홉 고랑 콩이라는 건 뭔가 참 우스꽝스럽다. 굴은 자연스럽게 한 다스 또는 반 다스 단위로 팔린다. 그렇기 때문에 아홉 개를 주문하면 무언가 명쾌한 느낌이 드는 것은 당연하다—그가 아는 한, 굴은 해저에서도 다스나 반 다스 단위로 모여 자란다. 한편, 모호한 밭에서 자라 다량으로 수확되어 쌓이는 콩에 아홉 개라는 꼼꼼한 정확성은 터무니없는 것이다. 기껏해야 도시의 주말 농장이라는, 조화롭지 않은 광경을 떠오르게 할 뿐이다. 그곳에는 벌 소리도 없고 윗가지를 엮어 진흙을 발라 오두막을 세울 자리도 없을 것 같다. 영혼의 연장통은 틀림없이 「이니스프리의 호도」는 예이츠의 재능이 절정에 달해 지은 시라고 생각할 것이다. 또한 고의적 순진과 값싼 효과가 특징적인 켈트 문화 부활 운동은 틀림없이 엘리너의 내세적 세계관에 똑 들어맞았을 것이다. 하지만 이 아일랜드 시인은 귀족적 이상의 대변자가 되었을 때 비로소 특별할 게 전혀 없는 연보라색 안개 속에서 제 모습을 드러냈다. '부자의 꽃이 만발한 잔디밭에 / 그의 언덕 초목이 살랑거리는 가운데 / 야심적인 수고 없이 생명이 넘치고 / 생명의 비가 내려 분지를 채우네.'* 예이츠의 시에서 기억할 만한 가치가 있는 건 이 시행들뿐이다. 니컬러스가

★　W. B. 예이츠(1865~1939)의 「조상 전래의 집Ancestral House」.

기억하는 것도 이 시행들뿐이어서 다행이다. 예이츠는 위업을 행하고 대저택을 지은 '비통하고 폭력적인' 사람들에 대한, 그리고 세월의 흐름에 따라 단순한 특권이 되어 버린 그 위대함이 어떻게 되었는지에 대한 관조를 그렇게 시작한다. '그 집의 증손은 / 그 모든 청동과 대리석에 둘러싸여 살지만 생쥐에 불과할지 모른다.' 니컬러스가 생쥐가 들끓는 그런 집들을 체험으로 알지 못했더라면 위험한 시행이다. 그래서 사람을 약하게 만드는 상속받은 영광의 영향을 물리치려면 예이츠가 제안하듯이 비통해하고 화를 내는 건 필수적이다.

고통받는 가운데 온유함을 유지하는 것 같은 아넷의 목소리가 두 번째 연에서 배가되었다.

하여 나 그곳에서 평화를 얻으리니, 평화는 느릿하게 떨어진다네
아침의 장막에서 귀뚜라미 우는 곳으로 떨어진다네
한밤중엔 희미한 빛, 한낮엔 보랏빛 그곳에 스미고
저녁엔 홍방울새 날개 소리 그득하리

평화는 느릿하게 떨어지니, 하고 헨리는 생각했다. 정말 멋지군. 시행들은 길어질수록 점점 더 평온해지고, 시차증은 깊어 가고 머리는 느릿하게 떨어지고, 가슴팍으로 느릿하게 떨어지고. 그는 에스프레소를 마셔야 한다, 안 그러면 아침의 장막이 그의

마음에 수의를 뒤집어씌울 것이다. 헨리는 엘리너를 위하여 이곳에 왔다. 페얼리 호수에 혼자 노를 저어 나가, 모두가 기슭에서 "어서 와! 어머니 오셨어! 어머니가 도착하셨어!" 하고 외치는데도 오지 않던 엘리너를 위하여. 너무 수줍음을 잘 타서 상대방의 눈을 똑바로 쳐다보지도 못하던 소녀였지만 고집은 황소 같았다.

귀뚜라미 우는 곳, 하고 패트릭은 생각했다, 당신이 셰이머스와 사는 나의 옛집이 그런 곳이지. 그는 풀숲에서 날카롭게 비벼 대는 벌레들의 소리를 상상했다. 매미가 한 마리씩 가세하며 점점 더 커지는 음파는 메마른 땅에 피어나는 열기의 청각적 아지랑이 같았다.

메리는 패트릭이 〈아무것도 가진 게 없는 나〉를 좋아하는 듯해서 안심이 되었다. 「이니스프리의 호도」가 노래하는 가장된 소박함은 어떤 희생을 치르더라도 인생의 어두운 복잡한 면들을 배제시키고 싶어 한 엘리너의 갈망을 매혹적으로 상기시켜 주었다. 그러나 아넷에게 조사를 부탁한 점에 대해서는 긴장을 풀 수 없었다. 하지만 어쩌겠는가? 엘리너 인생의 그 부분을 부정하는 건 소용없는 일이다. 그 이야기를 하려면 장례식에 온 사람들 중 아넷보다 더 자격이 있는 사람은 없었다. 적어도 그

녀는 며칠 동안 패트릭이 흥분해서 떠들 거리를 제공해 줄 것이
다. 아넷이 「이니스프리의 호도」의 마지막 연을 요람을 흔들 듯
단조로운 어조로 전달하는 것을 들으며 메리는 점점 더 걱정되
었다.

나 이제 일어나 가리니, 밤이고 낮이고 끊임없이
호숫가 철썩거리는 파도 소리 나직하게 들림이라
찻길에 있을 때에도 잿빛 보도에 서 있을 때에도
내 마음속 깊은 곳에 그 소리가 들림이라

아넷은 눈을 감고 다시 호박 목걸이에 손을 가져갔다. "옴 나
모 마타 미라." 그녀는 조사를 전달할 능력을 재충전하기 위해
중얼중얼 주문을 외었다.

"여러분 모두는 엘리너를 각기 다르게 알았을 겁니다. 대부
분은 저보다 더 오래 엘리너를 알았을 겁니다." 아넷은 이해심
을 보이는 웃음을 지으며 시작했다. "저는 제가 알았던 엘리너
에 대해서만 이야기할 수 있습니다. 엘리너가 얼마나 훌륭한 여
성이었는지 제가 공정하게 이야기하려고 노력하는 동안 여러분
은 여러분이 알던 엘리너를 예이츠가 말하는 '마음속 깊은 곳'
에 품으시기 바랍니다. 하지만 그와 동시에 제가 여러분이 엘리
너에 대해 몰랐던 면을 보여 드리면 엘리너를 그곳에 들이시기

를 부탁드립니다. 그곳에 들어서 여러분 각자가 마음속에 품고 있는 엘리너와 하나가 되게 해 주시기 바랍니다."

악, 맙소사, 하고 패트릭은 생각했다. 여기서 날 나가게 해 줘. 그는 삽과 이층 침대 널빤지로 바닥을 파서 사라지는 자신을 상상했다. 영화 〈대탈주〉의 주제곡이 울려 퍼졌다. 그는 화장장 지하에 허술한 굴을 뚫으며 기어 나가다가 불쾌한 아넷의 목소리에 붙들려 도로 끌려 들어온 느낌이 들었다.

"제가 엘리너를 처음 만난 건 우리 '더블린 여성 치유의 북 동아리'가 엘리너의 생나제르 집에 초대를 받았을 때였습니다. 아마 여기 계신 많은 분들이 잘 아시겠지만 그 집은 프로방스 지방에 있죠. 제가 엘리너의 모습을 처음으로 본 건 그곳에 도착해서 미니버스를 타고 진입로를 따라 내려갈 때였습니다. 엘리너는 큰 연못 벽 위에서 허벅지 밑에 손을 껴 넣고 앉아서 외로운 어린아이처럼 자기의 달랑거리는 신발을 내려다보고 있었습니다. 우리가 연못 앞에 이르렀을 때 엘리너는 말 그대로 두 팔을 활짝 벌리고 우리를 맞이해 주었습니다. 그렇지만 그보다 저는 진입로에서 엘리너를 처음 보았을 때의 그 첫인상을 잊을 수 없습니다. 엘리너는 동심의 끈을 놓은 적이 없다고 저는 생각합니다. 그렇기 때문에 엘리너는 정의는 실현될 수 있다고, 의식은 변형될 수 있다고, 처음에는 잘 안 보일지 몰라도 누구에게서든, 어떤 상황에서든, 좋은 점을 찾아볼 수 있다고 열렬히 믿었던 것이죠."

물론 의식은 변형될 수 있다, 하고 에라스무스는 생각했다. 하지만 의식은 무엇인가? 내가 감전되거나 내 코를 부드러운 장미꽃 잎에 갖다 대거나 그레타 가르보 흉내를 내면 내 의식은 변형된다. 사실 의식이 변형되는 것을 막기란 불가능하다. 내가 설명할 수 없는 건 의식 **그 자체가** 무엇이냐는 것이다. 의식은 너무 가까이 있어서 보이지 않고, 너무 퍼져 있어서 파악하기도 힘들고 너무 투명해서 어디에 있는지 가리킬 수도 없다.

"엘리너는 제가 아는 가장 후한 분으로 고인을 알았던 건 제게 영광이었습니다. 누가 무언가 필요로 한다는 눈치라도 보이면, 그리고 그게 엘리너의 능력 안에 있는 것이면, 엘리너는 기회를 놓치지 않고 바로 그 필요에 응답했습니다. 얼마나 열성적으로 그러는지, 도움을 받은 사람보다 엘리너 본인이 더 안도하는 것 같았죠."

패트릭은 그럴 때 오갔을 단순한 대화를 상상해 보았다.
셰이머스 : 포도나무와 올리브나무 숲에 둘러싸인 양지 바른

사유지가 있으면 의식 고취에 도움이 될 거라는 생각을 하고 있었어요.

엘리너 : 아, 정말 멋져! 나한테 그런 집이 있는데, 자기한테 줄까?

셰이머스 : 오, 정말 고마워요. 여기에, 그리고 여기, 또 여기에 서명하세요.

엘리너 : 아, 가뿐해. 이제 난 가진 게 아무것도 없어.

"아무것도," 아넷이 말했다. "엘리너에게는 지나치게 큰 문제가 되지 않았습니다. 엘리너에게 봉사는 인생의 목표였죠. 사람들이 꿈을 실현하도록 돕기 위해 많은 애를 쓰는 엘리너를 보면 저는 경외감마저 들었습니다. 감사의 편지와 엽서가 세계 곳곳에서 쏟아져 들어왔죠. 그중에는 '영출력 연료 전지'를 연구하는 크로아티아의 한 젊은 과학자가 보낸 편지도 있었습니다―그 전지가 뭔지는 저한테 묻지 마세요, 하지만 그건 지구를 구할 것입니다. 잉카족은 원래 이집트에서 왔다는 놀라운 증거를 발굴하고, 그 근원적인 문명과 '태양의 언어'라는 것으로 계속 교통하던 페루의 고고학자도 있었습니다. 성스러운 상징을 총망라한 사전을 집필하는 작업을 40년 동안 계속하고 있다면서 그 놀랍도록 가치 있는 책을 완성하기 위하여 도움을 청해 온 어느 노부인도 있었습니다. 그들 모두 엘리너의 도움을 받았죠. 그렇다고 엘리너가 과학과 영성의 상위 계층에만 관심을 가졌다고 생각하면 안 됩니다. 엘리너는 대단히 실질적인 분이었기 때문에 인원이 늘어나는 가족에게 부엌을 증축해 주는 일의 진가도 알았고, 오지에 사는 친구에게 새 차를 주는 일의 진가도 알았습니다."

현금이 다 떨어져 가던 동생은 어쩌고? 하고 낸시는 언짢은 생각을 했다. 그들은 처음에는 그녀의 신용카드를 압수하더니 나중에는 수표책을 가져갔다. 그리고 이제는 5번가에 있는 모건 개런티 신탁에 직접 가서 매달 쓸 푼돈을 받아 와야 했다. 그들은 그게 그녀가 빚을 지지 않게 하는 유일한 방법이라고 했지만, 빚을 지지 않게 하는 가장 좋은 방법은 더 많은 돈을 주는 것이다.

"예수회의 한 훌륭한 신사분에 관한 이야기를 하겠습니다." 아넷이 말을 이었다. "아니, 사실은 예수회에 있다가 나온 분이었죠. 그래도 우리는 그분을 팀 신부님이라고 불렀어요. 그분은 가톨릭 교리가 너무 편협하다면서 자기는 사람들이 세상 모든 종교적 전통을 포용해야 한다고 믿게 되었다고 해요. 그리고 결국 아마존으로 가서 영국인 최초로 아마존강 유역의 가장 근원적인 원주민 부족에게 브라질의 샤먼 아야후아셰라로 받아들여

졌죠. 아무튼 팀 신부님은 과거에 팜스트리트 성당에서 알게 된 엘리너에게 편지를 보내왔습니다. 그 마을에서 인근 교역소로 왕래하기 위한 모터보트가 필요하다는 거였어요. 물론 엘리너는 언제나 그렇듯 충동적이라 할 정도로 너그럽게 수표 한 장과 함께 답장을 보냈습니다. 그러고 나서 팀 신부님의 답장을 받았을 때 엘리너가 보인 얼굴 표정을 저는 절대로 잊지 못할 겁니다. 봉투 속에는 화려한 색의 큰부리새 깃털 세 개와 역시 화려한 색의 편지가 들어 있었어요. 아조레오 원주민들이 엘리너의 선물에 보답하는 표시로 그 오지의 마을에서 엘리너를 '무지개 용사'로 임명하는 의식을 치렀음을 알리는 편지였습니다. 신부님은 엘리너가 여자라는 말은 하지 않았다고 했습니다. 아조레오 부족은 여성에 대해 '그가 섬기던 구교회와 다르지 않은 개조되지 않은 견해'를 가지고 있어서 '그의 꾀를 인정'할 경우 '성 세바스찬의 운명을 겪게' 될 것이기 때문이죠. 신부님은 임종 시에 그 일을 고백할 생각이라고 했습니다. 그러면 세상의 구원에 무척 절실한 남성과 여성의 원칙이 새로운 조화를 이루는 시대로 그 부족이 나아가는 것을 도울 것이라고 했습니다. 어쨌든," 아넷은 준비한 조사에서 많이 벗어났다는 것을 깨닫고 한숨을 쉬었지만 영감을 받았기 때문에 그런 걸로 간주했다. "엘리너가 받은 영향은 말 그대로 완전히 마법과도 같았습니다. 엘리너는 큰부리새 깃털을 꿰서 그것이 다 떨어져 나갈 때까지 목에 걸고 다녔죠. 그리고 몇 주 동안은 만나는 모든 사람들에게 자기는 아조레오족의 무지개 용사라고 말했습니다. 마치 다른 학교에 전학 간 아이가 어느 날 단짝 친구를 만들고는 완전히 달라져서 집에 온 것 같았죠."

발육 지체 증상은 그의 직업 소관이지만 조니는 근무 중이 아닐 때는 누구의 말을 들어도 정신분석을 하지 않는 습관을 들였다. 그러나 모질고 끈질기게 성장에 저항한 엘리너의 사례에는 마음이 끌리지 않을 수 없었다. "인간은 현실을 별로 잘 견디지 못한다"*는 믿음직한 엘리엇의 말을 지나치게 많이 인용한다는 비난을 받아도 조니는 그러지 않을 수 없었다. 조니는 엘리너가 현실을 회피하지 않은 적이 없다는 생각이 들었다. 조니는 엘리너를 처음 본 날이 떠올랐다. 학창 시절 방학에 패트릭이 그를 생나제르로 초청했을 때였다. 그때도 엘리너는 아기 말을 하는 버릇이 있었다. 유년기에서 거리를 두려고 애쓰는 사춘기 소년에게 그것은 매우 당황스러운 경험이었다. 무엇보다 비극은 그녀의 경우 한 5년이나 10년 동안 주 5일 적절한 정신분석을 받았더라면 상당히 호전될 수도 있었을 증세였다는 것이다.

---

* T. S. 엘리엇(1888~1965)의 「사중주」.

"엘리너가 타인에게 보인 친절의 폭은 그 정도로 컸습니다." 아넷은 곧 말을 마쳐야 하리란 것을 의식했다. 아마존과 관련된 즉흥적 이야기를 하는 바람에 읽지 못한 조사의 두 페이지를 옆으로 밀어 놓고, 자기가 무슨 말을 하려는지 상기하기 위해 마지막 페이지를 내려다보았다. 조사에서 벗어나서 탐색적인 방식으로 말을 하다 보니 글의 내용이 좀 딱딱해 보였지만, 마지막 단락에 한두 가지 꼭 기억해서 전해야 할 것이 있었다.

어이구, 빨리 좀 끝내지, 하고 패트릭은 생각했다. 허물어지는 땅굴 속의 찰스 브론슨이 공황 발작을 일으키고 있었다. 셰퍼드 개들이 철조망 울타리 안에서 짖고 있었다. 서치라이트가 구내 마당을 이리저리 비추었지만 그는 곧 독일 은행원 차림으로 숲속을 달려갈 것이다. 그리고 도널드 플레즌스가 시력을 희생해 가며 위조해 준 신분증을 가지고 기차역으로 갈 것이다. 조만간 모든 것이 끝날 것이다. 그는 몇 분만 더 무릎을 내려다보고 있으면 된다.

"『리그 베다』의 짧은 구절을 읽어 드리겠습니다." 아넷이 말했다. "이 책은 재단의 서재에서 엘리너의 놀라운 영적 깊이를 환기시킬 책을 찾으려는데 책꽂이에서 말 그대로 저를 향해 튀어나온 듯했습니다." 그녀는 다시 단조로운 어조로 그것을 읽기 시작했다.

그녀는 저세상으로 가는 이들의 목적지까지 따라간다, 그녀는 앞으로 다가와 영속될 새벽의 처음이다, 우샤*는 살아 있는 이들을 보이게 하고 죽은 누군가를 깨운다. (…) 그녀가 앞서 비친 새벽과 이제 빛나야 하는 이들과 조화를 이룰 때 그녀의 시야는 어떠한가? 그녀는 고대의 아침을 희망하고 그 아침의 빛을 채운다. 그녀는 자신의 빛을 비추며 앞으로 올 나머지 빛과 교감한다.

"엘리너는 환생을 굳게 믿었습니다. 한층 높은 영적인 진화에 장애가 되는 것들을 태워 없애 주는 용광로 같은 것이 고통이라고 생각했을 뿐 아니라 자신이 어떻게, 어디에 환생할 것인지 구체적으로 볼 수 있는 매우 희귀한 통찰력을 부여받기도 했습니다. 저희 재단에는 우리가 '아하!' 하며 얻는 사소한 직관과 순간적인 통찰을 위한 '아하 상자'라는 것이 있습니다. 누구나 그런 경험을 하지 않나요? 그런데 문제는 직관이나 통찰을 얻더라도 바쁜 하루를 살다 보면 그게 무엇이었는지 잊게 된다는 겁니다. 그래서 재단 주임 간사인 셰이머스는 '아하 상자'를 고안하고, 그런 생각이 날 때마다 적어서 상자 안에 넣고, 저녁 시간에

---

* 고대 브라만교 경전에 나오는 새벽의 여신.

그것을 서로 공유하도록 했죠."

아넷은 일화와 여담의 유혹을 느끼고 잠시 저항하다 굴복하고 말았다. "저희 재단에, 뭐랄까, '쉽지 않은' 성격을 가진 샤먼 훈련생이 있었는데요, 그 사람은 매일 아하 상자에 열 개도 넘는 쪽지를 넣었습니다. 그중 대부분은 재단에 있는 다른 사람들을 은밀히, 아니 그리 은밀하지 않게 공격하는 것이었습니다. 그러던 어느 날 저녁, 우리가 그 사람의 직관이란 걸 적어도 열 개는 힘들여 읽었을 때, 셰이머스가 비할 데 없이 유머러스하게 '있잖아요, 데니스, 누군가의 아하의 순간은 다른 누군가에게는 허허 하게 하는 것일 수 있어요'라고 말했습니다. 그러자 엘리너가 그냥 막 웃기 시작하는 거예요. 지금도 눈에 선합니다. 너무 대놓고 웃으면 잔인하다고 생각했는지, 입을 가렸지만 웃음을 주체하지는 못했죠. 키득거리며 웃는 그 모습, 그리도 사람을 잘 믿고 잘 웃는 모습을 알지 못하면 엘리너의 인생을 완전히 안다고 할 수 없습니다."

"아무튼," 아넷은 최후의 공격을 가하기 위해 방향 감각을 회복하고 말했다. "제가 말하고자 하는 건, 어느 날 엘리너가 처음으로 뇌졸중을 일으킨 후, 그리고 인근 요양원에 들어가기 전, 우리는 아하 상자에서 엘리너의 놀라운 쪽지를 발견했다는 것입니다. 영계를 탐색하는 환각 여행에서 자신이 내세에 생나제르로 돌아오는 것을 보았다는 내용이었어요. 엘리너는 젊은 샤먼으로 돌아올 것입니다. 그때쯤이면 셰이머스와 저는 많이 늙었을 것이며, 우리는 재단을 엘리너에게 되돌려 줄 겁니다, 엘리너가 '이음매 없는 연속'이라며 우리에게 재단을 주었듯이. 우리 여기서 잠시 묵념하며 엘리너의 신속한 회귀를 위해 기도합시다, 그러는 동안 '이음매 없는 연속'이라는 말을 여러분 마음속에 품으시기를 바라며 이 조사를 마치겠습니다."

강대상 뒤의 아넷은 머리를 숙이고 엄숙히 숨을 내쉬며 눈을 감았다.

8

메리는 '신속한 회귀'를 말하는 건 좀 멀리 나갔다고 생각하고 초조한 눈초리로 흘긋 관을 바라보았다. 마치 엘리너가 당장이라도 뚜껑을 열어젖히고 튀어 나와 장례식 순서지의 사진처럼 세상을 향해 포옹하듯 어색하고 과장되게 양팔을 활짝 벌리기라도 할 것처럼. 패트릭의 얼굴에 드리운 곤혹스러움을 감지한 메리는 아넷에게 조사를 부탁한 것을 후회했다. 하지만 메리는 조사를 맡을 사람이 달리 생각나지 않았다. 엘리너는 화전을 일구듯이 사회생활을 한 탓에 지속성과 깊은 우정이 파괴되었기 때문이다. 치매에 걸려 여러 해를 홀로 지내고 셰이머스와의 관계에 금이 간 후로는 특히 더 그랬다.

조니에게는 시 낭독을 부탁했고, 얼마나 절박했는지 에라스무스까지 동원해서 성경 봉독을 맡겼다. 마지막 유일한 대안이 었던 낸시는 자기 연민으로 이성을 잃고 뉴욕에서 언제 출발할 수 있을지 확실한 말을 하지 못했다. 사람 선택은 다소 억지스 러웠지만 잘 알려진 구절을 골라 균형을 맞추었다(아니, 균형이 더 틀어졌는지도 모른다).

다음 순서는 즐겨 쓰이는 성경 구절 두 군데를 읽는 것인데, 메 리는 그런 구절들을 고른 자신이 참을 수 없이 따분하다는 생각이 들었다. 다른 한편으로는 죽음은 피할 수 없는 무엇이라는 것 외 에 죽음이 무엇인지 아는 사람은 아무도 없고 또 누구나 그 불확 실한 확실성을 무서워하므로 성경의 불투명한 장엄함이나 심지어 아넷이 좋아하는 아시아의 광대한 무엇에 관한 애매한 이야기가 새로운 것을 과시하듯 고집하는 것보다는 낫다고 메리는 생각했 다. 게다가 엘리너는 무엇보다도 기독교인이었다.

아넷이 들어와 앉으면 그다음은 메리가 앞에 설 차례였다. 사 실인 즉, 은근히 부아가 나 있던 메리는 견딜 수 없이 긴급하다 는 듯한 태도로 교묘히 싫은 기색을 감추고 자리에서 일어나 패 트릭과 눈이 마주치는 것을 피해 그 앞으로 비집고 나와 강대상 으로 갔다. 어떤 경우든 공개 석상에 서기만 하면 긴장되었다. 그러면 사람들은 '심호흡하는 걸 잊지 말아요'라는 말을 해서 상당히 짜증 나곤 했는데 메리는 사람들이 왜 그런 말을 했는지 이제야 알 것 같았다. 메리는 처음에는 실신할 것 같았다가 성경 봉독을 시작했을 때는 수없이 많이 연습했는데도 숨이 막힐 것 같았다.

내가 인간의 여러 언어를 말하고 천사의 말까지 한다 하더라도 사랑이 없으면 나는 울리는 징과 요란한 꽹과리와 다를 것이 없습니다. 내가 하느님의 말씀을 받아 전할 수 있다 하더라도, 온갖 신비를 환히 꿰뚫어 보고 모든 지식을 가졌다 하더라도, 산을 옮길 만한 완전한 믿음을 가졌다 하더라도, 사랑이 없으면 나는 아무것도 아닙니다. 내가 비록 모든 재산을 남에게 나누어 준다 하더라도, 또 내가 남을 위하여 불 속에 뛰어든다 하더라도, 사랑이 없으면 모두 아무 소용이 없습니다.

메리는 목구멍이 깔깔했지만 기침을 하지 않고 참아 보았다.

사랑은 오래 참습니다. 사랑은 친절합니다. 사랑은 시기하지 않습니다. 사랑은 자랑하지 않습니다. 사랑은 교만하지 않습니다. 사랑은 무례하지 않습니다. 사랑은 사욕을 품지 않습니다. 사랑은 성을 내지 않습니다. 사랑은 앙심을 품지 않습니다. 사랑은 불의를 보고 기뻐하지 아니하고 진리를 보고 기뻐합니다. 사랑은 모든 것을 덮어 주고 모든 것을 믿고 모든 것을 바라고 모든 것을 견디어 냅니다. 사랑은 가실 줄을 모릅니다.

메리는 목청을 가다듬다 옆으로 고개를 돌리고 헛기침을 했다. 이제 모든 걸 망쳤다. 메리는 이 성경 구절과 자신의 헛기침 사이에 심리적인 관련이 있다고 생각하지 않을 수 없었다. 오늘 아침 다시 읽어 보았을 때 이 구절은 위선적인 겸손의 절정—자랑하지 않는 것을 자랑하는 사랑, 교만하지 않은 것을 턱없이 기뻐하는 사랑—이라는 생각이 들었다. 그전에는 지고의 이상을 표현한 무엇인 듯했지만 지금은 이보다 더 과장된 글은 없다는 느낌을 떨칠 수 없을 정도로 메리는 피곤하고 긴장되었다. 어디까지 읽었더라? 수영 중에 오는 돌연한 공포 같은 것을 느끼며 그 부분을 내려다보았다. 어디까지 읽었는지 발견하고 다시 읽기 시작했지만, 그것은 더 이상 자기 목소리 같지 않았다.

말씀을 받아 전하는 특권도 사라지고 이상한 언어를 말하는 능력도 끊어지고 지식도 사라질 것입니다. 우리가 아는 것도 불완전하고 말씀을 받아 전하는 것도 불완전하지만 완전한 것이 오면 불완전한 것은 사라집니다.

내가 어렸을 때에는 어린이의 말을 하고 어린이의 생각을 하고 어린이의 판단을 했습니다. 그러나 어른이 되어서는 어렸을 때의 것들을 버렸습니다. 우리가 지금은 거울에 비추어 보듯이 희미하게 보지만 그때에 가서는 얼굴을 맞대고 볼 것입니다. 지금은 내가 불완전하게 알 뿐이지만 그때에 가서는 하느님께서 나를 아시듯이 나도 완전하게 알게 될 것입니다.

그러므로 믿음과 희망과 사랑, 이 세 가지는 언제까지나 남아 있을 것입니다. 이 중에서 가장 위대한 것은 사랑입니다.

성 바오로가 고린도인들에게 보낸 편지를 메리가 읽는 동안 에라스무스는 귀를 기울이지 않았다. 아넷이 조사를 시작했을 때부터 에라스무스는 환생 교리를 '완전히 황당무계한' 생각이라고 해도 마땅한가 하는 사색에 빠졌다. 그것은 1960년대와 1970년대에 멜로즈 가족의 철학자 친구였던 빅터 아이즌을 생각나게 하는 표현이었다. 빅터 아이즌이 철학 토론을 할 때는 일련의 엄밀한 증명 끝에 그의 입에서 '완전히 황당무계한'이란 말이 갑자기 뚜껑 열린 소금통에서 소금이 쏟아져 나오듯 나오곤 했다. 아이즌은 지금은 불후의 저작이 없이 다소 쇠퇴한 인물이 되었지만 에라스무스가 젊었을 때만 해도 언변이 좋고 자만심이 강한 사회참여 지식인이었다. 결국에는 자신의 말마저 일축했을지도 모를 정도로 일축하기 좋아했던 그는 환생을 가리켜 '완전히 황당무계한' 생각이라고 했을 게 분명하다. 증거가 없고, 기억이 없고, 실체가 없는 그 이야기는 개인의 정체성을 가늠하는 파핏* 학설의 기준을 충족시키지 못한다. 누가 환생을

---

*   Derek Parfit(1942~2017). 영국 철학자.

하는가? 이는 불교신자가 아닌 이들에게는 매우 충격적인 질문이다. 그에게 그 대답은 '아무도 안 한다'이다. 애당초 아무도 환생한 적이 없기 때문에 아무도 환생하지 않는다. 생각의 흐름 같은 한층 더 엉성한 무언가가 인간의 모습을 취했다. 인간 생명의 촉진에 영혼이나 개인의 정체성은 필요 없다. 자기들을 구해 주리라 생각하고 매달리다가 구명정을 침몰시키는 승객들처럼, 독립적인 존재의 공허한 개념에 매달리는 습관 덩어리만 있을 뿐이다. 그 배경에는 개인적이지 않은 눈부신 실체적 망망대해로 사라질 수 있는 기회가 항상 존재한다. 이런 관점에서 볼 때 완전히 황당무계한 쪽은 파핏과 아이즌이다. 그렇지만 에라스무스는 아무런 문제없이 환생을 부인할 수 있다. 그게 진리라는 충분한 이유가 없기 때문이었다. 그런 부인에 내재하는 물리주의도 함께 부인할 수 있는 한은! 결국 두뇌 활동과 의식의 상관관계를 보면 두뇌가 의식의 수신기라는 것을 알 수 있다. 두개골에 싸인 개인적인 영상 출력기가 아니라 트랜지스터라디오나 무선전화기 같은 것이다. 그런……

에라스무스의 생각은 누군가 어깨를 잡아 흔드는 바람에 중단되었다. 그의 주의를 끈 옆 사람이 메리를 가리켰다. 그녀는 통로에 서서 의미심장하게 그를 바라보고 있었다. 메리는 그가 느끼기에 좀 퉁명스럽게 고개를 끄덕여 그가 성경을 봉독할 차례라는 걸 상기시켰다. 그는 사과의 미소를 지으며 일어나 옆으로 가다 어깨를 흔들어 준 여자의 발을 밟고 앞으로 나갔다. 그는 「요한 계시록」—그로서는 '혼돈 계시록'이라고 부르고 싶은 책—을 읽기로 했다. 케임브리지에서 기차를 타고 오는 길에 그것을 읽으면서 그는 타임머신을 만들어 과거로 날아가 「요한 계시록」 저자에게 칸트의 『순수 이성 비판』을 주고 싶다는 이상한 생각을 했다.

에라스무스는 독서용 안경을 쓰고 강대상 경사면에 펼쳐진 성경책을 꾹 눌러 고정시켰다. 그는 자기가 읽을 유명한 구절에 가득한 검증되지 않은 가설들을 지적하고 싶은 마음을 억눌렀다. 자기 목소리에 경외와 찬양의 느낌을 불어넣을 수는 없을지 몰라도 적어도 회의와 의문의 기색은 제거할 수 있을 것 같았다. 그는 앞으로 벌어질 일에 대한 비난을 받고 싶지 않은 사람처럼 속으로 한숨을 쉬고 낭독을 시작했다.

그 뒤에 나는 새 하늘과 새 땅을 보았습니다.
이전의 하늘과 이전의 땅은 사라지고
바다도 없어졌습니다.

낸시는 칠칠맞은 멍청이 때문에 화가 났다. 그가 밟은 건 낸시의 발이었다. 그런데 이제 그것도 모자라 그는 바다가 없어질 것이라고 한다. 바다가 없어지면 해변도 없다. 그러면 앙티브곶

(지금은 완전히 못쓰게 되었지만)도 없고 포르토피노(여름철에는 견딜 수 없는 곳)도 없고 팜비치(이곳도 예전 같지 않지만)도 없을 것 아닌가.

　나는 또 거룩한 도성 새 예루살렘이

아니, 이럴 수가, 또 다른 예루살렘이라니, 하고 낸시는 생각했다. 하나로는 충분하지 않다는 건가?

　신랑을 맞을 신부가 단장한 것처럼 차리고 하느님께서 계시는 하늘로부터 내려오는 것을 보았습니다. 그때 나는 옥좌로부터 울려 나오는 큰 음성을 들었습니다. "이제 하느님의 집은 사람들이 사는 곳에 있다. 하느님은 사람들과 함께 계시고 사람들은 하느님의 백성이 될 것이다. 하느님께서는 친히 그들과 함께 계시고 그들의 하느님이 되셔서 그들의 눈에서 모든 눈물을 씻어 주실 것이다. 이제는 죽음이 없고 슬픔도 울부짖음도 고통도 없을 것이다. 이전 것들이 다 사라져 버렸기 때문이다."

이 모든 성서 낭독은 낸시의 신경을 건드렸다. 낸시는 죽음에 대해 생각하고 싶지 않았다—우울한 일이기 때문이다. 제대로 된 장례식이라면 통상 개인 행사에는 노래하지 않는 놀라운 합창단이 있고 데려오기 힘든 테너 가수들이 노래를 부르고 유명한 배우나 유명 인사가 성서 낭독을 해야 한다. 그런 장례식이 재미있다. 그건 다시 말해서 성서 봉독 내용은 똑같을지라도 어느 피곤해 보이는 사람이 언제 재무 장관이었는지, 또는 식에 참석한 어느 배우들이 출연한 최신 영화의 제목은 무엇인지 하는 생각을 하다 보면 죽음에 대해 거의 생각하지 않게 되는 장례식이다. 화려한 인생의 기적이란 그런 것이다. 그런 생각을 하면 할수록 낸시는 엘리너의 울적한 장례식에 화가 났다. 한 예로, 언니는 왜 화장을 택했는가 말이다. 불은 무서워해야 할 무엇이었다. 불은 보험을 들어야 할 대상이었다. 이집트인들은 피라미드를 만들어 제대로 된 장례를 치렀다. 건축의 비밀을 간직한 채 묘표도 없이 묻힐 수많은 노예들이 세운 피라미드. 자신의 모든 소유물을 (또 다른 사람들의 것도! 산더미처럼 많은 물건을!) 챙겨 넣은 그 거대하고 영속적인 공간보다 더 아늑한 게 어디에 있을까? 오늘날에는 노조에 소속된 건설 노동자들에게 비싼 사회보장연금을 부어 주어야 할 것이다. 현대인의 삶이란 그런 것이다. 그렇긴 해도 납골 단지와 한줌의 재보다야 커다란 묘비가 훨씬 더 바람직하다.

그때 옥좌에 앉으신 분이 "보아라, 내가 모든 것을 새롭게 만든다," 하고 말씀하신 뒤 다시금 "기록하여라, 이 말은 확실하고 참된 말이다," 하고 말씀하셨습니다. 또 이어서 이렇게 말씀하셨습니다. "이제 다 이루었다. 나는 알파와 오메가, 곧 처음과 마지막이다. 나는 목마른 자에게 생명의 샘물을 거저 마시게 하겠다. 승리하는 자는 이것들을 차지하게 될 것이며 나는 그의 하느님이 되고 그는 내 아들이 될 것이다."

조니는 이 모든 성서 봉독을 듣고 완고했던 청년기에 자기가 쓴 논문을 상기하지 않을 수 없었다. 그는 「전능과 부정 : 종교적 신념의 유혹」이라는 제목의 논문에서 종교는 인간이 자신의 존재에 대해 걱정하는 모든 것을 도치시킨다는 단순한 주장을 폈다. 우리는 모두 죽을 것이다(우리는 모두 영생을 누릴 것이다), 인생은 지독히 불공평하다(절대적이고 완전한 정의가 실현될 것이다), 짓밟히고 힘없는 삶은 참담하다(온유한 자가 이 땅을 물려받으리라), 기타 등등. 그렇게 도치는 완전해야 한다. 인생은 꽤 불공평하며, 가끔 겉보기엔 그렇게 보여도 사실은 그다지 불공평하지 않다고 해 봐야 아무런 소용이 없다. 하데스의 창백한 안색은 그의 운명이었을지 모른다. 의식이 육신의 죽음과 함께 끝나는 건 아니라는 믿음의 도약을 한 그에게 피와 살, 전쟁과 술을 그리워하는 그 불온한 밤의 영역은 그 도약에 대한 대가로는 분명 변변치 않아 보였으리라. 아킬레스는 저승의 왕이 되느니 이승의 노예가 되는 편이 낫다고 했다. 그런 종류의 홍보라면 사후 세계를 향한 희망은 소멸의 길에 들어서지 않을 수 없다. 완전히 사실에 반하는 무엇만이 사람들의 총체적 헌신을 확보할 수 있을 것이다. 이 논문에서 조니는 개별 환자를 대상으로, 현실의 우울하고 무서운 양상을 극적으로 부인하는 행위와 의식의 작용을 대비해 보였다. 그는 더 나아가 다양한 형태의 정신병과 그가 상상하기에 그 형태에 상응한다고 여겨지는 종교적 담론을 설정하고, 그 둘을 더 상세히 비교했다. 하지만 그 비교의 절반으로 동원되는 종교에 대해서 그가 아는 것은 아무것도 없다는 결함이 있었다. 그는 내친김에 1만 2,000단어로 세상의 모든 문제를 풀어 보겠다고 생각하고, 정치적 억압과 개인적 억압을 연결시키면서 사회 통제를 다룰 때 흔히 쓰이는 온갖 주장을 펼쳤다. 이 논문의 기본 전제는 신빙성만이 유일하게 중요한 과제이며, 종교적 신념은 필연적으로 그것에 방해가 된다는 것이었다. 그는 29세 때 쓴 이 논문에 치밀함이나 자기 회의가 없는 것을 지금은 부끄럽게 여겼다. 그때만 해도 아직은 자기 환자가 없는 수련의였다. 그래서 지금보다 오히려 인간의 정신 작용에 대해 더 큰 확신을 가졌던 것이다.

메리는 조니에게 헨리 본의 장시를 읽어 달라고 부탁했다. 그는 모르는 시였다. 인생은 하나님을 떠난 타향살이이며 죽음은 귀향길이라는 엘리너의 견해와 잘 들어맞는 시라고 메리가 말했다. 더 즐거운 다른 시들은 그와는 대조적으로 상투적이거나 경우에 맞지 않은 듯했다. 결국 메리는 엘리너의 형이상학적 노스텔지어에 충실하기로 한 것이다. 조니가 보는 한, 동경심에 종교적 지위를 부여하는 것은 다른 형태의 저항일 뿐이었다. 우리가 어디서 왔고 어디로 가든, 중요한 건 그 중간의 짧은 부분이다. 비트겐슈타인이 말했듯이. "죽음은 이승의 사건이 아니다. 우리는 살아서 죽음을 경험하지 않는다."

조니는 앞으로 나가다 에라스무스와 마주치자 희미하게 웃었다. 그는 『형이상학파 시인들』을 강대상 턱에 균형을 잡아 놓고 택시 요금 영수증으로 표시해 둔 곳을 폈다. 그리고 강하고 자신감 있는 목소리로 낭송을 시작했다.

복되도다, 나 어릴 적 그 시절,
천사처럼 빛나는 아기였을 때!
그때는 내 두 번째 생애를 위해 지정된
이곳을 알게 되기 전,
순수한 천상의 생각 외의 것을
상상하게 되기 전 그 시절.
나의 첫사랑이신 그분을 떠나
얼마 걷지 않았을 때,
짧은 거리에서 뒤돌아보고
그분의 빛나는 얼굴을 희미하게 볼 수 있었을 때,
내 영혼이 황홀한 눈으로 한참

금빛 구름이나 꽃을 쳐다보며

그 가냘픈 영광에서

영원의 그림자를 발견했을 때,

내가 내 혀에게 죄스러운 소리로

내 영혼에 상처 주는 법을 가르쳐 주거나

모든 감각에 각각 죄를 나누어 주는

검은 마술을 알기 전,

이 모든 육신의 옷을 사이에 두고

영원의 빛나는 새싹을 느끼게 되기 전.

니컬러스는 밀실 공포증을 느끼기 시작했다. 학창 시절 예배 시간의 그 갇힌 듯한 느낌이었다. 찬송가 책 속에 교묘히 스민 과도한 라틴어 번역을 읽는 위안 없는 기독교적 감상의 물결이 계속 밀려드는 것 같았다. 그는 기독교의 복음을 각색해서 기운을 북돋았다. '하느님이 가난한 자들을 구원하시기 위하여 외아들을 보내 주시었으나 모든 미숙한 사회주의자들의 계획이 그렇듯이 완전한 대실패였다. 그러자 하느님은 정신을 차리시고 부자를 구원하기 위하여 니컬러스를 보내 주시었으니 그 결과는 비할 바 없는 대성공이었다.' 고문과 종교 재판, 종교 전쟁, 찍 소리 못 하게 하는 교리뿐 아니라, 그보다 더 용서할 수 없는 성적인 부적절함과 세속적인 방종의 역사가 있으면서도, 로마

가톨릭교회는 이 중대한 이야기의 전개를 이단으로 볼 것이다. 그러나 이단이란 건 새로운 개신교 교단의 서막일 뿐이다. '니컬러스주의'는 그의 재수 없는 미국 투자 고문이 일컫는 소위 '높은 순자산 사회'를 휩쓸 것이다. 그랬을 때 중요한 문제는 늘 그렇듯이 무엇을 입느냐 하는 것이다. 말일 부자 구원 교회의 대제사장은 멋진 옷을 입어야 하니까. 니컬러스의 공상은 열 살 때 어느 성대한 왕실 결혼식에서 입었던 시동 복장에 대한 회상으로 전개되었다―실크 반바지, 은 단추, 쫴쇠 달린 구두……그날처럼 그렇게 자신이 중요하다는 확신이 든 적은 없었다.

조니는 마지막 연을 낭송하기에 앞서 어조를 제대로 내기 위해 다시 정신을 가다듬었다.

오 정말이지 되돌아 여행하고 싶어라,

그리고 그 태고의 길을 다시 걷고 싶어라!

그러면 내가 영광스러운 무리와 처음부터 함께 있던

그 평원으로 돌아갈 수 있으리.

그곳에서 현명한 영혼이 저 그늘 많은

종려나무의 도시를 볼 수 있으리!

그러나 아! 이곳에 너무 오래 머물러 술에 취한

내 영혼이 그리로 가는 길에 비틀거리지는 않을까?

어떤 사람들은 앞으로 나아가기를 원하지만

나는 뒤로 가기를 원한다네,

이 몸이 흙이 되어 단지에 담길 때,

그 상태로 왔으니, 그리로 돌아가리.

사람이 죽으면 왔던 곳으로 되돌아간다는 것을 암시하다니 헛소리의 극치로군, 니컬러스는 생각했다. 이승에서 대단히 다채로운 기여를 한 다음에 어떻게 태어나기 전과 같을 수 있단 말인가? 초청장과 냉소적 웃음의 골짜기를 지나간 뒤의 태도가 어떻게 태어나기 전과 같을 수 있단 말인가? 그는 들고 있는 순서지를 내려다보았다. 헨리 본의 시가 마지막 낭독인 듯했다. 그 밑에는 장례식 후에 온슬로 클럽에서 유족이 술을 대접하겠으니 와 주십사 하는 안내문이 있었다. 그는 그 자리를 벗어나고 싶었지만 순간적으로 분별없는 아량을 발휘해 낸시와 동행하기로 약속했다. 4시에는 죽어 가는 친구를 방문하기로 한 약속 때문에 첼시 앤드 웨스트민스터 병원에 가야 했지만, 사실 그곳은 편리하게도 가까웠다. 이날 하루 차를 빌렸기에 망정이지, 안 그러면 이동할 거리(약 600미터)가 얼마 안 되기 때문에 개트윅이나 펜잔스에 가는 장거리 손님을 바라며 풀럼가를 빙빙 도는 택시 운전사들이 성질부리는 것을 감수해야 한다.* 그는 그 차

---

* 풀럼에서 개트윅까지는 자동차로 약 50분 거리, 펜잔스까지는 약 다섯 시간 거리이다.

를 잘 지켜야 할 것이다. 안 그러면 낸시가 제멋대로 쓰려고 들 테니까. 그가 친구를 보러 병원에 갔다가 가장 훌륭한 간호사들 도 간혹 시달린다는 '동정심 감퇴 증상'을 겪는 동안 낸시가 모 건 개런티 직원을 속여 현금을 타 내려고 제멋대로 그의 차를 타고 버클리 스퀘어에 가 있을지 모른다. 니컬러스는 오늘 예기 치 않게 나타난 낸시의 사촌 헨리에게서 '낸시는 도벽이 있는 아이'였다는 말을 언젠가 들은 적이 있었다. 특별한 헤어브러시 라든가 어린이용 장신구, 소중히 간직하던 돼지 저금통 같은 작 은 물건들이 없어지곤 했는데, 나중에 보니 낸시의 방에 그 모 든 것들이 쌓여 있었다고 했다. 부모와 유모는 처음에는 현학적 으로 설명하다 나중엔 점점 화를 내며 도둑질은 나쁘다고 말했 지만, 낸시에게 도둑질의 유혹은 너무 커서 그녀는 여러 기숙학 교에서 도둑질과 거짓말을 했다가 퇴학을 당했다. 낸시는 자기 라면 일가친지들이 가진 엄청난 재산을 누구보다 더 유용하게 썼을 테니 자기가 그런 재산을 가질 자격이 더 있다는 의식 내 지 탐욕 속에 갇혀 있었다. 니컬러스가 그녀를 처음 알았을 때 부터 그녀는 늘 그랬다. 낸시는 자기가 전혀 알지도 못하는 사 람들이 가진 것을 부러워하는 짓만은 참았다. 하지만 그건 오 직 가정부와 자기를 차별하기 위해서였는데, 그녀의 가정부는 부엌에서 일일연속극 배우들에 대한 음담패설을 노상 늘어놓 곤 했던 것이다. 그녀는 친지들의 부당한 보상과 터무니없는 생활 방식에 대해 말하며 흥분했던 자신을 그들에 관한 흔해 빠진 '비극적 이야기'를 늘어놓는 것으로 진정시키곤 했다.

일반 대중이야 유명인들로 족하겠지만, 니컬러스에게 중요한 건 그가 '큰 세상'이라고 부르는 극소수의 사람들이었다. 그들은 배경과 외모, 사람을 즐겁게 해 주는 재능 때문에 만찬에 초대할 가치가 있는 사람들이었다. 낸시는 태생적으로 그 큰 세상에 속하는 사람이었으며 지극히 재수 없는 성격을 가졌다고 그 낙원에서 추방될 수는 없었다. 니컬러스는 그 큰 세상에 충실했다. 그것은 정치 외에 무엇보다도 더 많은 배반의 여지를 제공하기 때문이었다.

그는 장례식이 드디어 끝났다는 표시를 기다리며 포식동물의 경계하는 눈으로 패트릭을 바라보았다. 갑자기 〈나를 달에 태워 가Fly me to the moon〉의 도입 선율이 금관 악기 소리로 크게 터져 나왔다.

나를 달에 태워 가, 별들이 있는 데서 노래할게,
목성과 화성의 봄은 어떤지 보게 해 줘.

또 뭐야, 하고 니컬러스는 생각했다. 빌어먹을 달에 가다니. 프랭크 시나트라의 자신감이 스며 나오는 편안한 목소리에 그는 주의가 산만해졌다. 이 노래를 듣고 있자니 1950년대와

1960년대에 즐기지 못한 재미가 생각났다. 엘리너는 프랭크 시나트라의 레코드판을 틀고는 자신이 즐거운 시간을 보낸다고 상상했을 것이다. 45rpm에 눈이 핑핑 돌게 돌아가는 판, 립스틱이 묻은 술잔, 수북한 재떨이 옆에 놓인 레코드 재킷, 하늘색 양복 차림에 그 능청스럽고 평범한 얼굴을 보여 주는 재킷의 사진.

이제 끝내고 나가겠지, 하며 니컬러스는 패트릭과 메리에게서 눈을 떼지 않았다. 그러나 그는, 엘리너의 아들은 움직이지 않고 그녀의 관만 움직이는 것을 보고, 순간 경악했다. 강철 롤러에 놓인 관은 보라색 벨벳 커튼 쪽으로 굴렀다.

다시 말해서, 내 손을 잡아
다시 말해서, 내 사랑, 키스해 줘!

관은 커튼 뒤로 물러나 사라졌다. 마침내 메리가 자리에서 일어나 가운데 통로를 따라 내려갔고 패트릭이 가까이서 그 뒤를 따랐다.

노래로 내 마음을 채워 줘, 내가 영원히 노래할게
당신은 내가 바라는 모든 것, 내가 숭배하고 찬미하는 모든 것!
다시 말해서, 진실하게 대해 줘!
다시 말해서, 난 당신을 사랑해.

엘리너의 관을 기계가 삼키는 광경에 돌연 동요된 니컬러스
는 서둘러 통로로 비틀거리며 나가 메리와 패트릭 사이에 끼어
들었다. 그는 지팡이를 앞쪽으로 열심히 짚으며 현관을 지나 쌀
쌀한 런던의 봄 날씨가 반기는 밖으로 뛰쳐나갔다.

9

패트릭은 밖으로 나갔다. 날이 흐릿했다. 어머니의 장례식은 끝났지만 아직 치러야 할 파티를 생각하니 마음이 무거웠다. 그는 꽃이 거의 피지 않은 벚나무 아래 서 있는 메리와 조니에게 다가갔다.

"난 당분간 사람들과 얘기하고 싶지 않아―물론 두 사람은 빼고." 패트릭은 예의를 차렸다.

"우리와도 말 안 해도 돼." 조니가 말했다.

"그럼 완벽하지." 패트릭이 말했다.

"자기는 조니하고 먼저 가." 메리가 말했다.

"뭐, 그래도 괜찮다면. 당신은……"

"뭐든 다 감당할 수 있지." 메리가 넘겨짚어 그의 말을 대신했다.

"바로 그거야."

그들은 서로 보고 웃었다. 자기들이 얼마나 틀에 박힌 대화를 하는지 스스로도 우스웠던 것이다.

패트릭이 조니의 차가 있는 데로 걸어갈 때 비행기가 쌩 하고 거센 소리를 내며 날아갔다. 그는 방금 나온 이탈리아식 건물을 뒤돌아보았다. 화장로의 굴뚝을 감싼 종루와 벽돌 회랑의 낮은 아치, 잠복기에 있는 장미 정원, 수양버들, 이끼 낀 벤치 등 모든 것이 적당히 중립적으로 조화를 이루는 걸작이었다.

"나도 여기서 화장될까 봐." 패트릭이 말했다.

"서두를 필요 없어." 조니가 말했다.

"죽을 때까지 기다릴 생각인걸."

"그거 좋은 생각이군."

또 다른 비행기가 날카로운 소리를 내며 날아갔다. 두 사람은 그 소리를 피하려고 얼른 차를 탔다. 템스강과 나란한 난간 사이로 굳건한 삶의 의지를 뽐내며 조깅하는 사람들과 자전거를 탄 사람들이 휙휙 지나가는 것이 보였다.

"어머니의 죽음은 내 인생 최고의 사건이야…… 아니, 아버지의 죽음 다음으로." 패트릭이 말했다.

"그렇게 간단한 문제가 아닐 텐데." 조니가 말했다. "그렇게 좋다면 고아들이 기뻐서 떼를 지어 거리를 뛰어 돌아다닐 테니 말이야."

　두 사람은 입을 다물었다. 농담을 주고받을 기분이 아니었다. 새로운 활력을 얻은 느낌이었는데, 자칫 재치 있어 보이고자 하는 습관으로 그 활력이 쉽게 무력화될 것 같았다. 그도 다른 모든 사람들과 마찬가지로 공기가 안 통하는 밀실의 벽에 똑같은 유형의 감정이 반복해서 투영되는 것과 같은 세상에 살지만, 지금은 그 깜박거리는 투영 화면을 인생으로 혼동하는 것은 불합리하다고 느껴졌다. 40년 전에 느끼기를 거부했던 것의 의미는 말할 것도 없고, 거부하지 않고 느꼈던 감정의 의미는 무엇일까? 위기는 과거에 있지 않고 과거에 집착하는 데 있다. 이는 선셋 대로의 퇴락하는 대저택에 갇힌, 상처 입은 나르시시스트가 만든 홈 비디오를 보라고 강요당하는 것과 같다.

　패트릭은 화장장 정문 너머의 작은 로터리에서 '타운미드 거리 재생·재활용 센터'를 가리키는 표지판을 보았다. 어머니가 재활용되어 환생할까 하는 생각이 절로 들었다. 가엾은 어머니는 안 그래도 정신이 혼돈된 상태로 살았는데, 그렇게 살아 있는 동안에는 피했던 초탈을, 죽어서 성취하기 위해 중유* 세계의 희미한 불빛과 눈부신 불빛, 극채색의 만다라를 지나야 하고, 그럴 때 노기등천한 신들과 굶주린 악귀들에게 질질 끌려다니

---

*　　중유(中有)는 이생에서 다음 생을 받아 환생할 때까지의 중간 상태를 뜻한다.

는 시련을 견뎌 내야 하는 것이다.

그들은 산울타리가 빽빽한 모트레이크 공동묘지의 철책과 나란한 길을 달려 해머스미스 앤드 풀럼 공동묘지 앞을 지나서 치스윅 다리를 건너 치스윅 공동묘지로 향했다. 강변 부동산 개발자들의 야심을 조롱하듯 몇 에이커나 되는 넓은 땅에 묘비가 늘어서 있었다. 모든 허무 가운데 하필이면 왜 죽음이 그토록 많은 공간을 차지해야 하는 것일까? 강변에 해가 들지 않는 땅을 차지하고 뼈밖에 없는 빽빽한 땅속에 비집고 들어가, 시신을 감아 잡는 나무뿌리와 꽃다발에 의지해 환생을 바라느니 텅 빈 대기 속에 불타 흩어지는 편이 나으리라. 어머니의 훌륭한 보살핌을 받은 사람들은 흡수에 능한 대지의 자궁에 이끌릴지도 모르겠다. 하지만 버림받고 배신당한 사람들은 무정한 대기 속에 흩어지기를 간절히 바란다. 조니는 전문가로서 다른 의견을 가지고 있을지 모른다. 억압은 다른 종류의 매장이다. 억압은 사막의 모래 속에 묻힌 조각상처럼 정신 외상을 무의식 속에 보존하는 것이다. 그리고 그 조각상의 날카로운 부분은 일상 경험의 비바람에 마모되지 않고 모래 속에 묻혀 보호를 받는다. 조니는 그 점에 대해서도 나름 생각이 있겠지만 패트릭은 입을 다물고 있기로 했다. 그런데 다른 형태의 기억과 비교할 때 무의식은 무엇일까? 무의식은 왜 다른 기억과 달리 한정된 무엇을 뜻하는 독립적 지위를 부여받는 것일까? 나머지 기억은 기능과 과정인데 반해 왜 무의식은 실체와 장소를 갖추는 것일까?

그들이 탄 차는 호가스 로터리를 가로지르는 좁고 낡은 고가도로로 올라갔다. 그 고가도로는 임시로 세운 것이었는데, 패트릭이 기억하는 한 그전부터 줄곧 교체가 절실한데도 철거되지 않고 그대로 서 있었다. 어쩌면 그건 교통 당국에게는 담배 피우는 것과 똑같은지도 모른다. 다시 말해서 금연하기에 좋은 날을 잡지 못하는 것이다…… 내일 아침 러시아워의 출근길을 생각하면…… 주말이 되면…… 올림픽이 끝나면 끊자…… 2020년이라는 숫자는 감이 좋은 어림수다, 그러니까 새 출발을 하기에 좋은 해가 될 것이다.

"이 고가도로는 위험해." 패트릭이 말했다.

"알아." 조니가 말했다. "지나갈 때마다 늘 무너질 거란 생각이 들어."

새 출발은 낡은 출발이다. 아무것도 할 것도 없고 출발시킬 것도 없다. 속으로 혼잣말하다가 말이 나오는 것처럼, 어떤 상황이 잠재적 상황에서 지속적으로 벗어나는 일이 있을 뿐이다. 그렇게 속으로 혼잣말을 하다 나오는 말과 같은 차원에 있는 것, 그것이 새로움이다. 매 순간 죽으면, 또는 매 순간 다시 계속해서 산다면 그럴 터이듯이, 그는 자신의 몸속에 그 새로움이 있다는 것을, 계속해서 살아감으로써 새로워진다는 것을 느꼈다.

"난 방금 억압에 대한 생각을 했어." 패트릭이 말했다. "난 정신 외상은 억압되지 않는다고 생각하는데, 넌 어때?"

"현재로선 그게 맞는 생각일 거야." 조니가 말했다. "정신 외상은 너무 강하고 침입적이어서 잊히지 않아. 그래서 결국 정신 분열이 일어나게 되지."

"잊히지 않는다면, 억압되는 건 뭐지?" 패트릭이 물었다.

"거짓 자아의 편안한 환경에 도전하는 건 무엇이든."

"그럼 아직 그 무엇이 할 일이 많다는 거네."

"아주 많지."

"하지만 억압, 암매장 같은 게 있을 리 없잖아. 우리를 통해 발산하는 생명이 있을 뿐."

"이론적으로는 그렇지." 조니가 말했다.

패트릭은 크롬웰 병원의 낯익은 콘크리트 벽과 푸른빛 도는 수족관 같은 유리창을 바라보았다.

"아버지가 돌아가시고 나서 척추 디스크로 저 병원에 한 달 있었던 일이 생각나."

"나도 너한테 별도의 진통제를 가져다준 기억이 나."

"그 어마어마한 와인 메뉴, 액션 영화가 많은 아랍어 텔레비전 채널은 경의를 표할 만했어." 패트릭이 후기 브루탈리즘 건축양식의 걸작을 향해 위엄 있게 손을 흔들며 말했다.

글로스터가를 가로질러 자연사 박물관 쪽으로 가는 길은 잘 뚫렸다. 패트릭은 입을 다물고 있자고 다시 다짐했다. 그는 평생, 또는 적어도 말을 하기 시작한 후로는 줄곧 어떤 어려운 상황에 놓이면 그것을 말의 홍수로 침수시키고 싶어 했다. 엘리너가 말하는 능력을 잃었을 때, 그리고 토머스는 아직 말을 할 수 없었을 때, 패트릭은 자기 마음속에 말의 홍수로 침수시킬 수 없는, '표현되지 않음'의 응어리가 있는 것을 발견했다. 그래서 그는 말 대신 술로 그것을 침수시키는 시도를 해 왔다. 침묵한다면 말과 술로 지우려고 애써 온 그것이 무엇인지 알 수 있을지 모른다. 말로 하지 못할 그것은 무엇이었을까? 그는 언어 이전의 암흑 지대에서 단서를 모색해 볼 수밖에 없었다.

그의 몸은 감정이 묻힌 묘지였다. 방금 지나온 템스강을 따라 군집한 그 많은 공동묘지처럼, 그 몸에 나타난 증후들은 근본적인 공포 주위에 군집해 있었다. 마룻바닥이 삐걱하는 소리가 들리거나 어떤 생각에 대한 생각이 들면 과민해지는 방광, 경련하는 결장, 요통, 정상이었다가도 단 몇 초 만에 위험 수치까지 치솟는 불안정한 혈압, 그 모든 증상 위에 군림하는 전제적 불면증. 이 모든 증상들은 그의 본능을 혼란에 빠뜨리고 신체의 자율 기능을 장악하는 불안을 암시했다. 행동은 바뀔 수 있고, 태도는 수정될 수 있고, 심리는 변형될 수 있지만, 신체 습관만 가졌을 뿐인 젖먹이와 대화를 하기란 어려운 일이었다. 표현할 자아가 형성되지도 않은, 또는 아직 가지지 않은 것을 표현할 수 있는 언어를 알지 못하는 젖먹이가 어떻게 자신을 표현할 수 있겠는가? 부상과 질병의 무언의 언어만 넘쳐날 뿐이다. 물론, 허용될 경우, 비명도 그 언어에 포함된다.

패트릭은 프랑스에서 살 때 수영장 가에 서서 헤엄칠 줄 알았으면 하고 근심 어린 열망의 눈으로 물을 바라보던 세 살 적 일이 생각났다. 그때 별안간 그는 몸이 들리는가 싶더니 공중에 높이 내던져졌다. 갑작스러운 공포에 질릴 때 정신에 기록되는 인상의 밀도에 따라 시간이 조밀하게 느껴지고, 두려운 느낌이 느릿하게 다가오는 가운데, 자신에게 일어난 일이 믿기지 않는다는 생각과 불안감이 온몸을 가득 채우고, 물에 빠지지 않게 조심하라는 빈번한 경고의 대상이었던 이 치명적인 액체 속에 빠지지 않으려고 몸부림을 쳤다. 그러나 그는 그를 익사시킬 수 있는 물속에 첨벙 빠졌다. 희멀건 물을 걷어차며 자맥질하다 마침내 수면 위로 머리를 내밀었지만 공기를 들이마시고 다시 가라앉았다. 물을 삼키는 혼돈 속에서 경련을 일으키며 살기 위해 발버둥 쳤다. 공기를 마시기도 하고 물을 삼키기도 했다. 그러다 겨우 수영장 가장자리에 이르러 손가락으로 거친 돌 표면을 긁었다. 그는 끝내 울고 말았지만, 절망을 삼키며 최대한 소리를 내지 않았다. 너무 소리 내 울면 아버지에게 실로 폭력적이고 몰인정한 취급을 받을 것을 알았기 때문이다.

데이비드는 검은 선글라스를 끼고 앉아 시가를 피우며 앞에 있는 탁자에 탁한 황색 파스티스 잔을 놓고, 패트릭 쪽은 보지도 않고 비스듬히 앉아 니컬러스 프랫에게 자신의 자식 교육법을 자랑하고 있었다. 그건 생존 본능을 자극하고 자급자족 정신을 개발하고 엄마의 과잉보호를 희석시켜 주는 해독제라면서 하층민의 어리석음과 소심함은 헤엄을 배우기 전의 세 살 먹은 아이를 수영장 깊은 쪽으로 집어 던지지 않기 때문이라고 설명할 수 있을 정도로 그런 교육법이 주는 혜택은 자명하다고 했다.

로버트가 할아버지는 어떤 사람인지 궁금해했을 때 패트릭은 그의 첫 수영 레슨 이야기를 해 주었다. 할아버지가 매를 때리고 성폭력을 가했다는 이야기는 로버트에게 너무 무거운 짐이 될 것 같았다. 그러나 한편으론 할아버지가 가혹한 사람이었다는 것을 감지하게 하고 싶었다. 로버트는 수영 레슨 이야기를 듣고 완전히 충격을 받았다.

"정말 끔찍해. 세 살 먹은 아이가 죽는 걸 생각하다니. 아빠는 사실 죽을 뻔했잖아." 로버트는 아직 위험이 완전히 지나가지 않았다고 생각했는지 패트릭을 안아 안심시켜 주었다.

로버트의 감정이입 능력을 본 패트릭은 비교적 무해하다고 생각한 일화의 현실성에 압도되어 어쩔 줄을 몰랐다. 그는 잠을 잘 자지 못했다. 잠이 들었다가도 심장이 두근거려 곧 잠에서 깼다. 항상 배가 고팠고 음식을 먹으면 소화가 안 됐다. 아버지가 그를 죽이고 싶어 했다는 사실도 삭일 수 없었다. 수영을 가르치기보다는 그를 익사시키고 싶어 한 아버지. 어떤 사람이 너무 심하게 비명을 질러서 머리에 총을 쏴 죽였다고 자랑하던 아버지이니만큼, 패트릭이 너무 소란스럽게 굴면 그도 머리에 총을 쏴 죽일지 모를 일이었다.

패트릭은 그때 세 살이었으니까 자신을 괴롭히는 것을 말하는 건 허용되지 않았어도 어쨌든 말은 할 수 있었을 것이다. 더 어렸을 때는 이야기를 유지할 수단이 없었기 때문에 그의 활동 기억은 분해되어 사라졌다. 이 어두운 영역에 대한 유일한 단서는 그의 몸속에 박혀 있었다. 아주 어렸을 때에 대해서는 어머니에게 들은 한두 가지 이야기로 알 수 있었다. 그런 이야기도 아버지가 비명 소리를 못 견뎌 했다는 것이 중추적이었다. 그래서 그가 태어난 겨울, 그는 어머니와 함께 콩월 집의 추운 다락방으로 추방되었던 것이다.

패트릭은 조수석에 몸을 좀 더 깊이 묻었다. 지속적으로 자기가 질식사하거나 추락사하리라고 예상했다는 것을 인지하는 가운데 그 예상 행위 자체의 질식과 현기증을 느꼈다. 그리고 유아기는 운명이었을까, 하고 자문하면 그 질문에 질식될 것 같거나 현기증을 느꼈다. 그는 자신의 몸의 무게와 그 몸에 가해지는 무게가 느껴졌다. 언덕 경사면의 압력을 힘들여 간신히 받치는 보호벽과도 같은 그것은 유일한 접근 방법인 동시에 유아기의 무형의 불행이 침입하지 못하도록 결사적인 보호를 해 주는 수단이었다. 조니는 이것을 오이디푸스 콤플렉스가 형성되기 전의 문제로 보고 싶어 할지 모른다. 하지만 이름 없는 불안에 어떤 이름을 붙이든, 잠정적이고 새로운 활력을 유지하려면, 그 파묻힌 감정의 본체로 파고 들어가서 그것과 지금 흐르는 느낌의 줄기를 하나로 이을 준비가 돼 있어야 한다고 패트릭은 생각했다. 아무리 빈약한 것이라도 증거가 나타나면 더욱 주의를 기울여야 한다. 그는 간밤에 이상하고 심란한 꿈을 꾸다 잠을 깼다. 그런데 지금은 그게 무슨 꿈이었는지 아무리 생각해도 기억나지 않았다.

그는 어머니의 죽음은 그의 방어 체계를 뒤흔들 정도로 강력한 위기라는 것을 본능적으로 이해했다. 그를 낳아 준 여성의 갑작스러운 부재는 그 대신 조금은 새로운 무엇을 세상으로 가져다줄 수 있는 일순간의 기회였다. 현실을 직시하는 것이 중요하다. 현재는 과거의 상층이다. 현재는 셰이머스와 아넷 같은 이들이 퍼뜨리고 다니는 허황된 새로움이 아니다. 하지만 약간 새로운 무엇은, 그보다 약간 더 새로운 무엇의 바로 밑에 있는 층일 수 있다. 그는 이 기회를 놓치면 안 된다. 안 그러면 그의 몸은 계속 오도된 영웅적 중압감에 눌린 채 살아가게 되리라. 자국의 항복 소식을 듣지 못한 정글 속의 일본 군대가 계속 자기 지역에 지뢰를 설치하고 자결의 영광을 준비하듯이.

아버지의 잔인함을 '비행기 앞쪽' 살인 클래스로 업그레이드

시키는 생각에 역겨움을 느끼는 한편, 어머니는 아버지의 난폭한 악의를 함께 겪은 같은 희생자라는 어렸을 때의 생각을 부인하고 싶지 않은 저항감은 그 역겨움보다 훨씬 더 컸다. 부모의 가학피학성 변태 성욕적 관계에서 그는 하나의 장난감이었다는 더 깊은 진실은 지금까지는 차마 생각할 수도 없는 것이었다. 그는 자기가 어머니의 치욕 욕구의 연장선으로 쓰였다는 것을 인정하기보다는, 어머니가 그의 필요를 충족시켜 주려고 노력한 애정 많은 여인이었다고 생각하는 박약한 보호책에 매달렸다. 몹시 추운 다락방 이야기는 얼마나 자기의 이익을 도모하는 이야기였을까? 그 이야기는 분명 동료 난민으로서의 어머니 모습을 강화시켜 주기는 했다. 데이비드의 분노와 자기 파괴의 소이탄을 등에 맞으며 화상을 입으면서 아기를 안고 피신하는 그 모습. 패트릭이 아버지에게 성폭행을 당한 이야기를 용기 내서 했을 때조차, 어머니는 대번에 "나도 당했어"라고 대꾸했다. 어머니는 자기도 희생자가 되려고 기를 쓴 나머지 자기 이야기가 다른 사람의 입장에 어떤 영향력을 끼치는가 하는 것은 생각할 여유도 없는 듯했다. 질식사하든 추락사하든 강간으로 태어났든 강간당하기 위해 태어났든—어머니는 얼마나 힘들었을 것이며, 어머니가 자기와 아들을 학대하는 데이비드에게 얼마나 비협조적이었는지를 패트릭이 깨닫는다 한들, 그런 게 다 무슨 상관이겠는가. 그런데 왜 헤어지지 않았느냐고 패트릭이 물었을 때, 엘리너는 데이비드에게 죽을까 봐 두려웠다고 했다. 하지만 데이비드는 함께 사는 동안 이미 두 차례나 그녀를 죽이려고 했다는 점을 생각하면, 헤어져 따로 산들 그의 손에 죽을 가능성이 얼마나 더 크겠다고 그랬는지 패트릭은 알 수 없었다. 엘리너는 데이비드라는 존재의 극단적인 폭력성을 갈구했고, 그 위에 자기 아들을 던졌다는 것이 진실이었다. 이를 인정하자 패트릭의 혈압이 급상승했다. 그는 차를 세우고 나가 걷고 싶었다. 위스키를 마시고 헤로인 주사를 놓고 머리에 총을 쏘고 싶었다—그 비명 지르는 녀석을 죽여, 속 시원히 끝내 버려, 주도권을 잡아. 패트릭은 그렇게 밀려왔다 지나가는 충동에 너무 깊은 주의를 기울이지는 않았다.

그들이 탄 차는 퀸스버리가로 들어섰는데, 그곳엔 패트릭이 일곱 살 때 이중 언어의 부족함을 채우기 위해 1년 동안 다니던 런던의 외국인학교가 있었다. 로열 앨버트 강당에서 시상식이 있었을 때, 그가 앉을 붉은 플러시 천 의자에 〈스갱 씨네 염소〉라는 책이 놓여 있었다. 그는 알프스의 만발한 꽃에 유혹되어 높은 산속으로 들어간 그 불운하고 용감한 염소 이야기에 곧 푹 빠졌다("따분해요, 따분해요, 산에 가고 싶어요"). 늑대에게 염소 여섯 마리를 잃은 바 있는 세갱 씨는 더 이상 잃지 않겠다고 결심하고 이 영웅을 헛간에 가둔다. 하지만 어린 염소는 창문으로 탈출해서 빨강 파랑 노랑 주황 꽃이 흩어진 경사지에서 황홀한 하루를 보냈다. 그러다 해가 질 무렵 염소는 길어지는 그림자 가운데 야위고 굶주린 늑대의 검은 윤곽을 알아보았다. 늑대는 무성한 풀숲에 앉아 흐뭇하게 먹이를 관찰했다. 염소는 어차피 죽을 거라면 새벽까지 싸우겠다고 마음먹고("새벽까지 버티기만 하면……"), 늑대의 가슴을 들이받으려고 머리를 숙이고 돌진했다. 염소는 돌진하고 또 돌진하며 밤새도록 싸웠다. 그리고 맞은편 회색 바위산 위로 해가 떠오를 때 쓰러져 목숨을 빼앗겼다. 패트릭은 빅토리아가에 있는 집의 자기 방에서 매일 밤 이 이야기를 읽을 때마다 눈물을 흘렸다.

바로 그거야! 간밤에 꾼 이상한 꿈. 복면을 쓴 사람이 염소들의 머리를 뒤로 젖히고 목을 가르며 염소 떼 가운데를 활보했다. 패트릭은 염소였는데 염소 떼의 가장자리에 서 있다가 죽을 것을 직감하고 어렸을 때 그의 영웅이었던 염소가 보였을 법한 저항감을 느끼고, 그 암살자에게 비명 소리로 만족을 주지 않기 위해 자신의 후두부를 뜯어냈다. 이것은 다른 형태의 폭력적 침묵이었다. 그게 무엇인지 생각할 시간이 있다면, 혼자 있을 수 있다면, 이 인상과 연상의 매듭이 풀려 발 앞에 떨어질 텐데. 그의 정신은 계속 움직였고, 그는 이제 이전에는 감추어져 있기를 원하던 것들이 드러나기를 원했다. 월리스 스티븐스의 말이 맞았다. "자유는 스스로 목숨을 끊는 사람과 같다 / 매일 밤, 그 쉬지 않는 푸주한의 칼은 / 피에 젖어 날카로워진다." 그는 침묵과 고독의 광휘를 갈망했지만 장례식 파티에 가는 길이었다.

조니는 온슬로 가든스로 들어서자 갑자기 텅 빈 길을 따라 속력을 냈다.

"다 왔다." 그는 속도를 줄이고 클럽에서 가까이에 주차할 곳을 찾았다.

10

케틀은 자기가 왜 엘리너의 장례식에 참석하지 않는지, 자신의 원칙에 입각한 입장을 메리에게 설명했다.

"그러면 순전히 위선일 거야." 케틀이 딸에게 말했다. "난 상속권 박탈을 경멸하잖니. 그래서 내 속이 분노로 끓을 텐데, 그런 마음가짐으로 바로 그 당사자의 장례식에 가는 건 옳지 않아. 파티는 별개의 문제지. 너와 패트릭에게 의지가 되어 주는 문제니까. 거기가 엎어지면 코 닿을 데라는 걸 모르는 척하지는 않겠다."

"그럼 애들 좀 봐 주세요." 메리가 말했다. "엄마가 그렇게 느끼는 것처럼 우리도 아이들이 화장장에 오는 건 옳지 않다고 봐요. 로버트는 할머니와 오래전부터 왕래가 없었고, 토머스는 사실 할머니를 모르는 거나 마찬가지니까요. 하지만 애들이 파티에는 왔으면 좋겠어요, 우리 애들이 좀 가벼운 마음으로 이날을 기억했으면 하거든요."

"어, 그래, 물론이지. 내가 도움이 된다면 기꺼이 그러마." 케틀은 말은 그렇게 했지만, 곧 자기가 피하려던 의무보다 더 귀찮은 짐을 지게 된 것에 앙심을 품었다.

메리가 두 아들을 케틀의 집에 데려다주고 가자마자 케틀은 로버트를 앉혀 놓고 앙갚음 작업에 들어갔다.

"개인적으로 이 할머니는 프랑스에 있는 아름다운 너희 집을 다른 사람에게 준 너희 **다른** 할머니를 용서할 수 없단다. 너도 그 집이 몹시 그리울 거야. 휴가철에도 갈 수가 없게 되었으니 말이다. 시골에 있기도 하고 해서 정말 런던보다 더 집 같았는데."

그 말을 들은 로버트는 그녀가 의도했던 것보다 더 속상해 보였다.

"할머넌 어떻게 그런 말을 하세요? 그런 끔찍한 말을." 로버트가 말했다.

"나는 그냥 동정해서 하는 말이야." 케틀이 말했다.

로버트는 혼자 부엌에서 거실로 나가 앉았다. 생나제르 집이 마땅히 아직도 그들의 집이어야 한다는 생각을 하게 한 할머니가 미웠다. 더 이상 그곳을 그리워하며 울지 않게 되었지만 그곳은 구석구석 그의 기억 속에 여전히 살아 있었다. 그들이 그곳을 빼앗아 갔을지언정 마음속 영상들은 빼앗아 가지 못했다. 로버트는 눈을 감고 아버지와 어느 날 오후 늦은 시간에 집으로 돌아가던 일을 생각했다. 그들은 강풍이 부는 '나비의 숲'을 지나갔다. 나뭇가지가 삐걱거렸고, 지빠귀 소리는 쉭쉭거리는 소나무 소리에 찢겨 해체되었다. 숲에서 벗어났을 때는 날이 거의 다 저물었지만 쟁기로 갈아 놓은 땅 위로 구불구불 이어져 어렴풋이 빛나는 포도나무 덩굴은 알아볼 수 있었다. 칠흑같이 어두운 맑은 하늘 가장자리에서 유성이 날아가며 타는 것을 처음 본 것도 그때였다.

케틀의 말이 맞았다. 그곳은 런던 집보다 더 집 같았다. 그의 최초의 집이었고 다른 집은 있을 수 없었다. 그러나 이제는 그곳을 상상 속에 간직했으며, 그래서 한층 더 아름다웠다. 그는 돌아가고 싶지 않았다, 그 집을 되찾고 싶지도 않았다. 크게 실망할지 모르기 때문이었다.

로버트가 막 울기 시작했을 때 케틀이 활발한 걸음걸이로 거실로 들어왔고 토머스가 그 뒤를 따랐다.

"암파로한테 너희들 볼 비디오를 부탁해서 갖다 놨어. 그 성질 다 부리고 나면 토머스하고 비디오나 보든가 해. 암파로 손주들은 아주 좋아했다고 하니까."

"이거 봐, 형." 토머스가 로버트에게 DVD 케이스를 보여 주러 뛰어가며 말했다. "하늘을 나는 양탄자야."

로버트는 성질부린다는 말이 부당해서 화가 났지만 영화는
꽤 보고 싶었다.

"우리 집에선 아침에 영화 못 봐요." 로버트가 말했다.

"아니, 그럼 스크래블 보드 게임을 했다거나 네 아빠가 좋다
고 할 다른 지적인 뭔가를 하고 놀았다고 하면 되잖니."

"그건 사실이 아니잖아요." 토머스가 말했다. "우린 영화 볼
거니까."

"나 원, 이 할머니는 제대로 하는 게 하나도 없구나, 안 그러
냐? 이 멍청한 늙은 할미는 어디 좀 나갔다 올 텐데, 좋겠구나.
내가 일부러 수고스럽게 특별히 준비한 걸 볼 마음이 들면 암파
로한테 틀어 달라고 해라. 아니면 부엌에 있는《텔레그래프》나
읽든가—내가 돌아올 때까지 그 신문에 있는 십자말풀이는 다
풀 수 있겠지."

버릇없고 과민한 손주들에게 희생된 할머니 케틀은 그렇게
기세 좋게 야유하는 말을 남기고 외출했다. 그녀는 발레리 제과
점에서 전직 로마 주재 영국 대사의 미망인인 나타샤와 만나 커
피를 마시기로 했다. 사실대로 말하자면 나타샤는 굉장히 지겨
운 여자였다. 남편 제임스라면 어떻게 말했을지, 제임스의 생각
은 어땠을지 하는 이야기만 노상 늘어놓았다. 마치 그게 지금도
중요하기라도 한 듯이. 그래도 오래된 친구들과 관계를 유지하

는 건 중요했다.

　포드 리무진은 메리가 장례식을 위해 선택한 버니언 브론즈 서비스 패키지에 포함되어 있었다. 패키지를 고를 때 '플래티넘 서비스'의 빈티지 롤스로이스 네 대도, 깃털로 장식한 흑마 네 마리가 끄는 유리 덮개 마차를 포함하는 '고급 빅토리아풍 서비스'도 심각한 고려의 대상이 되지 않았다. 포드 리무진에 메리 외에 세 사람이 더 탈 수 있었다. 메리는 의무감에 따라 맨 먼저 낸시를 승객으로 선택했지만, 운전기사가 있는 자동차를 타고 온 니컬러스 프랫이 낸시를 태워 주기로 했다. 그렇게 해서 결국 메리가 탄 리무진에는 패트릭의 전 애인 줄리아, 메리 자신의 전 애인 에라스무스, 셰이머스의 전 애인 아넷이 탔다. 차가 애절한 속도로 간선도로에 들어설 때까지 아무도 말을 안 했다.

　"난 사별이 싫어." 줄리아가 콤팩트 거울을 들여다보며 말했다. "아이라이너가 엉망이 돼서."

　"자기, 우리 시어머니 좋아했어?" 메리는 줄리아가 엘리너 걱정은 조금도 한 적이 없다는 것을 알면서도 그렇게 물었다.

　"흠, 그건 엘리너와는 상관없는 말이야." 줄리아가 뻔한 걸 말하듯이 말했다. "갑자기 눈물이 나는 경우가 있잖아. 유치한 영화를 보든 장례식엘 가든, 아니면 신문에서 뭘 읽다가도 그러잖아. 꼭 그 일 때문이 아니라 뭐랄까, 축적된 슬픔에서 촉발되는 눈물, 사는 게 두루두루 미칠 듯할 때 촉발되는 눈물 같은 것."

"물론이지." 메리가 말했다. "하지만 그 촉발의 원인과 슬픔이 연결될 때도 있지."

메리는 고개를 돌렸다. 사별에 대한 줄리아의 말이 풍기는 판에 박힌 경박성과 거리를 두려는 것이었다. 튜더 양식을 흉내 낸 골목길의 흑백 목재 골조 건물 앞에서 시위하듯 서 있는 분홍색 목련화가 눈에 들어왔다. 운전사는 왜 큐 다리로 가는 걸까? 좀 더 먼 길을 택하는 장례 행렬이 더 품위 있지 않을까?

"난 오늘 아침 아이라이너를 안 했는데." 에라스무스는 누가 대학 교수 아니랄까 봐 부자연스러운 농담을 했다.

"제 거 빌려 드릴까요?" 아넷이 끼어들었다.

"우리 시어머니에 대한 조사, 고마웠어요." 메리가 빙긋이 웃으며 아넷을 바라보고 말했다.

"정말 특별한 분이신데 고인에게 누가 되지 않았는지 모르겠어요." 아넷이 말했다.

"전혀 아녜요." 줄리아가 아이라이너를 꼼꼼하게 다시 칠하며 말했다. "이 차가 가만히 좀 있었으면 좋겠어."

"어머니가 좋은 사람이 되고 싶어 했던 분인 건 분명해." 메리가 말했다. "그것만으로도 흔한 일은 아니지."

"아, 의도의 문제." 에라스무스가 차창 너머로 보이기 시작한 유명한 폭포수를 가리키듯이 말했다.

"지옥으로 가는 길은 선의로 포장되어 있죠." 줄리아는 기름기 있는 검은 연필을 다른 쪽 눈으로 가져가며 말했다.

"아퀴나스는 사랑은 다른 사람의 유익을 바라는 것이라고 했죠." 에라스무스가 말했다.

"난 다른 사람을 바라는 것으로 족해요." 줄리아는 계속 말하려는 에라스무스의 말을 끊었다. "물론 그렇다고 타인이 차에 치여 죽거나 거리에서 총에 맞아 죽는 걸 바라는 건 아니고—아예 안 그런 건 아니지만. 내가 보기에 아퀴나스는 당연한 말을 하고 있어. 모든 건 욕구에서 나오는데."

"순응, 인습, 강박, 숨은 동기, 필요, 혼동, 변태, 원칙은 그렇지 않죠." 에라스무스는 대안이 풍부하다는 생각을 하고 애석한 듯이 웃었다.

"하지만 그런 건 다른 종류의 욕구를 불러일으키죠."

"한 단어에 모든 의미를 욱여넣는 건 그 단어의 의미를 박탈하는 행위죠." 에라스무스가 말했다.

"그런데, 아퀴나스가 그런 말을 한 천재라고 생각하더라도," 줄리아가 말했다. "다른 사람의 유익을 바라는 것과 사람들에게 착한 척하는 사람으로 생각되기를 바라는 것이 어떻게 같을 수 있는지 난 모르겠어요."

"엘리너는 단지 좋은 사람이 되고 싶었던 사람이 아니라, 실제로 좋은 분이었어요." 아넷이 말했다. "엘리너는 많은 선지자들과 달리 단순한 몽상가가 아니었어요. 엘리너는 건설자였고 추진력이 있는 분으로, 많은 사람들 인생에 실질적인 영향을 주었어요."

"패트릭의 인생에 실질적인 영향을 주시긴 했지." 줄리아가 콤팩트를 탁 닫으며 말했다.

메리는 주제넘게 그러는 줄리아에게 화가 났다. 패트릭을 옹호하는 일에 자기가 누구보다 충성스러운 듯이 굴다니. 그의 불륜에 대한 줄리아의 충성은 메리에 대한 침략 행위와 같았다. 그 자리에 에라스무스가 없고 패트릭이 있었더라면 줄리아가 감히 그러지 못했을 것이다. 메리는 냉정한 침묵을 유지하기로 했다. 그들이 탄 차는 이미 해머스미스에 있었고 얼마 안 남은 첼시에 도착할 때까지 화가 가시지 않았다.

낸시가 니컬러스 차를 같이 타고 가자고 하자 헨리는 자기도 차가 있다며 그쪽을 가리켜 보였다.

"우리 뒤를 따르라고 해요." 니컬러스가 말했다.

그렇게 해서 헨리의 텅 빈 차는 화장장에서 클럽까지 니컬러스의 꽉 찬 차를 따라갔다.

"사람은 산 사람보다 죽은 사람을 더 많이 알기 마련이죠." 니컬러스는 그렇게 말하면서 뒤에 앉은 손님들에게 좀 더 편리한 각도에서 설교를 하기 위해 조수석 등받이 단추를 눌러 낸시의 무릎에 닿을 정도로 뒤로 뉘고 푹신한 검정 가죽 좌석에 편안히 몸을 묻었다. "순전히 숫자만 보면 이제까지 존재했던 사람들의 수는 한때는 아름다웠던 지구에 지금 들러붙어 있는 기생충 같은 무리에 필적할 수 없지만."

"환생의 문제 중 하나가 그겁니다. 현재 살고 있는 사람들의 수가 이제까지 존재했던 사람들을 전부 합한 것보다 더 많다면 애초에 없던 누가 환생한 거죠?" 헨리가 말했다. "말이 안 되잖아요."

"아직 존재하지 않았던 인류가 무더기로 최초의 문명을 거쳐 가기 위해 우리에게 비 오듯 쏟아질 경우에만 말이 되겠죠. 지극히 그럴 법한 생각이죠." 니컬러스는 운전사를 향해 한쪽 눈썹을 치켜올리면서 경고를 주듯이 헨리를 보았다. "여보게, 미구엘, 자네 이번이 여기 처음인가?"

"네, 니컬러스 경." 미구엘이 고용주에게 하루에도 여러 번 이색적으로 모욕을 당하는 데 익숙한 사람처럼 쾌활하게 웃으며 말했다.

"자네한테 자네는 전생에 클레오파트라 여왕이었다고 말하나마나겠지?"

"그렇습니다, 니컬러스 경." 미구엘은 웃음을 참지 못하며 말했다.

"내가 환생에 대해 이해하지 못하는 건 왜 모두가 그걸 기억하지 못하느냐는 거예요." 낸시가 불평했다. "우리가 처음 만났을 때 서로를 알아볼 수 있으면 인생이 더 재미있을 텐데. '안녕하세요? 마리 앙투아네트가 프티 트리아농 별궁에서 연 그 소름 끼치는 파티에서 보고 처음이죠!'라고 말할 수 있다든가 하면 정말 재미있을 텐데. 만일 환생이 사실이라면 대규모 치매에 걸리는 것과 같잖아요. 인생은 매번 생생한 걱정을 하고 지나가는 짧은 순간인 거고요. 언니가 그걸 믿었다는 건 알지만, 내가 언니한테 우리가 전생을 왜 잊느냐고 물어보고 싶었을 때는 이미 진짜로 치매에 걸렸었거든요. 그러니까 아시겠지만 그런 질문은 분별없는 짓이었을 거예요."

"부활은 식물계에서 수입한 감상적인 유언비어일 뿐입니다." 니컬러스는 신중하게 말했다. "우리는 모두 봄의 소생에 감명을 받는 거죠. 나무는 죽지 않았었는데."

"사람은 살아생전에 거듭날 수 있어요." 헨리는 나직하게 말했다. "무언가에 대해 죽고 새로운 단계로 나아가는 것이죠."

"난 봄은 사양하겠습니다." 니컬러스가 말했다. "난 아주 어렸을 때부터 줄곧 인생의 한여름을 살아왔어요. 앞으로도 고통 없는 돌연한 최후를 맞을 때까지 나비를 쫓아 풀숲을 누빌 생각이랍니다. 한편, 어떤 사람들은, 가령 미구엘 같은 사람들은 철저한 건강 진단을 받겠다고 아우성이죠."

미구엘은 낄낄 웃으며 못 믿겠다는 듯이 고개를 흔들었다.

"아이고, 미구엘, 이 양반 참 싫지 않아요?" 낸시가 말했다.

"네, 부인."

"자네는 이분 말에 동의하면 안 되지, 멍청하긴." 니컬러스가 말했다.

"난 엘리너가 기독교인인 줄 알았는데." 헨리가 말했다. 그는 니컬러스가 하인을 못살게 구는 게 보기 싫었다. "이 모든 동양적인 건 대체 어디서 생겨난 거야?"

"응, 언니 종교는 그냥 포괄적인 것이었어." 낸시가 말했다.

"기독교를 믿는 사람들 대부분의 장점은 적어도 힌두교나 수피교를 믿지 않는다는 것이죠." 니컬러스가 말했다. "수피교도가 기독교 신앙을 갖지 않는 것과 마찬가지로. 하지만 종교적으로 말할 것 같으면, 엘리너는 애초에 어떤 교통사고가 진, 브랜디, 토마토 주스, 크렘 드 망트, 쿠앵트로를 한 잔에 섞었나 생각하게 만드는 어떤 놀라운 칵테일 같았죠."

"글쎄요, 엘리너는 언제나 착한 아이였어요." 헨리는 강경하게 말했다. "언제나 다른 사람들 걱정을 했죠."

"그건 좋은 점입니다." 니컬러스가 시인했다. "물론 그 다른 사람들이 누구냐에 달린 문제지만."

낸시는 뒷좌석에 있는 사촌을 보며 약간 눈알을 굴렸다. 가족끼리는 서로 지독한 말을 할 수 있어도 외부인은 조심하고 삼가야 한다는 것이 그녀의 생각이었다. 헨리는 고개를 돌리고 뒤따라오는 그의 텅 빈 차를 동경하듯 바라보았다. 니컬러스도 자신에게서 휴식이 필요했다. 그들이 탄 차가 크롬웰 병원 앞을 지나갈 때 모두 무언의 동의하에 침묵했다. 니컬러스는 눈을 감고 앞으로 닥칠 사교적 시련에 대비해 정신을 가다듬었다.

영화를 보고 난 후 토머스는 쿠션을 깔고 앉아 하늘을 나는 양탄자 놀이를 했다. 그는 먼저 할머니 장례식에 간 엄마, 아빠에게 다녀왔다. 토머스는 사진을 본 적이 있기 때문에 할머니를 기억한다고 생각했다. 하지만 할머니를 마지막으로 본 건 2년 전, 할머니가 프랑스에서 살았을 때라고 엄마가 말해 주었기 때문에 그 기억은 사진에서 보고 만들어 낸 것임을 깨달았다. 아니면 실제로 아주 희미한 기억이 남았는지도 모른다. 부드러운 회색 잿더미 속에서 어렴풋이 빛나는 주황색 빛처럼, 할머니와 접촉했던 시간의 작은 깜부기불에 그 사진이 바람을 분 건지도 모른다. 그래서 실제로 할머니 무릎에 앉아 할머니의 쭈글쭈글한 얼굴을 만지며 웃었던 기억이 잠깐 살아났는지도 모른다―엄마는 그가 할머니를 보고 웃었으며 할머니도 정말 기뻐했다고 했다.

하늘을 나는 양탄자는 이어 바그다드로 날아갔다. 토머스는 양탄자에서 뛰어내려 악한 마법사 자파를 성벽 난간 너머로 걷어찼고 자파는 성벽 둘레의 못에 빠졌다. 공주는 감사의 표시로 애완 표범과 루비가 박힌 터번, 막강하고 웃기는 요정이 들어 있는 마술 램프를 그에게 주었다. 요정이 밖으로 나와 거대하게 커지는 순간 현관 벨이 울리는 소리에 이어 케틀과 암파로가 인사하는 소리가 들렸다.

"애들은 얌전히 잘 놀았나?"

"네, 그럼요. 영화를 아주 재미있게 봤어요, 우리 손주들처럼."

"휴우! 내가 적어도 그거 하나는 제대로 했군." 케틀은 한숨을 쉬었다. "어서 서둘러야 하네. 밖에 택시가 기다리고 있어. 내 친구 불평 소리에 내가 다 기운이 빠져서 제과점에서 나오자마자 택시를 잡아타야 했어."

"아유, 저런!" 암파로가 말했다.

"어쩔 수 없지." 케틀은 초연하게 말했다.

케틀이 거실에 들어갔을 때 토머스는 방 한복판의 낮고 큰 테이블 옆에 책상다리를 하고 쿠션 위에 앉아 있었고 로버트는 소파에 길게 누워 천장을 바라보고 있었다.

"하늘을 나는 양탄자를 타고 있어요." 토머스가 말했다.

"그럼 너는 이 할미가 타고 온 저 못난 낡은 택시를 타고 파티에 갈 필요가 없겠구나."

"네." 토머스가 차분히 말했다. "내가 알아서 찾아 갈게요."

그는 앞으로 몸을 굽혀 쿠션의 양쪽 모서리를 잡고 왼쪽으로 기울여 급회전했다.

"어서 가자." 케틀이 성마르게 손뼉을 치며 말했다. "택시를 기다리게 할수록 비싼 요금을 더 내야 해. 넌 천장 바라보며 뭐 하니?" 케틀이 로버트에게 대뜸 한마디 했다.

"생각해요."

"웃기고 있네."

두 손자는 할머니를 따라 낡은 새장 같은 구식 엘리베이터를 타고 내려갔다. 그녀는 목적지 온슬로 클럽을 택시 운전사에게 말하고 나서 진정하는 듯했지만, 로버트와 토머스는 둘 다 마음이 언짢아 말하고 싶지 않았다. 그들이 말하기 싫어하는 것을 알아챈 케틀은 학교에 대해 묻기 시작했다. 자존심이 강한 그들의 침묵에 따분한 질문을 몇 가지 던지다 곧 자신이 학교에 다니던 때를 회상하는 유혹에 빠졌다. 브리짓 수녀가 학부모들, 특히 신분이 높은 학부모들에게 보인 강렬한 매력, 여학생들에게 보인 오만한 엄격함. 성적표에 케틀을 수학자로 만들려면 '하느님의 개입'이 필요할 것이라고 기입한 웃기는 안나 수녀.

케틀은 안일하게 자기를 비하하는 회상을 계속했고, 택시는 덜커덕거리며 풀럼가를 따라 달렸다. 두 형제는 그들대로 각자 혼자만의 생각에 빠져 있다가 클럽에 도착했을 때에야 정신이 들었다.

"어, 저기 봐, 아빠다!" 로버트가 할머니보다 먼저 택시에서 뛰쳐나가며 외쳤다.

"이 할미 기다릴 필요 없어." 케틀이 빈정대듯 말했다.

"네." 토머스는 그렇게 말하고 형을 따라 차에서 내려 아버지에게 뛰어갔다.

"안녕, 아빠." 토머스는 패트릭의 품에 뛰어올라 안기며 말했다. "내가 뭐 했나 알아맞혀 봐. 〈알라딘〉 봤어. '빈 라덴'이 아니라 '알-라딘.'" 토머스는 짓궂게 깔깔 웃으며 패트릭의 뺨을 토닥거렸다.

패트릭은 웃음을 터트리고 토머스의 이마에 키스했다.

II

패트릭이 토머스를 안고 로버트와 나란히 걸어 온슬로 클럽 입구에 다다랐을 때 길 뒤에서 멀지만 또렷하게 니컬러스 프랫이 자기 의견을 열심히 토해 내는 소리가 들렸다.

"요즘엔 유명 인사래 봤자 아무도 들어 본 적이 없는 아무개나 마찬가지입니다." 니컬러스의 목소리가 크게 울렸다. "파리의 카페에서 '곧 갑니다'는 웨이터가 서둘러 딴 데로 가면서 하는 말인 것처럼. 마고의 명성은 지난 시대에 속하죠. 사실 나도 마고가 누군지 안다니까요! 그래도 자서전을 다섯 권이나 쓰는 건 너무한 거죠. 인생과 글을 쓰는 건 별개 문제란 말입니다. 마고처럼 쓰면 비 오는 날 물 잔처럼 좋은 것도 효과가 희석될 뿐이죠."

"참 대단하셔." 낸시는 감탄하는 듯한 목소리로 말했다.

패트릭이 뒤돌아보니 낸시가 니컬러스와 팔짱을 꼈고, 다소 의기소침해 보이는 헨리는 낸시의 다른 쪽 옆에서 나란히 걸어오고 있었다.

"저 웃기는 사람은 누구야?" 토머스가 물었다.

"니컬러스 프랫이라는 분이야." 패트릭이 말했다.

"심술 난 아첨꾼 같아." 토머스가 말했다.

패트릭과 로버트는 니컬러스와 떨어진 거리가 허락하는 만큼 웃었다.

"마고가 나한테 그러더군요," 니컬러스가 짐짓 스스럼을 타는 듯한 웃음 띤 목소리로 말했다. "'나도 이게 다섯 번째 책인 줄 알아요, 하지만 늘 할 말이 더 있다니까요'라고. 애초에 아무것도 말한 게 없으니까 늘 말할 게 남아 있는 거죠. 그래서 무엇이나 다 말하게 되는 거고. 어이, 패트릭," 니컬러스는 감정을 억눌렀다. "이 고령에 새로운 클럽을 다 알게 되다니 신나는구먼." 그는 과장된 호기심으로 하얀 치장 벽토 기둥에 붙은 놋쇠 명판을 자세히 보았다. "온슬로 클럽이라, 이런 클럽은 들어 본 기억이 없는데."

니컬러스가 마지막이다, 하고 생각하며 패트릭은 냉정하고 초연한 마음으로 니컬러스의 연기를 지켜보았다. 부모님의 마지막 남은 친구다, 내가 어린아이였을 때 생나제르를 방문하던 손님들은 다 죽고 니컬러스만 남았다. 조지 와트퍼드, 빅터 아이즌, 앤 아이즌, 모두 다 죽었다, 니컬러스보다 훨씬 젊었던 브리짓도 죽었다. 니컬러스도 팍 죽어 버렸으면 좋겠다.

패트릭은 니컬러스를 제거하고 싶은 살의를 느릿느릿 거두어들였다. 죽음은 부추길 필요가 없는 거칠고 극단적인 이기주의자이니까. 게다가 자유로워지는 건, 그게 무엇을 의미하든지 간에, 니컬러스의 죽음으로, 심지어 엘리너의 죽음으로도 해결될 수 없는 것이니까.

그래도 엘리너의 죽음은 부모가 죽은 뒤의 세상을 가리키는데, 니컬러스의 존재는 그것을 가로막고 있었다. 연습으로 숙달된 니컬러스의 경멸은 패트릭과 그의 유년기의 사회적 환경을 연결하는 해진 밧줄 같은 것이었다. 문제 많던 청년기에 패트릭의 단 하나 중요한 우군이었던 앤, 빅터 아이즌의 아내였던 그녀는 니컬러스를 혐오했다. 앤은 데이비드 멜로즈의 타락은 그를 둘러싼 광기의 기운 때문에 불가피한 측면이 있어 보이는 반면, 니컬러스의 방종은 생활양식의 선택에 가깝다고 생각했다.

니컬러스는 몸을 곧추 세우고 아이들을 가만히 바라보았다.

"자네 자식들인가?"

"로버트와 토머스입니다." 패트릭은 토머스가 무거운데도 마지막으로 살아 있는 아버지의 친구 옆에 토머스를 내려놓고 싶지 않았다.

"데이비드가 죽어서 손자들을 보고 즐거워할 수 없으니 유감이야." 니컬러스가 말했다. "데이비드라면 적어도 아이들이 온종일 텔레비전 앞에만 앉아 있게 하지 않을 걸세. 데이비드는 브라운관의 폭정을 상당히 걱정했었거든. 그야말로 텔레비전을 출산하듯이 그 앞에 앉아 있는 아이들을 보고 데이비드가 내게 한 말이 지금도 생생해. '저 모든 방사선이 저 아이들 생식기에 미칠 영향을 생각하니 끔찍해'라는 거였네."

패트릭은 할 말을 잃었다.

"자 들어갑시다." 헨리가 단호한 어조로 말했다. 그는 아이들을 보고 빙긋 웃고 그들을 인도해 안으로 들어갔다.

"난 너희 친척 헨리란다." 그가 로버트에게 말했다. "너희 식구가 몇 년 전에 메인주의 우리 집에 왔었지."

"그 섬에 있는 집." 로버트가 말했다. "기억해요. 거기 정말 좋았어요."

"또 놀러 오너라."

패트릭은 토머스를 안고 서둘러 들어갔다. 니컬러스는 총상을 입은 새를 쫓는 절름발이 사냥개처럼 절뚝거리며 현관의 흑백 타일 바닥을 가로질러 그의 뒤를 쫓았다. 그는 패트릭의 마음이 심란해진 것을 보고 확인 사살할 기회를 놓치고 싶지 않았다.

"난 자네 아버지가 오늘 일을 보고 얼마나 즐거워하셨을까 생각하지 않을 수 없다네." 니컬러스는 숨을 헐떡거렸다. "부모로서 어떤 결점이 있었던지 간에 자네는 아버지가 유머 감각을 잃은 적이 없다는 걸 인정해야 해."

"애초에 없는 걸 잃지 않는 건 쉽죠." 패트릭은 다시 말하게 되어 긴장이 풀린 나머지 니컬러스와 언쟁하는 실수를 피하지 못했다.

"저런, 난 그렇게 생각하지 않아." 니컬러스가 말했다. "데이비드는 **모든** 일에 우스운 면을 보았어."

"우스운 면이 없는 것들의 우스운 면을 보았던 거죠." 패트릭이 말했다. "그건 유머 감각이 아니라 잔인의 한 형태일 뿐이에요."

"그야 뭐, 잔인과 웃음은 자고로 가까운 이웃이니까." 니컬러스는 현관 저쪽의 놋쇠 옷걸이 옆에서 코트를 벗으려 버둥거리며 말했다.

"근친상간은 없는 가까운 이웃." 패트릭이 말했다. "아저씨께서 제 부모님 중 놀라운 다른 한쪽을 그리워하더라도 저는 어쨌든 가서 어머니의 죽음을 애도하러 오신 분들을 맞아야겠습니다."

니컬러스의 코트가 구속복처럼 잠시 엉킨 틈을 타서 패트릭은 입구로 되돌아갔다.

"아, 저기, 엄마 온다." 패트릭은 마침내 토머스를 체크 문양

바닥에 내려놓고 메리에게 뛰어가는 그의 뒤를 쫓아갔다.

"그레타 가르보 같은 말은 하고 싶지 않지만 '난 혼자 있고 싶어.'" 패트릭은 익살맞게 스웨덴어 억양으로 말했다.

"또!" 메리가 말했다. "그 기분은 왜 당신이 **혼자** 있을 때는 들지 않는 걸까? 혼자 있을 때는 아무도 파티에 불러 주지 않는다며 나한테 전화해서 하소연하고 말이야."

"그건 그렇지만 장례식 후에 샌드위치를 먹는 건 내가 생각했던 게 아니거든. 있잖아, 나 담배 피우는 척하고 밖에 나가 그냥 동네 한 바퀴 돌려고 해. 그리고 약속할게, 돌아와서 딱 자리를 지키고 있겠다고."

"그 약속, 약속." 메리는 이해심 있는 미소를 띠며 말했다.

패트릭은 메리 뒤에 들어오는 줄리아와 에라스무스, 아넷을 보니 사회적 의무감이 목을 조여 오는 것 같았다. 그러자 더욱 그곳을 벗어나고 싶었지만, 그럴 수 없다는 것을 깨달았다. 아넷은 현관 저쪽에 있는 니컬러스를 발견했다.

"가엾어라, 닉이 외투에 엉켜서 씨름을 하네." 아넷은 그렇게 말하고는 도와주러 달려갔다.

"제가 도와 드릴게요." 아넷은 니컬러스의 소매를 잡아당겨 그의 뒤틀린 어깨를 빼 주었다.

"고맙소." 니컬러스가 말했다. "패트릭, 저 악마 같은 녀석, 내가 칠면조 구이처럼 꼼짝 못 하게 된 걸 보고도 그냥 가 버리다니."

"에이, 일부러 그러진 않았을 거예요." 아넷은 낙관적으로 말했다.

조니는 차를 세워 두고 패트릭을 현관으로 도로 들어가게 만드는 손님들 틈에 합세했다. 패트릭은 사람들에게 밀리다시피 해서 안으로 들어가다 많이 낯익은 백발의 여자를 보았다. 그녀는 결의가 대단한 사람처럼 클럽에 들어오더니 엘리너 멜로즈의 장례식 파티 장소가 맞느냐고 입구 안내인에게 물었다.

패트릭은 그 여자를 어디서 보았는지 불현듯 떠올렸다. 그와 같은 시기에 프라이어리 병원에 있던 여자였다. 베키를 만나고 소득 없이 떠나려고 했을 때였다. 짙은 초록색 스웨터에 트위드 스커트를 입은 그 여자는 병원 정문에서 그의 면전에 불쑥 나타났다. 그녀는 출구를 가로막고 긴급하고 지나치게 친한 태도로 말을 꺼냈다.

"떠나요?" 그녀는 질문을 던지고는 대답을 기다리지 않고 바로 말을 이었다. "난 사실 당신이 부럽지 않아요. 난 여기가 좋으니까. 매년 한 달은 여기서 지내는데, 아주 많은 도움이 돼요. 집에서 벗어날 수 있으니까. 문제는 내가 우리 애들을 정말 무지무지 싫어한다는 거예요. 괴물들이에요. 애들 아버지는 지긋지긋하게 미워요, 애들한테 버릇을 가르치지 않죠. 그러니까 애들이 얼마나 골치 아픈 애들로 자랐을지 아시겠죠. 물론 나도 한몫했죠. 열 달 동안 말 한 마디 하지 않고 누워 있다가 말하기 시작하자 멈출 수가 없었어요. 그 열 달 동안 쌓인 것들 때문이었죠. 당신이 여기에 들어온 공식적인 이유는 모르겠지만, 뭔지 감이 잡혀요. 아뇨, 들어 보세요. 내가 조언 한마디 하자면 '아미트리프탈린'*을 먹으라는 거예요. 아주 좋아요. 나는 그걸 복용할 때만 행복했어요. 그 뒤론 그걸 아무리 구하려 해도 저 자식들이 안 주더라고요."

"사실 저는 뭐든 다 끊으려고 노력하는 중이라서." 패트릭이 말했다.

"바보같이 그러지 말아요. 얼마나 좋은 약인데."

그녀는 택시가 도착해서 나가는 그를 계단까지 따라 나오며 "아미트리프탈린!" 하고 마치 패트릭이 그 약을 권하던 사람이기라도 한 듯이 외쳤다. "당신은 운이 좋아!"

패트릭은 아미트리프탈린을 먹으라는 그녀의 열렬한 충고를 따르지 않았다. 사실 그 후 몇 달 만에 옥사제팜과 다른 항우울제마저 끊고 술도 완전히 끊었다.

"정말 이상해." 패트릭이 배정된 파티장으로 올라가며 계단에서 조니에게 말했다. "작년에 나와 같은 시기에 프라이어리 병원에 있었던 여자가 방금 여기에 왔어. 머리가 완전히 돈 여자

---

*   심한 우울증, 불안 장애, 양극성 장애와 같은 정신 질환을 치료하는 약.

인데."

"그런 곳에서는 돌지 않을 수 없지." 조니가 말했다.

"나야 지극히 정상이라 알 리가 있나." 패트릭이 말했다.

"어쩌면 너무 정상일지도."

"그냥 너무 지독히 정상이야." 패트릭이 주먹으로 손바닥을 탁 치며 말했다.

"다행히 저희 병원이 도와 드릴 수 있습니다." 조니가 현명한 온정주의 미국인 의사의 목소리를 가장해 말했다. "알파벳의 마지막 네 글자만 쓰는 혁신적 의약품 Xywyz 덕분이죠."

"놀랍군요!" 패트릭이 깜짝 놀라며 말했다.

조니는 재빠르게 경고문을 읊었다. "물이나 다른 수화水化 작용제를 사용하고 있으면 Xywyz를 복용하지 마십시오. 실명, 실금, 동맥류, 간 부전, 현기증, 피부 발진, 우울증, 체내 출혈, 돌연사와 같은 부작용이 있을 수 있습니다."

"괜찮아요." 패트릭은 흐느꼈다. "그래도 주세요. 난 그걸 먹어야 해요."

두 사람은 갑자기 입을 다물었다. 그들은 몇십 년 동안 즉흥적으로 그런 소극을 연출했다. 고등학교에 다닐 때 쉬는 시간에 비상계단으로 나가 담배를 피우고, 나중에는 마리화나를 피우던 시절부터 줄곧 그래 왔다.

"그 여자가 이 파티에 대해 묻더라고." 패트릭이 층계참에 이르렀을 때 말했다.

"너희 어머니를 아나 보지 뭐."

"가장 단순한 설명이 가장 좋을 때가 있지. 한데 저 여자는 조증이 발현할 때면 광적으로 장례식장을 찾아다니는 건지도 몰라."

코르크 병뚜껑 따는 소리가 들리자 패트릭은 그 지혜로운 스코틀랜드인 중재자 고든과 상담한 지 불과 1년밖에 되지 않았다는 생각이 문득 들었다. 매일 열리는 우울증 환자 모임에 참석하기 전이었다. 고든은 '알코올의 배후에 있는 알코올 중독자'라는 말로 그의 주의를 끌었다.

"프루트케이크에서 브랜디를 빼도 프루트케이크는 어디 가지 않아요."* 고든이 말했다.

격렬한 환각과 우주적 규모의 불안 속에서 밤을 보낸 패트릭은 무슨 말을 들어도 동조할 기분이 아니었다.

"프루트케이크에서 브랜디만 못 빼죠." 패트릭이 말했다. "수플레에서 달걀을 못 빼고 바다에서 소금을 못 빼듯이."

"그건 그냥 은유였어요." 고든이 말했다.

"**그냥** 은유라뇨!" 패트릭은 조소했다. "은유는 문제의 전부, 악몽의 용매입니다. 용해된 것들의 중심을 파고 들어가 보면 모든 것이 서로 유사하죠. 은유는 이렇게 공포스럽다고요."

---

* 프루트케이크는 말린 과일과 견과가 들어간 케이크로 브랜디와 같은 술이 들어가기도 한다.

고든은 패트릭의 파일을 보고 옥사제팜을 먹었는지 확인했다.

"사실 내가 묻고자 하는 건 말이죠," 그는 굽히지 않았다. "선생이 우울증까지는 아니더라도 결국 무엇을 자가 진단했는가 하는 겁니다."

"경계성 인격 장애, 자기애적 분노, 조현증 성향……" 패트릭은 몇몇 그럴 법한 것들을 추가했다.

고든은 긴장을 풀게 하는 웃음을 터뜨렸다. "아주 좋아요! 어느 정도 자기 자신을 파악하고 오셨으니 말입니다."

패트릭은 아미트리프탈린 여인이 근처에 없는지 확인하려고 계단 아래쪽을 보았다.

"난 그 여자를 두 번 봤어." 그가 조니에게 말했다. "입원 초기에 한 번 보고 내가 회복하기 시작하던 중간쯤에 또 한 번 봤지. 처음에 봤을 때는 아미트리프탈린이 주는 기쁨에 대해 설교를 하더니, 두 번째 봤을 때는 말도 안 붙이더라고. 우울증 환자 모임에 온 다른 누군가에게 똑같은 설교를 늘어놓는 걸 봤어."

"그러니까 그 여자는 아미트리프탈린의 늙은 뱃사람*인 셈이네."

---

*   영국의 시인이자 비평가 새뮤얼 테일러 콜리지(1772~1834)의 「늙은 뱃사람 이야기」에서 두려움을 자아내는 늙은 뱃사람은 결혼식에 가는 하객을 붙들고 자신의 기이한 항해 경험담을 들려준다.

"그렇지."

패트릭은 그녀를 두 번째 본 날을 똑똑히 기억했다. 그날은 그의 입원 기간 중 매우 중요한 날이었기 때문이다. 처음 2주 동안 금단 증상과 정신착란을 겪은 뒤 원초적인 맑은 정신을 갖기 시작한 날이었다. 그는 그때부터 부쩍 더 많은 시간을 정원에서 홀로 보냈다. 점심 식사 때 사람들이 떠드는 소리에 묻히고 싶지 않았고, 침대에서 더 많은 시간을 보내고 싶지도 않았다. 하루는 정원에서 가장 한적한 벤치에 앉아 있다가 갑자기 울기 시작했다. 흐린 하늘이나 부분적으로 보이는 나무나, 심미적 희열을 느끼게 할 것은 아무것도 없었다. 나뭇가지에 산비둘기들이 몰려들지도 않았고, 어디선가 멀리서 오페라 음악이 잔디밭을 가로질러 들려온 것도 아니고, 나무 밑동에서 하늘거리는 크로커스 꽃도 없었다. 보이지 않고 영문 모를 무언가가 우울에 젖은 그의 시선에 침입해서 폐허 같은 그의 지친 머릿속에 골드러시처럼 번졌다. 그는 그 일시적 구원의 원천을 통제할 수 없었다. 그는 우울증을 재구성하거나 멀리하지 않았다. 우울증은 단지 다른 존재 방식으로 대체되었다. 그는 울면서 감사한 마음이 들었지만 한편으론 이 귀중한 새 상품의 물량을 확보해 두지 못하는 데 대한 좌절감도 들었다. 그는 자신의 심리적 물질주의가 깊이 침투한 것을 깨닫고, 그것이 앞을 가로막고 있다는 어렴풋한 생각이 들었다. 그러나 고통을 누그러뜨려 줄지 모를 것은 무엇이든 붙들려는 습관이 너무 강력한 나머지, 그 이유 없는 아름다움의 느낌을 어떻게 하면 포착해서 활용할 수 있을까 생각했고, 그러는 사이 그 가물거리던 느낌은 그만 사라지고 말았다.

그때 아미트리프탈린 여인이 그가 처음 보았을 때와 똑같은 초록색 스웨터와 트위드 스커트 차림으로 나타났다. 그는 그녀가 작은 여행 가방을 가지고 입원했나 보다고 생각했던 기억이 났다.

"저 자식들이 하나도 안 주잖아······" 그녀는 질에게 말했다. 질은 패트릭이 속한 우울증 환자 모임의 눈물 많은 여자였다.

질은 그날 아침 모임에서 울며 뛰쳐나왔다. 하느님God을 절망의 선물Gift of Desperation의 두문자어로 취급하자고 제안했다가 입이 신랄하고 거친 테리가 '실례하지만 토하겠습니다'라는 말로 받았던 것이다.

패트릭은 그 두 여자와 말하지 않으려고 측면으로 뻗은 짙은 삼목 가지 뒤로 얼른 몸을 숨겼다.

"당신은 운이 좋아······" 아미트리프탈린 여인의 말은 예의 그 방향으로 흘러갔다.

"하지만 나한텐 그걸 전혀 주지 않았는데." 질은 그렇게 항변하고, 눈에 또 눈물이 샘솟는 가운데 분명한 하느님의 임재를 느꼈다.

"그때 그 여자 때문에 난 삼목 뒤에 20분 동안이나 있어야 했어." 패트릭은 조니에게 자초지종을 말해 주었다. 그들은 조용한 공원이 내다보이는, 높은 유리문이 있고 옅은 파란색 칠이 된 방으로 들어갔다. "그 여자가 오는 걸 보고 난 얼른 나무 뒤로 뛰어가 숨었는데, 그 두 사람이 내가 앉았던 벤치에 앉더라고."

"우울증 환자 친구를 피했으니 그랬어도 싸지." 조니가 말했다.

"난 직관적 진실을 파악하는 중이었잖아."

"응, 그래⋯⋯"

"그 모든 게 너무 멀게 느껴져."

"그 직관적 진실이? 아니면 프라이어리 병원이?"

"둘 다." 패트릭이 말했다. "적어도 저 여자가 나타나기 전에는 그랬는데."

"어쩌면 직관은 정신병원에서 나올 필요가 있을 때 오는 걸지도 모르지. 아래층에 있는 저 미치광이는 그런 직관의 촉진제일지도 모르고."

"무엇이든 촉진제가 될 수 있지." 패트릭이 말했다. "무엇이든 증거가 될 수 있고, 무엇이든 단서가 될 수 있어. 절대로 경계를 늦추면 안 돼."

"다행히도 저희가 도움이 되어 드릴 수 있겠습니다." 조니는 다시 미국인 의사를 가장해서 말했다. "경계정錠 덕분이죠. '경계정, 이 약은 우리의 지도자들을 밤낮으로 근무하게 해 줍니다.'" 조니의 목소리는 빠른 중얼거림으로 바뀌었다. "고혈압이나 저혈압이 있는 분은, 또는 혈압이 정상이라도 경계정을 복용하지 마십시오. 만일 가슴에 통증을 느끼거나 눈이 붓거나 귀가 늘어난다면 의사에게 상담하시기 바랍니다……"

패트릭은 조니가 읊어 대는 가상의 경고문에 귀를 닫고 텅 비다시피 한 실내를 쓱 훑어보았다. 낸시는 문상객이 몇 안 되는 파티인데도 너무 많은 음식이 쌓인 긴 테이블의 한쪽 끝에서 벌써 열심히 샌드위치를 먹고 있었다. 헨리는 그녀 옆에 서서 로버트와 이야기하고 있었다. 테이블 뒤에서는 놀랍도록 어여쁜 웨이트리스가 시중을 들었다. 목이 길고 광대가 두드러지고 검은 머리를 짧게 자른 여자였다. 그녀는 패트릭에게 상냥하고 개방적인 웃음을 지어 보였다. 오디션이 없을 때 웨이트리스 일을 하는 배우 지망생임이 틀림없었다. 불합리하게 매력적인 여자였다. 패트릭은 당장 그녀를 데리고 그곳을 떠나고 싶었다. 그녀는 어째서 그토록 유혹적으로 보인 걸까? 거의 건드리지도 않은 음식으로 가득한 테이블 때문에 그녀가 사랑스러운 건 물론이고 인심도 후하게 보인 걸까? 이럴 때는 어떻게 작업을 거는 게 적절할까? 우리 어머니가 돌아가셔서 위로가 필요합니다, 라고? 우리 어머니는 먹을 걸 제대로 차려 준 적이 없는데, 당신은 우리 어머니보다 훨씬 더 잘해 줄 것 같아 보이는군요, 라고?

패트릭은 이 불합리한 압제적 충동과 깊은 의존성의 정도, 구원받는 환상, 자양분을 공급받는 환상을 생각하며 속으로 웃었다. 그러다가 짧은 기침 소리가 튀어나왔다. 너무 많은 과거가 그의 주의력을 내리눌러 흘수선 밑으로 가라앉혔다. 그러자 그는 언어 습득 이전의 충동 속에 잠겼다. 그는 바닷물에 들어갔다가 나온 개처럼 무의식을 털어 내는 자신을 상상했다. 그리고 테이블로 가서 탄산수를 달라고 하며 웨이트리스에게 미래 없는 단순한 웃음을 지어 보였다. 그는 고맙다고 말하고 사뿐히 돌아섰다. 이 행위에는 어딘가 공허한 데가 있었다. 그녀는 여전히 아주 사랑스러웠다. 하지만 그는 그 유혹이 무엇인지 있는 그대로 보았다. 그것은 그 자신의 갈망이며 거기에는 어떤 종류의 대인 관계도 없었다.

패트릭은 우울증 환자 모임의 질이 생각났다. 그녀는 어느 날 "나는 관계 문제가 있어요"라고 푸념을 늘어놓았다. "그런데, 문제는요, 나와 연인 관계에 있는 사람이 우리가 관계를 맺고 있다는 걸 모른다는 거예요." 이 고백이 떨어지자 테리가 크게 조롱하는 웃음을 터뜨렸다.

"그러니 이번이 아홉 번째 치료지." 테리가 말했다.

질은 흐느끼며 방에서 뛰쳐나갔다.

"지금 일, 사과하셔야겠습니다." 고든이 말했다.

"진심으로 한 말인데요."

"그러니 더욱 사과하셔야 해요."

"내가 사과하면 진심으로 하는 게 아닐 텐데요." 테리가 맞섰다.

"관계를 위해 그런 척해요." 미국인 게리가 말했다. 기회주의적인 관광객 같은 어머니 이야기로 패트릭이 처음으로 참가한 모임에서 큰 소동을 일으킨 사람이었다.

패트릭은 자기가 유혹했으면 하는 여자에게서 그렇게 단호히 돌아선 것은, 그가 항상 혐오감을 느끼는 말이지만, '관계를 맺기 위해 관심이 없는 척' 하는 건가 생각해 보았다. 아니다, 관심이 없는 척한 것이 있다면 그건 바로 유혹, 즉 어른의 행동을 보이는 겉모습으로 유아기의 갈망을 숨기도록 강제했을 카사노바 콤플렉스였다. 정중함, 대화, 성교, 논평. 견딜 수 없는 비명을 지르는 무력한 아기에게서 멀어지기 위한 정교한 장치. 어머니의 죽음이 이룬 위업은 더 이상 그녀의 생각 속에 존재하는 모성으로는 그에게 있는 모성 본능을 방해할 수 없다는 것, 그녀 자신이 낳은 위로할 길 없는 폐인이 스스로를 떠안지 못하게 막을 수 없으리라는 것이었다.

12

실내에 사람들이 차기 시작함에 따라 패트릭은 은밀한 생각에서 깨어나 상주 역할로 돌아갔다. 니컬러스는 거만하고 무관심한 태도로 패트릭 앞을 지나 방 반대쪽에 있는 낸시에게 갔다. 메리는 아미트리프탈린 여인을 뒤에 데리고 그에게 다가왔다. 그들 뒤에는 토머스와 에라스무스가 가까이서 따라왔다.

"패트릭, 당신에게 소개할 사람이 있어. 플뢰르라고 하는데, 어머니 옛 친구래." 메리가 말했다.

패트릭은 플뢰르와 정중하게 악수하며 그 엉뚱한 프랑스어 이름에 놀라워했다. 그녀가 외투를 벗자 초록색 스웨터와 트위드 스커트가 드러났다. 프라이어리 병원에서 본 옷이었다. 선명한 빨강색 립스틱으로 플뢰르는 자신의 입술을 가렸고, 립스틱은 오른쪽으로 반 인치 정도 넘치게 발렸다. 서커스단 어릿광대가 분장을 지우다 만 듯한 모양이었다.

"어떻게 알고……" 패트릭이 먼저 말을 꺼냈다.

"아빠!" 토머스는 신이 나서 끼어들지 않을 수 없었다. "에라스무스 아저씨는 진짜 철학자야!"

"그게 아니라면 최소한 현실주의 철학자란다." 에라스무스가 말했다.

"아빠도 알아." 패트릭은 아들의 머리를 헝클어뜨리며 말했다. 토머스는 에라스무스를 1년 반 동안 보지 못했으니, 그동안 철학자라는 범주를 인식했음이 분명했다.

"굉장히 철학적으로 보인다는 말이에요." 토머스가 말했다. "저는 늘 하느님의 문제는 누가 하느님을 창조했는가 하는 거라고 생각해요. 그리고," 그는 본격적으로 이야기를 전개하기 시작했다. "하느님을 창조한 누군가는 누가 창조했어요?"

"아! 무한 후퇴 논법이로구나." 에라스무스는 언짢은 듯이 말했다.

"좋아요, 그럼, 누가 무한 후퇴를 창조했어요?" 토머스는 자기가 철학적인 논증을 하고 있는지 확인하기 위해 아버지를 올려다보았다.

패트릭은 격려하는 웃음을 지어 보였다.

"굉장히 똑똑한 아이군요!" 플뢰르가 말했다. "우리 애들과는 달라요. 우리 애들은 10대 중반이 되기 전까지는 완전한 문장도 제대로 꿰맞추지 못했어요. 그나마 나를 모욕하는 말을 했을 뿐―그리고 지들 아버지한테도 그러고, 물론 그 사람이야 그런 취급을 당해도 싸지만. 순전히 괴물들이에요."

메리는 토머스를 데리고 에라스무스와 그 자리에서 빠져나갔다. 패트릭은 꼼짝없이 플뢰르와 단둘이 있게 되었다.

"10대들이 그렇죠 뭐." 패트릭은 단호하고 담담히 말했다. "그런데 우리 어머니는 어떻게 아세요?"

"난 당신 어머니를 정말 좋아했어요. 내가 만난 몇 안 되는 좋은 사람들 중 한 분이에요. 사실 내 생명의 은인이죠―30년 전이었나―아동구호기금의 자선 중고품 가게를 운영하셨는데, 나한테 일자리를 주셨어요."

"그 가게들 기억납니다." 패트릭은 플뢰르가 말에 속도를 내며 방해받고 싶지 않아 한다는 것을 알아차렸다.

"사람들이, 정말이지 엘리너를 제외한 모든 사람들이 내 병력을 보고 나를 고용 부적격자라고 생각했어요. 하지만 난 그저 집에서 나와 뭔가를 해야 했어요. 그러니까 엘리너는 하늘이 주신 선물이었어요. 그분은 곧바로 나한테 중고 의류를 포장하는 일을 시켰어요. 우리는 타지역 가게에 적절한 옷을 요령껏 분류해서 발송하는 일을 했어요. 정말 좋은 것들은 론스턴가에 위치한 우리 가게에 진열했죠. 댁에서 가까워요."

"네." 패트릭은 재빨리 대답했다.

"우리는 정말 재미있게 일했어요." 플뢰르는 추억에 잠겼다. "학교에 다니는 소녀들처럼 옷을 몸에 대보고는 '리치먼드 가게에 어울리겠는데'라거나 '첼트넘에 **딱** 맞겠는데'라거나 하면서 말이죠. 어떤 때는 우리 둘이 '로스데일!'이라거나 '헤멜 헴프스테드!'라든가 하면서 동네 이름을 동시에 외치기도 했어요. 아, 그러면 둘이 함께 얼마나 웃었는지. 결국 엘리너는 계산대를 맡길 만큼 나를 신뢰하고 온종일 가게를 맡겼어요. 그런데 바로 그때 내 병의 증상이 나타났어요. 모피 코트가 들어온 날 아침이었죠—사람들이 모피 코트를 입은 사람들에게 페인트를 뿌리던 시기였어요—그 코트는 굉장한 검은담비 모피였어요—그걸 보고 내가 헤까닥했던 것 같아요. 정말 화려한 무언가를 하고 싶은 욕구에 사로잡혔어요. 그래서 가게 문을 닫고 계산대에 있던 돈을 모두 가지고 검은담비 코트를 입었어요—6월의 날씨가 절정에 이르렀을 때 어울리는 옷은 아니지만 난 그걸 입어야만 했어요. 아무튼 난 가게에서 나가 택시를 잡아타고 '리츠 호텔로 갑시다'라고 했죠."

패트릭은 그 자리에서 언제 벗어날 수 있을까 생각하며 초조하게 주위를 돌아다보았다.

"리츠 호텔에 갔더니 사람들이 내 코트를 벗기려고 하더라고요," 플뢰르는 가속을 냈다. "하지만 어림도 없는 일이죠. 결국

난 코트를 입은 채 팜코트 식당에 자리 잡고 앉았어요. 샴페인 칵테일을 시키고 아무 사람이나 내 말을 들어 주는 사람이 있으면 붙들고 말을 걸었죠. 그러다 보니 끔찍하게 건방진 지배인이 나더러 나가 달라는 거예요, 나더러 내가 '다른 손님들에게 폐를 끼친다'면서! 그게 얼마나 무례한지 상상이 되세요? 뭐, 아무튼, 계산대에서 꺼내 온 돈은 그 거액의 계산서를 지불하기에 충분치 않더라고요. 결국 그 불쾌한 호텔에서 그 코트를 담보로 가지고 있겠다고 고집해서 그렇게 했는데, 참 난감하게 된 게, 그 코트를 기증한 여자가 마음이 바뀌었다며 가게에 코트를 찾으러 온 거예요……"

플뢰르는 이제 자신의 생각을 따라잡으려고 안간힘을 썼다. 패트릭은 메리의 눈길을 끌려고 했지만 그녀는 고의적으로 그를 무시하는 듯했다.

"엘리너는 참으로 훌륭한 분이었다는 말밖에는 할 말이 없어요. 호텔에 가서 계산서를 지불하고 코트를 찾아오셨어요. 자기는 부친이 호화로운 호텔의 술집에 달아 놓은 계산서를 대신 지불했기 때문에 그런 일에 익숙하다면서 전혀 개의치 않으셨어요. 정말 자비로운 분이셨죠. 그런 일이 있었는데도 어디 가실 때는 내가 또 그러지 않을 것을 확신한다며 가게를 나한테 맡기셨어요—그런데 말하기 뭣하지만 또 그랬어요, 그것도 한두 번이 아니었죠."

"술 한 잔 하시겠어요?" 패트릭은 웨이트리스 쪽으로 돌아서며 물었다. 그의 갈망이 되살아났다. 그는 결국 그녀와 달아나야 할 것 같았다. 그녀의 긴 목의 핏줄에 키스하고 싶었다.

"이러면 안 되지만, 진토닉으로 할게요." 플뢰르는 주문을 하고 멈추지 않고 곧바로 말을 이었다. "돌아가신 어머니가 자랑스러우시겠어요. 실질적인 선행을 굉장히 많이 하셨으니까요. 사실 유일한 선행이라고 할 수 있는 일을 하셨어요─수백 명의 삶을 어루만지고 엄청난 에너지를 그 가게에 쏟아부으셨어요─돈을 벌 필요가 있었다면 아마 사업가가 되셨을 거라고 나는 믿어 의심치 않아요─호로게이트 무역 박람회에 가실 때 발걸음이 경쾌했던 걸 보면."

패트릭은 웨이트리스를 보고 빙긋 웃고는 수줍어하며 식탁보를 내려다보았다. 고개를 쳐들어 다시 보았더니 그녀가 동정심과 웃음기 어린 눈으로 그를 보고 빙긋이 웃고 있었다. 그녀는 모든 걸 알아차린 게 분명했다. 비현실적으로 아름다운 데다 놀랍도록 총명한 여자였다. 플뢰르가 엘리너 이야기를 하는 동안 패트릭은 더욱더 이 웨이트리스와 새로운 인생을 시작하고 싶어졌다. 그는 상냥하게 진토닉 잔을 받아 수다스러운 플뢰르에게 건네주었다. 플뢰르는 "어때요, 그래요?"라고 묻는 듯했다. 그는 무슨 질문인지 헤아릴 수 없었다.

"뭐가요?" 그가 물었다.

"어머니가 자랑스럽냐고요."

"그런 것 같습니다." 패트릭이 말했다.

"'그런 것 같습니다'라니, 그게 무슨 말이에요? 당신은 우리 애들보다 더 형편없군. 순전한 괴물들."

"저, 만나서 반가웠습니다, 그리고 또 이야기할 기회가 있겠지만, 전 이만 다른 문상객들을 뵈러 돌아다녀야겠습니다."

그는 돌연 플뢰르에게서 돌아섰다. 그리고 뚜렷한 목적이 있는 것처럼 보이려고 화이트 와인 잔을 들고 창가에 홀로 서 있는 줄리아 쪽으로 걸어갔다.

"사람 살려!" 패트릭이 말했다.

"어, 안녕." 줄리아가 말했다. "멍하니 창밖을 내다보고 있었어. 그렇다고 자기가 저 예쁜 웨이트리스와 희희덕거리는 걸 못 볼 정도로 멍하게 있진 않았지."

"희희덕? 하지만 난 한 마디도 안 한걸."

"그럴 필요 없지. 식탁 옆에 앉아서 침을 흘리며 낑낑거리는 개는 한 마디도 할 필요가 없어. 그래도 우리 여자들은 그 개가 뭘 원하는지 알아."

"내가 막연히 저 웨이트리스한테 끌렸다는 건 인정하지. 하지만 그건 저 백발의 미치광이가 말하기 시작한 다음의 일이야. 저 웨이트리스는 우렁차게 흐르는 급류 위에 드리운 마지막 나뭇가지처럼 보였던 거야."

"어이구, 시적이기도 하셔. 여전히 구원받으려고 애쓰나 보네."

"전혀 아니야. 난 구원받고 싶은 마음을 갖지 않으려고 애쓰는걸."

"진보했네."

"가차 없이 앞으로 나아가지." 패트릭이 말했다.

"그래서 저 웨이트리스와 희희덕거리게 만든 저 미치광이는 누구야?"

"응, 오래전에 어머니의 자선 중고품 가게에서 일한 적이 있다는 여자야. 저 여자가 아는 어머니는 내가 아는 어머니와 상당히 달라. 저 여자 얘기를 듣고 나니까 어머니의 인생이 의미하는 바는 내가 아는 게 전부가 아니란 걸 알겠어. 난 내가 그 부분에 대해 어떤 권위 있는 결론을 내릴 수 있으리라 착각했었거든."

"딴 사람 신경 쓰지 말고 그게 자기한테 무엇을 의미하느냐 하는 것에 대해서만 어떤 결론을 내리면 되잖아."

"난 그게 진실인지조차 확실하지 않아." 패트릭이 말했다. "오늘 내가 부모님에 대해 얼마나 분명하지 않은 생각을 가졌는지 계속 깨닫고 있어. 최종적인 진실이란 없다는 것이지. 한 건물 안의 다른 층에 갈 수 있느냐 없느냐의 문제일 뿐."

"끔찍이 피곤한 일인 것 같네." 줄리아는 푸념했다. "그냥 그들을 미워하는 게 더 간단하잖아?"

패트릭은 웃음을 터뜨렸다.

"난 내가 우리 아버지에 대해선 이제 초탈한 줄 알았어. 초탈은 큰 미덕이라고 생각했지. 도덕적 우월감이 개입된 용서와는 다르니까. 한데 사실은 내가 경멸과 분노, 동정, 공포, 애틋한 마음, 초탈 같은 모든 감정을 다 느낀다는 거야."

"애틋한 마음?"

"아버지가 얼마나 불행했는가 생각하면 드는 마음이지. 내게 자식이 생기고, 이 아이들을 보호하고자 하는 본능이 얼마나 큰지 느꼈을 때, 아버지가 고의적으로 자기 아들에게 해를 가했다는 생각을 하니 새삼 충격적이더라고. 그러니까 내 마음속에 증오심이 다시 일어났어."

"그러니까 초탈한 마음은 이제 버렸다는 거네."

"그 반대야. 초탈해야 할 대상이 얼마나 더 많은지 알게 된 거야. 그 강렬한 증오와 순전한 공포는 초탈을 무력하게 만들지 않고 확장할 기회를 주지."

"초탈의 계단형 러닝머신이네." 줄리아가 말했다.

"그렇지."

"여기서 담배 피워도 되나 몰라." 줄리아가 유리문을 열고 나가며 말했다. 패트릭은 그녀를 따라 좁은 발코니로 나가 흰 치장 벽토를 바른 난간에 걸터앉았다. 줄리아가 캐멀 블루 담배를 꺼낼 때, 패트릭의 눈은 그녀의 우아한 옆모습을 더듬었다. 베개에 누웠을 때 옆에서 자주 관찰하던 그 옆모습, 절제된 약속을 암시하는, 아직은 잎이 없는 나무를 배경으로 그 옆모습이 드러나 보였다. 그녀는 빽빽하게 잘 다져진 담배의 필터를 키스하듯 물고 흔들거리는 라이터 불을 빨아들여 불을 붙였다. 첫 모금을 깊이 빨아들일 때 연기가 윗입술로 흘러 올라가다 콧구멍으로 흡수되어, 숨을 크게 들이쉬는 허파를 거쳐 밖으로 나왔다. 처음에는 한 줄기의 짙은 연기가 나오고, 뒤를 이어 훅훅 덩어리져 나오더니 엉성한 고리 모양이 형성되었다. 그러고는 말소리와 함께 연기가 나와 두 사람 사이에 연기의 장막이 형성되었다 흩어져 버렸다.

"그래서, 자기 오늘 내면의 계단형 러닝머신을 열심히 탄 거야?"

"정신의 고양과 자유낙하의 이상한 조합을 느꼈어. 지난 4년 동안 내가 어머니의 병 때문에 상상하지 않을 수 없었던, 죽어가는 잔인한 과정의 사적인 측면에 비해 죽음 그 자체에는 차분하고 객관적인 무언가가 있어. 어떤 의미에서 보면 난 어머니를 처음으로 분명히 생각할 수 있게 되었어. 자비롭지도 않고 유익하지도 않은, 어머니가 느낀 공포의 대역 같은, 감정이입의 소용돌이에서 벗어나서 말이야."

"어머니에 대해 아예 생각하지 않는 게 더 낫지 않을까?" 줄리아는 께느른하게 담배를 한 번 더 빨아 입에 물며 말했다.

"아니, 오늘은 안 돼." 패트릭은 에나멜을 바른 것 같은 줄리아의 얼굴에 느닷없는 혐오감을 느꼈다.

"아, 물론, 오늘은 말고—하필이면 오늘." 줄리아는 그의 변절을 감지했다. "내 말은 그냥, 언젠가, 라는 거였어."

"사람들에게 '잊고 앞만 보라'거나 '어서 그것을 시작해'라고 하는 사람들은 직접 경험을 회피한다고 지나치게 내성적인 다른 사람들을 꾸짖으면서 자신들은 누구보다도 그 직접 경험을 하지 못하는 사람들이지." 패트릭은 자기변호를 할 때 쓰는 공소 제기의 어조로 말했다. "'어서 그것을 시작해'의 '그것'은 반성 없는 습관의 희미한 재연이야. 무언가에 대해 생각하지 않는 건 그 무언가의 영향하에 머무는 가장 확실한 길이지."

"제 잘못을 인정합니다, 나리." 줄리아는 패트릭이 진지하게 나오자 당황했다.

"자발적이란 것, 사물에—아무것에나—조건 없는 반응을 보인다는 것은 무엇을 의미할까. 우리는 누구도 그걸 알 수 있는 처지가 아니지만, 난 그걸 알기 전엔 죽고 싶지 않아."

"흠." 줄리아는 패트릭의 모호한 말과 의도에 이끌리지 않는 게 분명했다.

"실례합니다." 그들 뒤에서 누군가가 말했다.

패트릭이 뒤돌아보니 그 아름다운 웨이트리스였다. 그는 자기가 그녀에게 반했다는 사실을 잊고 있었는데 이제 그 모든 감흥이 되살아났다.

"아, 네." 그가 말했다.

웨이트리스는 그를 거의 거들떠보지도 않고 줄리아만 쳐다보았다.

"실례지만, 여기는 금연 구역입니다." 그녀가 말했다.

"앗, 이런." 줄리아는 담배를 빨면서 말했다. "몰랐어요. 그런데 이상하군요, 여긴 바깥인데."

"저, 엄밀히 말해서 여긴 클럽의 일부이고, 이 클럽에선 어느 곳에서든 담배를 피울 수 없습니다."

"알겠어요." 줄리아는 담배를 계속 피우며 말했다. "그럼 꺼야겠군." 그녀는 거의 다 핀 담배를 한 번 더 길게 빨고는 발코니 바닥에 떨어뜨려 발로 비벼 끄고 안으로 들어갔다.

패트릭은 웨이트리스가 공범자처럼 은밀하게 재미있다는 듯한 얼굴로 그를 쳐다보기를 기다렸으나 그녀는 그에게 눈길 한 번 주지 않고 긴 테이블 뒤 자기 자리로 돌아갔다.

이 웨이트리스는 쓸모가 없다. 줄리아도 쓸모가 없다. 엘리너도 쓸모가 없다. 메리조차 아무런 위로 없이 혼자 단칸방으로 돌아가는 그를 막지 않을 터이니 결국은 쓸모가 없다.

이 여자들 잘못이 아니었다. 그의 전능한 망상이 문제였다. 이 여자들은 애당초 그에게 유용한 무엇이 되기 위해 있다는 생각이 문제였다. 다음번에 그 무의미한 년들 중 하나가 그를 실망시켰다는 것을 반드시 기억해야 한다. 패트릭은 한번 크게 웃는 소리를 냈다. 머리가 약간 돌아 버린 것 같았다. 여성 혐오자 카사노바, 배고픈 아기 카사노바. 과장된 표현의 부패한 중심에 있는 그 부적당함. 그는 적당한 자기혐오의 장막이 그의 여자관계 부분을 덮고 있는 것을 의식했다. 그 부분에 더 깊이 침잠하지 않으려는 것이었다. 자기혐오는 쉬운 출구였다. 위로받지 않은 채 그리로 나가야 한다. 그는 자기혐오라는 말의 금욕적인 요구를 고대했다. 메마른 위로의 오아시스를 지난 다음 얻는 시원한 음료 같은 그 요구. 그는 아무런 위로도 받지 않고 어서 빨리 단칸방 집으로 돌아가고 싶었다.

발코니에 있으니 추웠다. 안에 들어가고 싶었지만 유리문 안쪽 앞에 케틀과 메리가 선 것을 보고 그들과 함께 있기 싫어서 들어가지 못했다.

"넌 아직도 토머스와 딱 붙어서 떨어지질 못하는구나." 케틀은 손자가 엄마의 목을 감싸고 편안히 안긴 것을 부러운 듯이 쳐다보며 말했다.

"엄마처럼 제 자식을 아예 돌보지 않기를 바라는 사람은 없어요." 메리는 한숨을 쉬었다.

"그게 무슨 말이냐? 우린 항상…… 소통했잖아."

"소통이라뇨! 아빠가 돌아가셨다는 걸 알리려고 엄마가 학교로 전화해서 저한테 뭐라고 했는지 기억하세요?"

"정말 끔찍해, 라고 했겠지."

"나는 너무 마음이 뒤흔들려서 말도 못 하고 있는데 엄마는 **기운 내**라고 했어요. **기운 내**라니! 엄마는 내가 어떤 아이였는지 전혀 알지 못했어요. 그건 지금도 마찬가지고요."

메리는 으르렁거리듯 분노를 표출하고 돌아서 방 반대편으로 가 버렸다. 케틀은 그녀의 원한에서 나온 필연적인 결과를 이해하지 못하겠다는 듯이 놀란 표정으로 받아들였다. 패트릭은 케틀이 다른 데로 가기를 기다리며 서성이다 아넷이 그녀에게 다가가 말을 거는 것을 보았다.

"안녕하세요, 케틀, 어떻게 지내세요?" 아넷이 말했다.

"글쎄요, 방금 내 딸이 나한테 마구 대들었어요, 그러니까 지금은 내가 충격에 빠졌다고 할 수 있죠."

"엄마와 자식." 아넷이 사려 깊게 말했다. "그 역학 관계에 대한 워크숍을 열어서 여사님을 재단에 한번 모셔야겠어요."

"엄마와 자식에 관한 워크숍이라면 재단에 갈 마음이 들다가도 가고 싶지 않겠어요." 케틀이 말했다. "그게 아니라도 난 그곳에 가고 싶은 마음이 없어요. 난 샤머니즘은 이제 손 뗐어요."

"저런. 이 지구상의 모든 영혼에 깃든 무조건적인 사랑의 근원과 완전히 연결되기 전까지 저는 손 뗐다는 생각은 못 할 겁니다."

"글쎄요, 난 인생 목표를 좀 낮게 잡았어요." 케틀이 말했다. "그 불쾌한 모닥불 연기에 눈물을 흘리며 딸랑이를 흔들지 않으니까 그냥 마음이 편한 거 같아."

아넷은 관대한 웃음을 터트렸다.

"그런데, 셰이머스가 부인을 보면 무척 반가워할 거예요. 셰이머스는 '여신을 따라 바르게 살기' 워크숍을 통해 '여성다움의 힘을 소유'하면 부인에게 특히 유익하리라고 생각할 거예요. 저도 그 워크숍에 참가해요."

"셰이머스는 어떻게 지내요? 지금은 본채에 들어가 살겠지."

"아, 네, 지금은 엘리너가 쓰던 침실을 써요, 거기서 우리 모두 위에 군림하죠."

"우리 딸 부부가 쓰던 침실, 올리브 숲이 보이는 그 방 말이오?"

"오, 그 방에서 보이는 경치는 정말 눈부셔요, 그렇죠? 그래도 저는 예배당이 내다보이는 제 방이 좋아요."

"그건 내 방인데. 내가 늘 쓰던 방인데." 케틀이 말했다.

"우리가 사물에 애착을 가지는 게 참 이상하지 않아요?" 아넷은 웃었다. "그런데 결국은 우리 육신마저 사실은 우리 것이 아니죠. 우리 육신은 땅에—여신에게—속하니까요."

"아직은 아니지." 케틀은 단호히 말했다.

"우리 이렇게 해요." 아넷이 말했다. "여사님이 '여신 워크숍'

에 오시면 그 방을 쓰세요. 전 그 방을 안 써도 괜찮아요. 전 어디에 있든 만족해요. 어차피 셰이머스도 늘 '소유의 패러다임에서 참여의 패러다임으로 옮겨 가는 것'에 대한 이야기를 하거든요. 재단 간사들이 솔선수범하지 않으면서 다른 사람들이 그러길 바랄 수는 없죠."

패트릭의 주된 목표는 그들의 주의를 끌지 않고 발코니에서 벗어나는 것이었다. 그래서 그는 셰이머스가 그런 말과는 반대로, 엘리너의 자선 사업에 참여하는 일에서, 그녀의 재산을 차지하는 방향으로 옮겨 갔다는 점을 지적하고 싶은 마음을 억눌렀다.

케틀은 그 침실을 돌려주겠다는 아넷의 친절한 제의에 확실히 혼돈되었다. 불쾌한 기분을 고수하고자 하는 마음은 쉽게 흔들리지 않았지만, 아넷에게 고맙다고 하는 것 외에 달리 어떻게 해야 할지 알 수 없었다.

"대단히 고맙구려." 케틀은 경멸적으로 말했다.

패트릭은 그 기회를 틈타 재빨리 안으로 들어가 케틀의 등 뒤로 지나가다가 너무 단호한 움직임 때문에 그만 그녀를 아넷 쪽으로 떠밀어 아넷의 달가닥거리는 찻잔을 덮쳤다.

"조심해요!" 케틀은 누가 부딪쳤는지 보기 전에 쏘아붙였다. "거 참, 여보게!" 그녀는 범인이 누구인지 보고 그렇게 보탰다.

"아유, 이런, 부인 옷에 차가 흘러 범벅이 됐어요." 아넷이 말했다.

패트릭은 멈추지 않고 어깨 너머로 "죄송합니다"라는 말만 던지고 재빨리 방을 가로질러 갔다. 긴급한 용무가 있는 사람처럼 그대로 방을 나가 층계참에 이른 그는 어디로 갈지도 모르면서 난간에 살며시 손을 얹고 천천히 계단을 내려갔다.

13

메리가 방 저편에 있는 헨리에게 미소를 지어 보이고 그쪽으로 가는데 도중에 플뢰르가 나타나 그녀의 앞을 가로막았다.

"당신 남편이 나 때문에 기분이 상하지 않았으면 좋겠어요." 플뢰르가 말했다. "나랑 있다가 갑자기 돌아서 가 버리더니 이제 아예 방에서 뛰쳐나간 것 같아요."

"그이한테는 힘든 날이니까요." 메리는 플뢰르의 립스틱을 넋을 잃고 쳐다보았다. 원래 균형이 안 잡히게 바른 자국에 새로 덧칠을 한 데다 립스틱이 앞니에도 묻어 있었다.

"정신 건강에 문제가 있나 봐요?" 플뢰르가 말했다. "왜 이런 질문을 하냐면—맹세코!—나도 겪을 만큼 겪어 봐서 다른 사람들이 정신이 이상한지 잘 알아맞히거든요."

"부인은 이제 괜찮아 보이는데요." 메리는 착한 거짓말을 했다.

"그렇다니 기이한 일이군요." 플뢰르가 말했다. "오늘 아침에 나도 내가 '건강한 기분이 드니까 약을 먹을 필요가 없다'고 생각했거든요. 건강이 아주, 아주 좋단 말이죠."

메리는 반사적으로 주춤하며 말했다. "아, 다행이에요."

"오늘 나한테 놀라운 일이 생길 것 같아요." 플뢰르가 말했다. "지금까지 내 잠재력을 십분 발휘하지 못한 것 같은데—무엇이든 할 수 있을 것 같아요—죽은 사람도 살려 낼 수 있을 것 같아요!"

"그건 여기 있는 사람들은 아무도 생각지 못한 일일 거예요." 메리는 밝게 웃으며 말했다. "만일 부인이 염두에 둔 게 엘리너라면 우리 그이한테 먼저 물어보고 하세요."

"아, 엘리너 보고 싶다." 플뢰르는 메리가 말한 부활 후보자를 승인하고 필요한 작업을 수행하려는 듯이 말했다.

"실례해도 될까요?" 메리가 말했다. "가서 우리 그이 친척분하고 얘기 좀 해야겠어요. 미국에서 오셨는데 여기 오시는 줄도 몰랐어요."

"미국에 가고 싶어요." 플뢰르가 말했다. "사실 오늘 저녁에 미국으로 날아갈지도 몰라요."

"비행기 타고요?" 메리가 말했다.

"네, 물론이죠…… 오!" 플뢰르가 갑자기 말을 멈추었다가 말을 이었다. "무슨 말인지 알겠어요."

플뢰르가 양팔을 펼치더니 머리를 숙이고 양쪽으로 흔들거리며 폭발적인 웃음을 터뜨렸다. 그러자 메리는 사람들이 모두 쳐다보는 게 느껴졌다.

메리는 기분 좋은 농담을 주고받아서 정말 즐거웠다는 표시로 플뢰르의 펼친 팔을 잡고 그녀에게 미소를 지어 보였다. 하지만 단호히 바로 뒤돌아 방 한쪽에 혼자 서 있는 헨리에게로 갔다.

"저 여자 웃음소리는 아주 강력해." 헨리가 말했다.

"저 사람은 모든 게 강력해요, 그래서 걱정이에요." 메리가 말했다. "우리가 여기서 나가기 전에 무슨 엉뚱한 일을 저지를지 모르니까."

"그런데 누군가? 어딘가 좀 색다른데."

메리는 헨리의 속눈썹이 반투명한 엷은 눈동자 색깔과 뚜렷한 대비를 이루는 것을 인지했다.

"여기서 저분을 아는 사람은 아무도 없어요. 그냥 불시에 어디선가 나타났어요."

"나랑 같군." 헨리는 평등주의자답게 친절한 태도를 보였다.

"하지만 헨리는 우리가 아는 분이죠, 그리고 특히 문상객이 많이 오시지 않았는데 이렇게 봬서 반갑고요. 어머니는 사람들과 연락을 끊고 사셨어요. 사교 생활이 상당히 붕괴되었죠. 무언가 좀 더 중추적인 것이 있으리라 추측하고 몇몇 작은 단체와 친선 관계를 맺었지만, 그 외에는 사실상 아무런 관계도 맺지 않았어요. 지난 2년 동안 어머니를 찾아뵌 건 제가 유일했죠."

"패트릭은?"

"아뇨, 그이는 안 다녔어요. 어머니가 그이를 보면 몹시 언짢아 하셨거든요. 어머니는 무언가 간절히 말하고 싶으신 게 있는데 말하지를 못하셨어요. 마지막 2년 동안 말씀을 못 하셨다는 건 물리적인 의미에서만 그랬던 건 아니에요. 어머니가 세상에서 자기 생각을 가장 잘 표현하는 사람이었다 해도 아들에게 하고 싶은 말은 절대로 못 하셨을 거예요. 무슨 말을 하면 좋을지 모르셨기 때문이죠. 그런데 병이 드셨을 때 그 무엇인지 모를, 하고 싶은 말의 압박을 느끼신 거예요."

"정말 끔찍하군." 헨리가 말했다. "그건 우리 모두가 두려워하는 건데."

"그러니 우리는 자발적으로 그럴 수 있을 때 우리의 방어선을 걷어야 해요. 안 그러면 언젠가는 타의에 의해 철거되어 이름 없는 공포에 잠겨 버릴 거예요."

"가엾은 엘리너, 정말 안됐어." 헨리가 말했다.

그들은 모두 잠시 침묵에 빠졌다.

"이럴 때 우리 영국인들은 대개 '이런, 이거 아주 상쾌한 주제네!'라고 하면서, 진지했던 자신의 거북한 감정을 감추죠." 메리가 말했다.

"그냥 애도에 충실합시다." 헨리는 상냥한 미소를 머금고 말했다.

"이렇게 와 주셔서 정말 반가워요. 어머니에 대한 헨리의 사랑은 다른 모든 사람들과 달리 전혀 복잡하지 않아서 좋아요."

"헨리!" 낸시가 헨리의 팔을 잡으며 말했다. 난파선에서 살아남은 승객이 자기가 가족 중 유일한 생존자가 아니란 것을 알았을 때와 같은 과장된 열의를 보였다. "살았다! 저 초록색 스웨터 입은 끔찍한 여자한테서 나 좀 구해 줘. 언니가 저런 여자와 사교적으로 아는 사이였다니 믿을 수 없어. 다시 말해 이건 정말 대단히 보기 드문 파티야. 이건 전혀 존슨가의 행사라고 볼 수 없어. 어머니 장례식 때나 이디스 이모 장례식 때를 생각하면 이건 정말이지! 어머니 장례식 때는 800명이 왔어. 절반은 프랑스 내각 인사들이었지, 아가 칸도 오고 영국 왕실 사람들도 오고. 거기서 모두 볼 수 있었지."

"엘리너는 다른 길을 택했을 뿐이야." 헨리가 말했다.

"길이라야 염소가 다니는 길이겠지." 낸시는 눈을 위로 굴렸다.

"개인적으로 난 누가 내 장례식에 오든 개의치 않아." 헨리가 말했다.

"그야 자기 장례식은 상원 의원들과 화려한 사람들, 애도하는 여자들로 알찰 테니까!" 낸시가 말했다. "장례식의 문제는 마지막 순간에 너무 촉박하게 이루어진다는 거야. 물론 그래서 추도식이 있는 거지만, 그 둘은 다르지. 관을 열어 두는 건 참을 수 없지만, 장례식에는 무언가 굉장히 극적인 데가 있어. 블라드 이모부 때 생각나? 이모부가 수척한 얼굴로 그 금색과 흰색으로 된 제복을 입고 누워 있던 모습 때문에 난 아직도 악몽을 꿔. 오, 맙소사, 날 좀 가려 줘," 낸시가 외쳤다. "저 초록 도깨비가 또 나를 빤히 쳐다봐!"

플뢰르는 자기와 대화를 하는 혜택을 입지 못한 사람이 있는지 방을 둘러보며 억누를 수 없는 기쁨과 힘을 느꼈다. 그녀는 그곳에 흐르는 모든 흐름을 이해할 수 있었다. 한번만 척 봐도 그 사람의 영혼 깊숙한 곳까지 꿰뚫어 보았다. 패트릭 멜로즈가 전화번호를 받으려고 해서 웨이트리스의 정신이 딴 데 가 있는 덕분에 플뢰르는 직접 칵테일을 만들 수 있었다. 진을 잔 한 가득 따르고 탄산수는 조금만 넣어 반대 비율로 탔다. 문제 될 게 뭐 있을까? 그녀의 빛나는 의식이 한낱 알코올로 흐려질 리 없었다. 그녀는 립스틱 묻은 대형 컵에 든 진을 한 모금 쭉 들이킨 다음 니컬러스 프랫에게 갔다. 그를 도와 스스로를 이해하게 해 주리라 마음먹었다.

"정신 건강 문제가 있으세요?" 그녀는 두려움을 모르는 시선으로 쳐다보며 니컬러스에게 물었다.

"누구시더라?" 니컬러스는 그의 앞을 가로막고 선 낯선 여자를 차가운 시선으로 지긋이 쳐다보았다.

"내가 이런 일에 촉이 있어서 묻는 거예요." 플로르는 막무가내였다.

니컬러스는 좀이 슨 스웨터를 입은 이 늙은 미친 여자를 철저히 짓밟아 놓고 싶은 충동과 자신의 강건한 정신 건강을 뽐내고 싶은 유혹 사이에서 결정을 못 내리고 망설였다.

"그런데, 선생은 촉이 있으세요?" 플로르가 물었다.

니컬러스는 플로르를 찔러 옆으로 밀어 버릴 듯이 지팡이를 뗐다가 도로 카펫 바닥에 단단히 대고 그것에 의지해 기댔다. 그는 플로르의 무례한 질문에 깨진 유리창을 통해 밀려들어 온 상쾌하고 차가운 경멸의 바람을 들이마셨다. 니컬러스 본인의 입으로 한 말이기는 하지만, 경멸은 여느 때보다 생각을 더 조리 있게 말하게 해 주었다.

"아뇨, 난 '정신 건강 문제'가 없소." 니컬러스는 호통을 쳤다. "이 타락한 고백과 불평의 시대에도 인간은 현실을 완전히 뒤집어 놓지 못했소. 신문지에 가득 싼 눅눅한 감자튀김에 뿌린 식초처럼 사람들이 모든 대화에 프로이트의 알아먹을 수 없는 어휘를 쏟아 내도, 우리들 중에는 그걸 열심히 먹지 않기로 한 사람들도 있어요." 니컬러스는 가정 음식 같은 소박한 표현을 뱉어 내며 고개를 앞으로 길게 뺐다.

"세련된 이들은 자기들이 가진 '증후군'을 소중히 여겨요. 그리고 지극히 단순한 사람들조차 자기들이 '콤플렉스'를 가질 자격이 있다고 느끼고. 저마다 터무니없이 '재능 있는' 아이인 것도 모자라 이제는 병까지 있어야 한단 말이오. 가벼운 아스퍼거 증후군, 약간의 자폐증, 난독증이 놀이터를 휩쓸고, 재능 있는 그 가엾은 어린것들은 학교에서 '따돌림과 괴롭힘'을 당하고. 학대당했다는 고백을 하지 못하면 학대적이라는 고백을 해야 하고. 자, 우리 친애하는 여사님," 니컬러스는 위협적으로 웃었다. "─내가 '우리 친애하는'이라고 한 건 분명 **진정성 결핍 장애**로 알려져 있을 증상 때문이오. 광대한 아이러니 대륙의 언저리에 있는 타는 듯한 풍자의 해변에 상륙한 어느 야심만만한 돌팔이 의사가 표면적인 의미의 전도를 **포터 병**이나 **존스의 황달**이라고 부르지 않는다면 말이오. 병리에 대한 현대인의 열정은 정신이 뛰어나게 온전한 내 발치에서 멀리 떨어져서 차단된 산사태 같은 것이오. 내가 그 쓰레기 더미 쪽으로 가기만 해도 그게 홍해처럼 갈라져요. 그래서 불가능한 인간, 전적으로 건강한 인간이 지나가게 길을 열어 주죠. 정신과 의사들은 자기들의 가짜 직업이 수치스러워 내 앞에서 뿔뿔이 흩어진단 말이오!"

"선생은 완전히 미쳤군요." 플뢰르가 명민한 말투로 말했다. "그럴 줄 알았어요. 난 지난 세월 내가 '내 작은 레이다'라고 부르는 능력을 갖게 되었어요. 사람들이 가득한 방에 들어가면 누가 **그런** 종류의 문제가 있는지 바로 맞출 수 있죠."

니컬러스는 자신의 쇠퇴한 능변이 별로 효과를 내지 못한 것을 알고 잠시 절망감을 느꼈으나, 댄스 플로어 가장자리까지 갔다가 휙 방향을 바꾸는 노련한 탱고 댄서처럼 방법을 바꾸어 "꺼져!"라고 소리를 질렀다.

플뢰르는 깊이 간파하는 눈초리로 그를 쳐다보았다.

"프라이어리 병원에 한 달만 들어가면 회복될 수 있을 거예요." 그녀는 결론을 내렸다. "어느 찬송가에 나오듯이 올바른 정신의 옷을 새로 입게 될 거예요. 그 찬송가 아세요?" 플뢰르는 눈을 감고 기뻐하며 찬송가를 부르기 시작했다. "주여, 인류의 아버지시여 / 우리의 어리석은 삶을 용서하소서 / 우리에게 올바른 정신의 옷을 새로 입혀 주소서……' 훌륭한 곡이죠. 파가치 의사 선생님과 상의해 볼게요, 그분은 이 분야 최고예요. 간혹 엄격하기도 하지만, 그건 다 환자를 위한 것이죠. 저를 보세요. 완전히 미쳤었는데 지금은 하늘에라도 오를 듯한 기분이에요."

그녀는 앞으로 몸을 기울여 니컬러스에게 은밀히 속삭였다.

"내가 건강이 정말, 정말 좋단 말이에요."

조니가 니컬러스 프랫의 일에 관여하지 않는 데는 자신의 직업과 관련된 이유가 있었다. 니컬러스의 딸이 그의 환자였기 때문인데, 그 괴물 같은 사람이 옷차림이 단정하지 않은 나이 든 여자에게 소리 지르는 것을 봤을 때 그의 자제력은 그때까지 스스로 지운 한계 밖으로 밀려났다. 조니는 플뢰르에게 가서 니컬러스를 등지고 그녀에게 괜찮냐고 조용히 물었다.

"괜찮냐고요?" 플뢰르는 웃었다. "이렇게 좋을 수가 없어요, 과거 어느 때보다." 그녀는 충만감을 표현할 말을 찾느라 애를 먹었다. "무언가 너무 좋은 것이 있다면, 지금 내가 딱 그럴 거예요. 난 그냥 이 불쌍한 사람을 도우려는 것뿐이에요, 정신 건강 문제가 보통이 아니라서요."

해를 입지 않았다는 것을 보고 안심한 조니는 플뢰르를 보고 웃고는 재치 있게 물러가려고 돌아섰다. 그러나 니컬러스는 그런 좋은 기회를 놓치기에는 이제 너무 멀리 와 있었다.

"아!" 니컬러스가 말했다. "여기 있었군! 법정 드라마에서 결정적인 순간에 제시된 증인. 현역 주술사, 정신 **마비**의 조달자, 지하 묘지 안내인, 하수도 안내인. 저자는 꿈을 악몽으로 바꾸어 주는 약속을 하고 그 약속을 충실히 지키지." 니컬러스는 으르렁거리듯 말했다. 얼굴은 상기되었고 지친 입가에는 허연 침이 묻어 있었다. "저승의 첫 번째 강에서 일하는 노동자 계급의 동료처럼, 저승의 두 번째 강 나룻배 사공은 단순한 주화는 받지 않을 거야. 이 없는 아기가 젖이 안 나오는 어미의 젖꼭지를 물어뜯는 것 같은 위험한 헛소리로 이루어진 저 망각의 황천으로 가는 레테의 강을 건너려면 고액 수표가 필요하지."

니컬러스는 독설을 전개하며 호흡 곤란을 겪는 듯했다.

"어떤 환상도 그 나룻배 사공의 사술에 바탕이 되는 환상보다는 덜 역겨워. 그 사술은 살인적인 아기들과 근친상간하는 아이들 이야기로 인간의 상상력을 오염시키는……"

니컬러스는 갑자기 말을 멈추었다. 입은 계속 움직이며 공기를 들이쉬었다. 지팡이에 의지한 몸이 옆으로 휘청거리다 뒤로 두어 걸음 비틀거리며 물러나더니 넘어지면서 테이블에 부딪히고 바닥에 쓰러졌다. 그가 넘어지다 테이블보를 잡아 끌어당기는 바람에 술잔 대여섯 개가 떨어졌다. 쓰러진 병에서는 포도주가 테이블 가장자리로 꼴딱꼴딱 흘러내려 그의 검은색 양복에 튀었다. 웨이트리스가 앞으로 뛰어나와 길게 누운 니컬러스 쪽으로 미끄러지는 반쯤 녹은 얼음 통을 붙잡았다.

"어머나!" 플뢰르가 말했다. "혼자 열을 내다 그야말로 자폭했네. 도움을 청하지 않고 고집 피우면 이렇게 되죠." 그녀는 이 사례를 파가치 의사 선생과 논의하듯 말했다.

메리는 휴대 전화를 들고 웨이트리스 앞으로 몸을 구부렸다.

"앰뷸런스를 부를게요." 메리가 말했다.

"고맙습니다." 웨이트리스가 말했다. "전 내려가서 접수처에 알릴게요."

실내의 모든 사람들이 쓰러진 사람 주위에 모여 호기심과 불안이 뒤섞인 시선으로 구경했다.

패트릭은 니컬러스 옆에 무릎을 꿇고 앉아 그의 넥타이를 느슨하게 풀기 시작했다. 도움이 되기에는 많이 늦었는데 넥타이를 계속 풀다 아예 벗겼다. 그러고 나서야 그는 셔츠 제일 위의 단추를 끌렀다. 니컬러스는 무언가 말하려다 자신의 무방비 상태가 혐오스러웠는지 움찔하고는 눈을 감았다.

조니는 니컬러스가 쓰러진 과정에 자기가 적극적인 역할을 하지 않은 데 대해 만족스럽게 생각한다는 것을 내심 인정했다. 그는 카펫 위에 대자로 축 늘어진 그의 적수를 내려다보았다. 비싼 검은색 실크 넥타이로 장식되지 않고 단도의 최후의 일격을 기다리는 듯 노출된 인후부, 주름져 축 늘어진 목을 보고 왠지 동정심을 느꼈다. 그리고 그는 그 주인을 변하게 하기보다 죽이고 싶어 하는 자존심의 보수적 힘에 대한 존경심을 되찾았다.

"아저씨." 로버트가 말했다.

"응?" 조니는 큰 호기심을 가지고 올려다보는 로버트와 토머스를 보았다.

"저 사람은 왜 아저씨한테 화가 났어요?"

"사연이 길어." 조니가 말했다. "그런데 아저씨는 그걸 말하면 안 돼."

"저 사람도 정신 마비를 받았어요?" 토머스가 물었다. "마비는 움직일 수 없다는 뜻이잖아요."

쓰러진 니컬러스를 둘러싸고 두런거리는 엄숙한 분위기인데도 조니는 웃지 않을 수 없었다.

"응, 개인적인 소견을 말하자면, 그건 아주 예리한 진단이로구나. 하지만 니컬러스 프랫은 이 아저씨 전문인 정신분석을 조롱하려고 그 말을 만들어 낸 거란다."

"그게 뭐예요?" 토머스가 물었다.

"그건 사람들의 감정에 숨겨진 진실에 접근하는 한 방법이란다." 조니가 말했다.

"숨바꼭질처럼?" 토머스가 말했다.

"그렇지." 조니가 말했다. "하지만 이런 종류의 진실은 벽장속이나 커튼 뒤나 침대 밑에 숨어 있지 않고 증상이나 꿈, 습관속에 숨어 있지."

"우리 놀아요." 토머스가 말했다.

"그만 놀자." 조니는 토머스와 로버트보다는 자신에게 말했다.

줄리아가 다가와 조니와 아이들의 대화가 중단되었다.

"이게 끝이야?" 그녀가 말했다. "울화통을 터뜨리는 취미를 잃게 하는 걸로 충분한데. 어머, 저 광신자가 니컬러스 머리를 안고 있네. 나한테 저러면 난 틀림없이 숨이 꼴깍 넘어갈 거야."

아넷이 니컬러스 옆에 무릎을 꿇고 앉아 양손에 그의 머리를 받치고 눈을 감은 채 미묘하게 입술을 움직였다.

"저 여자 기도하는 거야?" 줄리아가 깜짝 놀라며 말했다.

"정말 착한 사람이다." 토머스가 말했다.

"죽은 사람에 대해 악담하지 말라는 말이 있지." 줄리아가 말했다. "그러니 난 이제 그만 가는 게 좋겠어. 난 늘 니컬러스 프랫은 완전 재수 없다고 생각했는데. 아만다와는 각별한 친구 사이는 아니지만, 니컬러스는 딸의 인생을 망쳐 놓은 것 같아. 물론 자기가 나보다 더 잘 알겠지만."

조니는 잠자코 있는 게 어렵지 않았다.

"끔찍한 말 그만하세요!" 로버트가 강렬하게 말했다. "저 할아버지 정말 아프잖아요, 아줌마가 하는 말이 들릴지 몰라요, 그런데 저 할아버지는 대꾸할 수가 없잖아요."

"그래요." 토머스가 말했다. "저 할아버지는 대꾸도 못 하는데, 공평하지 않아요."

줄리아는 처음에는 화가 났다기보다는 어리둥절해 보였다가 이윽고 말을 꺼내며 상처 입은 마음에서 한숨을 내쉬었다.

"이거야 원, 아이들에게 합동으로 품성을 공격받으면 파티장을 떠날 때가 되었다는 표시지."

"패트릭한테 대신 인사 전해 줘." 그녀는 두 아이를 무시하고 돌연 조니의 양쪽 뺨에 키스하며 말했다. "이 일—그게, 그러니까, 니컬러스 일—을 겪고 나니 차마 직접 못 하겠어."

"아줌마가 우리 때문에 화나신 게 아니면 좋겠어요." 로버트가 말했다.

"그냥 스스로 화가 난 거야, 아줌마한테는 그게 속상해하는 것보다 쉽거든." 조니가 말했다.

줄리아는 가다 말고 긴급히 들어오는 웨이트리스와 앰뷸런스 구급 요원 두 명과 장비에 떠밀려 도로 안으로 들어왔다.

"저것 봐!" 토머스가 말했다. "산소 탱크하고 들것이야. 나도 타 봤으면 좋겠다!"

"여기예요." 웨이트리스는 말하지 않아도 뻔한 걸 말했다.

니컬러스는 손목이 들리는 느낌이 들었다. 누군가 그의 맥을 짚고 있는 것을 알았다. 맥이 너무 빠르고, 너무 느리고, 너무 약하고, 너무 강하고, 모든 게 잘못되었다는 것을 그는 알았다. 가슴이 찢기고 꼬챙이가 들어갔다. 그는 장기 기증자가 아니라고 그들에게 말해야 한다. 안 그러면 죽기도 전에 장기를 훔쳐 갈지 모른다. 그들이 그러기 전에 막아야 해! 위더스 법률사무소에 전화해! 그들에게 **당장 중단하라고** 해. 그는 말을 하지 못했다. 혀는 안 돼, 혀를 떼 가면 안 돼. 말을 하지 않으면 생각은 철로 없는 기차처럼 밭을 갈듯 나아가며 휘어지고 요란한 소리를 내다 모든 걸 결딴낼 뿐이야. 한 남자가 그에게 눈을 뜨라고 한다. 그는 눈을 뜬다. 그들에게 아직 정신이 정상이란 것을 보여 줘, 퇴비란 것을, 재활용 부품으로 이루어졌다는 것을. 아니! 두 뇌는 안 돼, 성기도, 심장도 안 돼, 이식에 적합하지 않아, 이질적인 몸 안에서 내 자아는 아직 몸부림치고 있어. 그들이 그의 눈에 불빛을 들이비춘다, 안 돼, 눈은 안 돼. 제발 눈은 가져가지 마. 굉장한 두려움. 말의 지배가 없는 상태, 야만인들, 불타는 지붕들, 약한 해골을 짓밟는 말발굽들. 그는 더 이상 평소에 정상적인 그가 아니었다. 그는 말발굽에 짓밟히고 있었다. 그가 속수무책일 리 없다, 그가 굴욕을 당할 리 없다. 알지도 못하는 누군가가 되기에는 너무 늦었다—피부에 느껴지는 그 공포.

"걱정 말아요, 닉, 제가 앰뷸런스에 같이 타고 갈게요." 어떤 목소리가 그의 귀에 대고 속삭였다.

그 아일랜드 여자였다. 앰뷸런스에 같이 타다니! 영혼의 연장통에서 쇠톱을 꺼내 그의 눈알을 빼내고, 민첩한 손가락으로 콩팥을 찾으려고 그의 몸속을 뒤질 그녀. 그는 구원받고 싶었다. 그는 어머니가 필요했다. 실제로 그를 낳아 준 어머니가 아니라 아직 만나지 못한 진정한 어머니가. 두 손이 그의 발을 잡고 다른 두 손이 그의 어깨 밑으로 들어왔다. 그는 평생의 죄악에 대한 처벌로 줄에 매달려 잡아당겨져 사지가 찢기는 공개 처형을 당할 것이다. 그는 그렇게 당해야 마땅했다. 주여 그의 영혼을 불쌍히 여기소서. 주여 자비를 베푸소서.

구급 요원 두 사람이 서로 쳐다보고 고개를 끄덕하고는 니컬러스를 한번에 들어 올려 옆에 펼쳐 둔 들것에 놓았다.

"제가 앰뷸런스로 같이 갈게요." 아넷이 말했다.

"고맙습니다." 패트릭이 말했다. "병원에서 무슨 일 있으면 저한테 전화 주시겠어요?"

"그럼요." 아넷이 말했다. "오, 충격이 크겠어요." 그녀가 돌연 패트릭을 껴안으며 말했다. "이제 가야겠어요."

"저 여자가 따라가는 거야?" 낸시가 물었다.

"네, 인정이 많죠?"

"하지만 저 여자는 니컬러스를 알지도 못하잖아. 난 니컬러스와 아주 오랫동안 아는 사이인데. 언니가 이렇게 되더니 이제는 내 가장 오래된 친구나 다름없는 사람이 저러다니. 정말 믿을 수가 없구나."

"그럼 이모님도 뒤따라가시죠?" 패트릭이 말했다.

"내가 니컬러스를 위해 할 수 있는 일이 하나 있지." 낸시가 살짝 분한 기색을 보이며 말했다. 마치 오직 그녀에게서 무언가 진정한 배려심을 기대하는 것은 조금 지나친 처사라는 듯이. "니컬러스 차를 운전하는 가엾은 미구엘이 무슨 일이 일어났는지 모르고 밖에서 기다리고 있을 테니 내가 가서 알려 줘야지. 니컬러스가 차를 필요로 할지 모르니 병원에 가서 기다리라고 말이야."

낸시는 병원에 가는 도중에 들를 데를 적어도 세 군데는 생각할 수 있었다. 검사는 어차피 시간이 한참 걸리기 마련이었다. 사실 니컬러스는 이미 죽었는지도 모른다. 그러니 오후 내내 미구엘이 운전하는 차를 타고 다니면 그 끔직한 상황에서 가엾은 미구엘이 주의를 딴 데로 돌리도록 도와주는 셈이 될 것이다. 그녀는 택시를 탈 현금이 없었다. 그런데 발은 퉁퉁 부어서, 잔 인할 정도로 고상한 멋이 나는 2,000달러짜리 구두의 측면 가장 자리로 밀려나왔다. 사람들은 그녀가 구제불능으로 사치스럽다 고 하지만, 그 구두는 알뜰하게 세일할 때 사지 않았으면 한 켤 레가 아니라 **한 짝에** 2,000달러가 들었을 것이다. 이번 달 말까 지는 현금이 들어올 일이 없었다. 그녀는 '신용 기록' 때문에 그 녀를 담당하는 잔인한 은행 직원들에게 벌을 받은 것이다. 그녀 에 관한 한 그 신용 기록은 어머니가 유언장을 거지같이 쓴 덕 분이었다. 사악한 계부가 낸시의 돈을 모두 훔칠 수 있게 만든 것은 바로 그 유언장이었다. 그녀의 영웅적인 대응은 돈을 쓰는 것이었다. 마치 정의가 구현되기라도 하는 듯이, 그리고 상점 주 인과 건물주, 실내 장식업자, 꽃 장수, 미용사, 정육점 주인, 보석 상, 주유소 주인을 속임으로써, 코트 보관소 여직원에게 팁을 주 지 않음으로써, 말다툼을 꾀해서 직원들이 무급 해고당하도록 함으로써 자연스러운 세상 질서를 복원하겠다는 듯이.

낸시는 매달 모건 개런티에 가서 1만 5,000달러를 받아 왔 다. 그녀가 스무 살 되던 해에 어머니가 그녀를 위해 설정해 놓 은 계좌였다. 그녀는 영락한 생활을 하고 있었던 만큼, 69번가 에 다녀오는 길은 얼굴이 상기되고 끈적한 이슬로 빛나는 파리

지옥풀과 같았다. 낸시는 집에 돌아오는 길에 보통 그달에 받은 돈의 절반을 써 버렸다. 어떤 때는 돈을 꺼내 전액을 세어 보이고는, 2,000달러나 3,000달러가 모자라면 짐짓 어리둥절해하고는, 그날 오후에 다시 오겠다고 약속하고 어떻게든 분홍색 대리석 오벨리스크랄지 벨벳 재킷을 입은 원숭이 그림 같은 것을 가지고 나왔다. 그렇게 해서 그녀의 복잡한 빚의 미로에 또 하나의 위험 지점이 생기고, 그러면 그녀는 시내를 산책할 때 그 상점 앞을 지나가지 못하고 다른 데로 돌아갈 수밖에 없는 것이다. 낸시는 언제나 자신의 전화번호를 주면서 번호 하나는 틀리게 주었고, 주소는 한 블록 위나 아래 거리의 번호를 불러 주고, 물론 이름은 전혀 다른 이름을 남겼다. 그러면서 수치스러워할 게 아무것도 없으며, 그래도 한때는 그런 상점의 싸구려 물건들은 거들떠보지도 않았을 뿐더러 그 동네 한 블록 전체를 살 수 있었을 만큼 부자였다는 것을 상기하기 위해 자신을 이디스 존슨이나 메리 드 발랑세라고 할 때도 있었다.

　매달 중순쯤이면 그녀는 예외 없이 무일푼이 되었다. 그러면 친구들의 호의에 의지했다. 어떤 이들은 낸시를 집에 머물게 했고, 어떤 이들은 지미 레스토랑이나 르 자르댕 레스토랑에서 점심이나 저녁을 먹고 그들 이름으로 외상을 달아 놓게 해 주었다. 그리고 어떤 이들은 낸시가 도움이 필요한 사람들 중 맨 앞에 끼어들었으니, 홍수나 쓰나미나 지진 피해자들은 한 해 더 기다려야겠다고 하고 그녀에게 큰 금액의 수표를 써 주었다. 낸시는 위기에 처할 때도 있었다. 그러면 신탁 관리인들은 그녀가 감옥에 가지 않게 원금을 더 방출하지 않을 수 없었고, 그러면 결과적으로 매달 그녀가 받는 수입은 가차 없이 줄어들었다. 엘리너 장례식에 오기 위해 낸시는 그녀의 중요한 친구들인 테스코 부부의 집에서 지냈다. 벨그레이브 광장에 연이어 붙은 건물 다섯 개의 두 층을 수평으로 튼 굉장한 아파트였다. 해리 테스코는 낸시에게 비행기표—퍼스트 클래스—를 사 주었다. 하지만 오늘 밤 오페라를 보러 가기 전 신시아의 작은 응접실에서 허물어져 울음을 터뜨리고, 자기가 얼마나 심한 스트레스를 받고 있는지 말해야 할 것이다. 테스코 부부는 하느님만큼 부자였다. 낸시는 그들에게 더 많은 돈을 받기 위해 그렇게 굴욕적인 짓을 해야 한다는 생각에 정말 너무나 화가 났다.

"가시는 길에 저 좀 집까지 태워 주시겠어요?" 케틀이 낸시에게 물었다.

"니컬러스 개인 차인데요, 리무진 서비스가 아니에요." 낸시는 그 예의 없는 부탁에 경악하며 말했다. "니컬러스가 저렇게 됐는데 그러시니 정말 너무 당황스럽군요."

낸시는 패트릭과 메리에게 작별 키스를 하고 서둘러 갔다.

"아, 그런데 니컬러스가 있는 병원은 세인트 토머스 병원이에요." 패트릭이 그녀의 등을 향해 외쳤다. "앰뷸런스 요원이 '혈전

용해'에는 최고의 병원이랬어요."

"뇌졸중을 일으킨 거야?" 낸시가 물었다.

"심장마비요. 코가 차가운 걸로 알 수 있다고 했어요―사지가 차가워지거든요."

"아이 참, 그만해." 낸시가 말했다. "생각만 해도 끔찍하구나."

낸시는 더는 시간을 허비하지 않고 계단을 내려갔다. 신시아가 "내 앞으로 달아 놔"라는 마법의 주문과 함께 낸시를 위해 미용실 예약을 해 두었다.

낸시가 나간 뒤 헨리는 기분이 상한 케틀에게 자기가 태워다 주겠다고 제의했다. 패트릭의 이모가 무례하게 굴었던 일을 가지고 불평한 지 몇 분 되지도 않았는데, 그 사촌의 제의를 수락하고 메리와 아이들에게 작별 인사를 했다. 헨리는 다음 날 패트릭에게 전화하겠다고 약속하고 케틀을 데리고 아래로 내려갔다. 그런데 그들이 내려가 보니 놀랍게도 낸시가 아직도 클럽 앞 길가에 있었다.

"아아, 양배추." 낸시는 어린애처럼 끌탕하며 울부짖었다. "니컬러스 차가 가 버렸어."

"그럼 우리랑 같이 타고 가." 헨리는 그냥 순진하게 말했다.

케틀과 낸시는 적대적 침묵 속에 뒷좌석에 나란히 앉았다. 조수석에 앉은 헨리는 운전사에게 케틀의 프린스게이트에 먼저 들렀다가 세인트 토머스 병원에 낸시를 내려주고 마지막으로 자기 호텔로 가자고 지시했다. 그러자 낸시는 헨리의 제의를 수락하고 불현듯 자기가 어떤 실수를 저질렀는지 깨달았다. 자기가 니컬러스를 보러 간다고 한 사실을 새까맣게 잊었던 것이다. 그녀는 이제 어디 있는지도 모르는 어느 황량한 병원에서 미용실에 가려면 택시를 타야 하는데, 그러자면 헨리에게 돈을 빌려야 할 것이다.

니컬러스가 쓰러지고, 한바탕 소동이 벌어지고, 앰뷸런스 구급 요원이 도착하고, 문상객들 중 일부가 흩어져 없어진 일련의 상황은 에라스무스의 주의를 끌지 못했다. 플뢰르가 니컬러스와 이야기하는 중에 갑자기 노래를 불렀을 때, '우리에게 올바른 정신의 옷을 새로 입혀 주소서'라는 가사에 그는 약간 충격을 받았다. 그것은 개를 부르는 날카로운 휘파람 소리 같았다. 다른 사람들에게는 들리지 않았지만, 그의 관심사를 불러일으키기에는 완벽한 높이의 그 소리는 진정한 주인에게 개를 불러들였다. 공통 주관성의 진흙투성이 들판에서 나오라고 재촉했다. 다른 이들의 생각이 남긴 흥미로운 발자취를 뒤로하고 시원한 발코니로 나오라고 재촉했다. 그곳에서는 잠시 동안이라도 생각에 대해 생각하는 행위가 허락될 것이다. 개인의 정체성은 경험을 항상 더 조직적이고 더 일관된 이야기로 전환하는 과정으로 정의된다는 명제—이 명제를 거부하는 것은 그의 기본적인 입장이었지만, 사회생활은 그를 그 입장에 밀착시켜 압박을 가하는 경향이 있었다. 그는 이야기가 아니라 철학적 반성에서 진실성을 찾는데 말이다. 그의 과거를 일화로 표현해야 하는 압박감, 또는 열렬한 포부의 관점에서 미래를 상상해야 하는 압박은 어설프고 거짓된 느낌을 갖게 했다. 학교를 다니기 시작한 첫날의 기억을 말할 때 신나서 말하지 못하거나 하프시코드를 배우고 싶어 하는, 또는 칠턴 구릉지의 아름다운 자연 환경 속에서 살기를 갈망하는, 또는 그리스도의 보혈이 창공에 흐르는 것을 보고 싶어 하는 것과 같은 경험이 누적됨에 따라 더욱 충실해지는 자아를 보여 주지 못하기 때문에 그의 인품은 다른 사람들의 눈에 비현실적으로 보였다. 하지만 그가 확실히 이해하는 건 바로 그 개성의 비현실성이었다. 그 자체로는 그의 정체성을 향상시키지도 손상시키지도 못할 각양각색의 일정치 않은 인상의 주의 깊은 목격자, 이것이 그의 진정한 정체성이었다.

일상적인 사회생활에서 일반적으로 아무 의심 없이 받아들여지는 이야기들의 전제들이 존재론적으로 문제가 있다고 생각할 뿐 아니라, 엘리너 멜로즈가 아들의 상속권을 박탈한 것은 잘못이라는—아넷을 제외한 모든 사람들이 그렇게 생각하지만 (아넷이 그렇게 생각하지 않는 이유는 그것대로 또 문제가 있다)—윤리적 전제를 의문시했다. 그녀가 기부한 재단의 효용을 판단하는 일의 어려움은 잠시 접어 두고, 더 폭넓은 자원 분배에는 아무도 부인할 수 없는 잠재적인 공리주의적 가치가 있었다. 멜로즈 여사는 적어도 존 스튜어트 밀이나 제러미 벤담, 피터 싱어, R. M. 헤어라면 그녀의 사례를 동정적으로 보리라고 기대해도 좋을 것이다. 만일 몇 년 동안 수많은 사람들이 그 재단에서 어떤 비전秘傳의 방법으로 그들을 더 애타적이고 양심적인 시민으로 만들어 주는 목적의식을 발견해 가지고 나온다면, 그것이 사회에 주는 혜택은 집을 물려받을 줄 알았지만 그러지 못한 네 명(한 명은 그 손실을 별로 의식하지 못하지만)의 가족이 겪는 고통보다 더 가치가 있지 않을까? 관점의 소용돌이 속에서 극도로 엄격하게 공평한 관점이 아닌 다른 관점에서 현명한 도덕적 판단을 내릴 수 있을까? 그런 관점을 확립할 수 있는가 하는 것은 별개의 문제이며, 이 문제에 대한 답은 거의 확실히 부정인 것이다. 그러나 획득할 수 없는 공평성의 관념에 기초한 공리주의적 셈법을—동기는 욕망에 기초한다는 이유로—고려하지 않는다 해도, 개인이 한 종류의 선을 다른 것보다 선호하는 자율은 여전히 엘리너의 자선적 선택을 지지하는 강력한 윤리적 논거가 되어 준다.

플뢰르가 들것에 실려 나가는 니컬러스를 뒤따라 내려가서 아예 가 버린 듯했을 때 사람들 사이에 안도감이 돌았는데, 그녀는 10분쯤 후에 결연한 태도로 다시 나타났다. 그녀는 수심에 잠긴 얼굴로 난간에 기대 자갈길을 내려다보는 에라스무스를 보고 곧장 패트릭에게 경각심을 표했다.

"저 사람은 발코니에서 뭐 하는 거죠?" 플뢰르는 단 몇 분이라도 육아실을 비우기를 두려워하는 유모처럼 날카롭게 물었다. "뛰어내릴까요?"

"저 친구는 그럴 계획이 없을 것 같지만, 가서 한번 설득해 보세요." 패트릭이 말했다.

"우리한테 줄초상은 없어야 해요." 플뢰르가 말했다.

"내가 가 볼게요." 로버트가 말했다.

"나도." 토머스가 유리문 밖으로 뛰어나갔다.

"뛰어내리면 안 돼요." 토머스가 말했다. "우리한테 줄초상은 없어야 해요."

"난 뛰어내릴 생각 없는데." 에라스무스가 말했다.

"무슨 생각을 하고 있었어요?" 로버트가 물었다.

"많은 사람에게 약간의 선을 행하는 게 소수에게 많은 선을 행하는 것보다 나은지 아닌지 생각하고 있었단다." 에라스무스가 대답했다.

"다수의 필요가 소수 또는 그 하나의 필요보다 중요하죠." 로버트는 오른손으로 이상한 손짓을 하며 엄숙히 말했다.

토머스는 〈스타 트렉 II〉에 나오는 벌컨인의 논리*에 대한 암

---

*　〈스타 트렉〉에서 감정이 철저히 배제된 벌컨인의 논리적 사고를 말한다.

시를 알아보고 같은 손짓을 했다.

"장수하고 번영하십시오." 그는 귀가 뾰족해지는 생각을 하자 얼굴에 걷잡을 수 없는 미소가 번졌다.

플뢰르는 발코니로 성큼성큼 걸어 나가 사소한 서두는 일절 생략하고 에라스무스에게 말을 건넸다.

"아미트리프탈린 시도해 봤어요?" 그녀가 물었다.

"처음 들어 본 이름인데, 무슨 책을 쓴 사람이죠?" 에라스무스가 말했다.

플뢰르는 생각보다 에라스무스의 머리가 더 뒤죽박죽이란 걸 알았다.

"이제 들어가시는 게 좋겠어요." 그녀가 달래듯 말했다.

에라스무스는 방을 흘긋 들여다보고 대부분의 문상객들이 떠난 것을 알아챘다. 그래서 플뢰르가 재치 있게 집에 가라는 눈치를 주는 것이라고 추측했다.

"네, 그러는 게 좋을 것 같군요." 에라스무스가 말했다.

플뢰르는 자기는 극단적인 정신 상태에 있는 사람들을 다루는 일에 진정한 재능이 있으며, 정신병원의 우울증 병동이나 국가 정책 부서의 책임자가 되어야 한다고 생각했다.

에라스무스는 안으로 들어가며 더 이상 통일성이 없는 사교 생활에는 휘말리지 않겠노라고 마음먹었다. 메리에게 작별 인사만 하고 바로 집에 가기로 했다. 이야기가 지배하는 유형의 사람이 과거에 메리에게 욕정을 느꼈다고 현재의 그녀에게 욕정을 느낄 수 있을까, 이를 테면 타임머신으로 현재의 순간으로 운반되는 그 과거의 조각을 상상하는 것은 아닐까, 하고 그는 메리에게 작별 키스를 하며 생각했다. 이 공상에 빠지자 "우리가 가지고 있는 개념을 우리에게 가르침에 있어서 허구적 개념을 구성하는 것보다 더 중요한 것은 없다"는 비트겐슈타인의 중대한 말이 떠올랐다. 그의 경우, 그의 욕정은—선찮긴 하지만—꽃향기처럼 어떤 보잘것없는 현재형 사실의 특징을 지녔다.

"와 줘서 고마워." 메리가 말했다.

"천만에." 에라스무스는 입속말을 하고, 메리의 어깨를 살며시 쥔 다음 다른 사람들에게는 한마디 말도 없이 가 버렸다.

"걱정 말아요." 플뢰르가 패트릭에게 말했다. "내가 신중하게 거리를 두고 뒤따라갈 테니."

"저 친구의 수호천사 같으세요." 패트릭은 그렇게 쉽게 플뢰르를 제거하게 되어 안도하는 표정을 애써 감추며 말했다.

메리는 정중하게 층계참까지 플뢰르를 따라 나가 배웅했다.

"우리가 이야기를 나눌 시간은 없어요, 저 불쌍한 사람의 생명이 위험해요." 플뢰르가 말했다.

메리는 플뢰르처럼 강한 신념을 가진 여자의 말을 반박하는 것은 어리석다는 걸 잘 알았다. "휴우, 어머니의 옛 친구분을 만

나서 반가웠어요."

"난 엘리너가 나를 인도하고 있다고 확신해요." 플뢰르가 말했다. "엘리너와 연결된 기분이 들어요. 엘리너는 성인이었어요. 저 사람을 도울 방법을 내게 알려 줄 거예요."

"어유, 잘됐군요." 메리가 말했다.

"신의 가호가 있기를!" 플뢰르는 아주 빠른 속도로 계단을 내려갔다. 런던 거리를 누비는 그의 자살 역정을 놓치지 않겠다는 결심이 서 있었다.

"정말 이상한 여자야!" 조니는 플뢰르가 방에서 나가는 것을 지켜보며 말했다. "내 생각엔 아무래도 반대로 누군가 저 부인을 뒤따라가 봐야겠는걸."

"난 빠지겠어." 패트릭이 말했다. "난 플뢰르라면 지나치게 많이 겪었어. 저 여자가 프라이어리에서 어떻게 허락을 받고 나왔나 몰라."

"조증 발현이 시작된 거 같은데. 그게 너무 좋으니까 약을 안먹은 거야." 조니가 말했다.

"뭐, 플뢰르가 에라스무스를 '구원'하기 전에 마음을 바꾸기를 바라야지." 패트릭이 말했다. "만일 플뢰르가 다리 위에서 럭비 태클을 걸거나 길을 건널 때 덮치면 에라스무스는 살아남지 못할지도."

"어쩜!" 메리는 안도하며 어처구니없다는 듯이 웃었다. "플뢰르가 정말 가려는 건지 알 수가 없었어. 플뢰르가 나갔을 때 에라스무스가 보이지 않았어야 할 텐데."

"나도 이제 가야겠어." 조니가 말했다. "4시 환자가 있거든."

조니는 메리에게 키스하고 그녀의 두 아들을 포옹하고 패트릭에게 연락하겠다며 두루두루 인사했다.

갑자기 그의 가족만 남았다. 웨이트리스는 잔을 치우고 마개를 따지 않은 술병들은 구석에 있는 상자에 담았다.

함께 있지만 곧 헤어질 것을 아는 그 친밀함과 쓸쓸함의 조합은 패트릭에게 익숙한 느낌이었다.

"아빠 우리랑 같이 가?" 토머스가 물었다.

"아니. 아빠는 가서 일해야 해." 패트릭이 말했다.

"우리랑 같이 가." 토머스가 말했다. "그전처럼 옛날이야기 해줘."

"주말에 갈게." 패트릭이 말했다.

로버트는 옆에 서 있었다. 동생보다는 아는 것이 많지만 이해할 수 있을 만큼 충분하지 않았다.

"당신 괜찮으면 우리랑 같이 저녁 먹어." 메리가 말했다.

패트릭은 제안을 받아들이고 싶은 동시에 거절하고 싶었고, 혼자 있고 싶은 동시에 함께 있을 사람이 필요했고, 메리와 가까이 있고 싶은 동시에 그녀에게서 멀어지고 싶었고, 그 아름다운 웨이트리스가 그는 독립된 생활을 하고 있다고 생각하길 바

라는 동시에 자식들이 그들은 화목한 가족의 일원이라는 느낌
을 가질 수 있길 원했다.

　"아빠는 그냥…… 가서 잘게." 그는 모순의 잔해에 깔려 어떤
선택을 하든 후회할 운명에 처해 있었다. "긴 하루였어."

　"마음이 바뀌면 걱정 말고 와." 메리가 말했다.

　"사실, 아빠는 마음을 바꿔야 해, 마음은 바꾸라고 있는 거니
까!"

14

패트릭은 헐떡이며 그의 단칸 셋방으로 올라갔다. 켄싱턴에 있는 빅토리아 시대 양식의 좁은 5층 건물 지붕 바로 아래를 개조한 것이라서 벽이 경사진 작은 방이었다. 계단을 오르는 그는 진화 역사를 거슬러 올라가는 것 같았다. 계단을 오를수록 허리가 점점 더 굽었고, 제일 꼭대기 층계참에 이르러서는 카펫 바닥에 주먹을 짚고 한숨을 돌렸다. 인류의 조상이 아프리카 초원에서 직립하는 법을 아직 터득하지 못하고, 안전한 나무에서 겁을 먹은 채 가끔 땅으로 내려와 주변을 탐색할 때의 자세가 그랬으리라.

"망할!" 그는 숨을 돌리고 투덜대며 몸을 일으켜 열쇠 구멍을 찾았다.

그 사랑스러운 웨이트리스의 전화번호를, 불안하게 두방망이 질하는 심장에 맞닿은 안주머니에 잘 모셔 두었지만 그녀를 이 누추한 집으로 부르는 일은 있을 수 없었다. 그녀를 이 부적당한 집까지 힘들게 올라오게 할 경우, 그는 이를 정당화하기 위한 노력을 기울여야 할 것이며, 그러면 그녀는 자칫 죽은 중년 남자의 시체에 깔렸다 빠져나와야 할 텐데, 그러기엔 그녀는 너무 어렸다. 패트릭은 침대에 쓰러져 베개를 껴안았다. 그리고 낡은 깃털이 든 누런 베개가 그녀의 보드랍고 따뜻한 목으로 변형되는 상상을 했다. 최근 죽음이 자극하는 불안성 성욕 촉진, 대체물들을 대체하는 대체물들이 벽에 걸린 대저택 긴 복도에 서 있는 기분, 위로를 받고 싶은 애타는 갈망. 모두 너무나 익숙한 느낌들이었지만, 위로받지 않기 위하여 마침내 홀로 있게 되자 집이 아닌 집에 왔다는 사실을 그는 모진 마음으로 상기했다. 미혼남 아닌 미혼남의 미혼남 방, 학생 아닌 학생의 학생 하숙집은 그가 위로받지 않기를 연습할 곳으로 바랄 수 있는 아주 좋은 장소였다. 평생 의존과 독립 사이에서, 집과 모험 사이에서 느꼈던 긴장을 해소하려면 아무데서나 집처럼 편한 마음이 되고, 개개의 감정과 사건이 주장하는 개개의 맹렬한 자존감에 동등한 시선을 던지는 법을 배울 수밖에 없는지 모른다. 아직 갈 길이 상당히 남았다. 즐겨 쓰는 목욕용품이 다 떨어지기만 해도 큰 망치로 욕조를 부수고 싶고 의사에게 바륨 처방을 써 달라고 사정하고 싶으니 말이다.

그렇지만 그는 침대에 누워 자신의 결의가 얼마나 굳은지 생각해 보았다. 숲을 가로질러 휘파람 소리를 내며 날아가 쿵 하고 표적을 맞추는 토마호크 지상 공격 유도탄, 반경 몇 마일에 걸친 둥근 구름을 헤치고 번쩍인 핵 광선. 그는 끙 하고 신음하며 몸을 돌려 침대에서 일어나 벽난로 옆의 검은 안락의자에 털썩 앉았다. 이 방의 다른 한쪽 창문으로는 비탈을 따라 서 있는 집의 슬레이트 지붕이 내다보였다. 굴뚝에 씌운 철제 환풍구는 빙글빙글 돌면서 늦은 오후의 햇빛을 반사했다. 멀리 보이는 홀랜드 파크에는 인색한 나뭇잎들이 아직 가지를 초록색으로 장식하지 않았다. 그 웨이트리스에게 전화를 하기 전에—그는 쪽지를 꺼냈을 때 비로소 그녀의 이름이 헬런이란 것을 알게 되었다—메리에게 전화를 하기 전에, 마음을 진정시키는 긴 시간에 걸친 저녁을 먹으러 나가서 희미한 불빛 아래 미칠 듯이 시끄러운 음악이 흘러나오는 곳에서 딱딱한 내용의 책을 읽으려 노력해 보기 전에, 시사가 어떻게 돌아가는지 잘 아는 것이 중요하다고 생각하는 척하고 뉴스를 틀어 시청하기 전에, 폭력적인 영화를 빌리거나, 결국 헬런에게 차마 전화하지 못할 테니 화장실에서 자위를 하기 전에, 그는 잠시 이 의자에 앉은 채 이날 받은 압박감과 암시에 약간의 경의를 표하기로 했다.

그는 정확히 무엇을 슬퍼했던가? 어머니의 죽음을 슬퍼한 건 아니었다—그보다는 대체로 안도감이 들었다. 어머니의 인생도 아니었다. 그는 어머니의 고통과 좌절에 대해선 이미 오래전, 어머니가 치매에 걸렸을 때 슬퍼했다. 그는 어머니와의 관계를 슬퍼한 것은 아니다. 그는 오래전부터 이 관계를 어느 한 사람과의 거래라기보다는 자신의 인격에 미친 영향으로 여겨 왔으니까. 그가 오늘 느낀 압박감은 유년기로 돌아간 듯한 무엇이었다. 아버지와의 잔인한 관계보다 훨씬 더 깊고 무력한 무엇이었다. 아버지는 분노와 수술칼을 들고 거기에 있었고 어머니는 피로와 술에 절어 거기에 있었다. 이 경험은 하나의 이야기나 한 세트의 관계로는 설명될 수 없는 것이었으며, 깊이 박힌 '표현되지 않음'의 응어리로 존재했다. 모든 생각과 느낌을 구변 좋은 말로 모면하려고 애를 쓴 사람으로서, 자기가 전혀 언급하지 않은 커다란 무언가가 있다는 것을 알고 패트릭은 깜짝 놀랐다. 어쩌면 이 점은 그와 어머니의 공통점인지도 모른다. 표현되지 않음의 응어리. 이는 그녀의 경우엔 병으로 확대되었지만 그의 경우엔 어머니의 사망 소식을 듣기 전까지 숨겨져 있었다. 그건 마치 낯선 방 어둠 속에서 일어난 충돌 같았다. 불이 꺼졌을 때, 거기에 있었는지 기억할 수 없는 무언가를 손으로 더듬으며 나아가는 느낌이랄까. 애도는 이 경험에 맞는 말이 아니었다. 무서웠지만 흥분되기도 했으니까. 부모가 된 후의 영역에서, 어쩌면 그는 자신의 조건 형성을 단일한 사실로서—그 조건 형성의 계보에 더 이상의 관심을 두지 않고서—이해할 수 있을지 모른다. 역사적 시각이 부정확해서가 아니라 그것을 버렸기 때문에. 다른 어떤 사람들은 부모가 돌아가시기 전에 이런 종류의 휴전을 성취할 수 있을지 모르겠다. 하지만 패트릭의 부모는 굉장히 거대한 장애였기 때문에, 그는 정말 문자 그대로 그들이 제거되어야 그의 인격이 그가 갈망하는 투명한 매개체가 되는 상상을 할 수 있었다.

자발적인 삶이라는 생각은 그에게는 항상 사치스러운 것이었다. 모든 것은 앞서간 것에 의해 좌우되기 때문이었다. 그가 열광적으로 열망하는 자유의 여지마저 어린 시절 자유의 극단적인 부재에 의해 좌우되었다. 일종의 위조된 자유만은 유효할지 모른다. 필연적인 인과 관계의 전개를 받아들이면, 적어도 망상으로부터는 자유를 얻을 수 있다. 그런데 사실은 그도 정말 모른다는 것이다. 그가 이제 마침내 받아들이고 있는 이 표현되지 않은 웅어리, 그는 이 웅어리에 기반을 둔 '자유가 없음'의 범위를 인지하는 일에서 시작해서, 자비의 공포심 같은 걸 느끼며 자유가 없음의 범위를 바라보아야 했다. 그의 삶의 대부분은 자신의 조건 형성에 반응하는 행위에 소비되었다. 나머지 삶에 반응할 여지는 별로 없었다. 아무것도 아닌 일에 반발하고 모든 일에 반응하는 삶은 어떤 것일까? 그는 적어도 그 방향의 삶을 향해 조금씩 움직일 수 있을지 모른다. 감수성이 약한 줄리아에게 말하려는 시도를 했듯이, 그에게 최종적인 판단이나 결론은 어느 때보다 더 설득력이 없었다. 사실과 설명을 추구하지 않고, 신비와 불확실성과 의심에 둘러싸임의 미덕을 옹호하는 존 키츠의 유명한 말과 반대되는 '부정적 무능력'으로—달리 정확한 표현이 무엇이든—그는 오랜 세월 괴로워했다. 하지만 이제 그는 그가 의문을 가지지 않을 대답을 성급히 내리기보다는, 반드시 대답을 얻을 수 있다고 볼 수 없을 모든 의문에 열린 마음을 가질 준비가 되었다. 어쩌면 세상을 하나의 의문으로 경험해야만 모든 것에 반응할 수 있는지 모른다. 그런데 그는 모든 것의 본질은 고정되어 있다고 생각하기 때문에 끊임없이 그 모든 것에 반발하는지도 모른다.

의자 옆 작은 탁자의 전화기가 울렸다. 패트릭은 생각 속에서 빠져나와 마치 처음 보는 물건인 양 잠시 전화기를 쳐다보았다. 그는 주저하다 통화가 자동응답기로 넘어가기 직전에 수화기를 들었다.

"여보세요." 그는 피곤한 목소리로 전화를 받았다.

"저 아넷이에요."

"아, 네. 어쩌세요? 니컬러스는요?"

"안 좋은 소식이 있어요." 아넷이 말했다. "니컬러스가 그만 회복하지 못했어요. 안됐어요, 패트릭, 오래전부터 집안끼리 친구 사이인데. 실은 앰뷸런스를 타고 가는 중에 호흡이 멈췄어요.

병원에서 소생시키려 애를 썼지만 살려 내지 못했어요. 그 모든 전극과 아드레날린제는 정말 끔찍해요. 영혼이 떠날 때가 되면 순순히 보내 드려야 하는데."

"그런 접근에 맞는 법률적 표현을 찾기 어렵군요." 패트릭이 말했다. "의사들은 생명을 연장하는 게 언제나 가치 있다고 생각하는 척하죠."

"그 말이 맞는 것 같아요, 법률적인 것." 아넷은 한숨을 쉬었다. "어쨌든, 어머니 장례식 날에 이런 일이 생겼으니 너무 압도적이겠어요."

"몇 년 동안 니컬러스를 못 봤었는데, 그래도 오늘 마지막으로 아직 혈기가 왕성한 모습을 봐서 다행인 것 같아요."

"아, 정말 대단한 분이었어요." 아넷이 말했다. "그런 사람은 정말 처음이에요."

"독특하셨죠. 적어도 그러셨으면 해요. 그렇지만 니컬러스 프랫 같은 사람들만 사는 마을이 있다면 상당히 끔찍할 겁니다. 어쨌든 아넷," 패트릭은 자신의 어조가 이 경우에 적절치 않다는 것을 깨달았다. "니컬러스와 함께 가 주셔서 정말 감사합니다. 아넷처럼 자발적으로 친절한 분이 임종을 지켰으니 니컬러스는 운이 좋은 사람입니다."

"오, 지금 절 울게 만드시네요." 아넷이 말했다.

"그리고 장례식에서 해 주신 말씀, 고마워요. 나는 그 조사를 듣고 우리 어머니가 부모로서는 불완전했지만 좋은 분이기도 했다는 것을 다시 깨달았어요. 내가 갇혀 있던 관점에서 벗어나 다른 관점에서 어머니를 보는 데 많은 도움이 되었어요."

"천만에요. 내가 엘리너를 사랑한 거 아시잖아요."

"압니다. 고맙습니다."

그들은 조만간 다시 이야기하기로, 지켜지지 않을 약속을 하고 전화 통화를 끝냈다. 아넷은 그다음 날 프랑스로 돌아갈 계획이었고, 패트릭은 생나제르로 돌아간 그녀에게 전화하지 않을 것이 확실했다. 그렇지만 그는 유난히 정다운 작별 인사를 했다. 그는 엘리너가 정말 좋은 사람이라고 생각했을까? 패트릭은 아넷 덕분에 좋은 사람이란 무엇을 뜻하는가 하는 것이 자신에게 가장 중요한 물음이 되었다는 생각이 들었다—그래서 그는 고마웠다.

패트릭은 니컬러스가 죽었다는 소식을 곱씹었다. 그의 모습을 마음에 그려 보았다. 1960년대, 미스터 피시* 셔츠를 입고, 생나제르 집의 플라타너스 나무 아래에서 악의에 찬 대화를 하던 니컬러스. 그는 그 당시 어린아이였던 자신을 상상했다. 마음이 지치고 미칠 듯했지만, 모질고 영웅적인 가면을 쓴 모습. 그런 모습의 그는 결국 단 한 번의 단호한 거부로 아버지의 학대

---

* 1960~1970년대 많은 유명인들의 옷을 입힌 영국 패션 디자이너 마이클 피시. '미스터 피시'는 그의 상표 이름이다.

를 중단시켰다. 패트릭은 지금 그를 침범한 혼돈을 이해하려면 그 허약한 영웅의 보호를 버려야 할 것이다. 어머니와 아버지는 서로 적대 관계였으면서도 협력자였음을 인정함으로써, 어머니의 보호에 대한 환상을 버려야 했듯이. 이 모든 것을 얼마나 더 견딜 수 있을까 생각하며 패트릭은 의자에 더 깊이 몸을 묻었다. 얼마나 위로받지 않은 상태에 머물 각오가 되어 있을까? 그는 쿠션을 집어 마치 가격당할 것을 예상하듯이 복부를 가렸다. 떠나고 싶었다, 술을 마시고 싶었다, 창문에서 뛰어내려 자신의 피로 웅덩이를 만들고 싶었다, 지금 바로 영원히 아무것도 느끼지 않게 되었으면 했지만, 공포를 억누르고 등을 펴고 똑바로 앉으면서 베개를 바닥에 떨어뜨렸다.

그가 견딜 수 없다고 생각한 것이 무엇이든, 그것은 그 무엇을 견딜 수 없다는 그 생각으로—부분적으로 또는 전적으로—이루어져 있다. 그는 사실 그 무엇의 정체를 모르지만 알아내야 한다. 따라서 그는 자기가 평생 피하려고 애써 온 것 같은 그 느낌, 철저하게 무력하고 일관성이 없는 것 같은 그 느낌에 마음을 열고 그 느낌에 해체되기를 기다렸다. 그런데 그의 마음에 실제로 일어난 변화는 그의 예상과는 달랐다. 무력감이 들지 않고, 무력감에 대한 무력감과 동정심이 동시에 들었다. 그는 결국 유아가 아니라 의식 속에서 솟아나는 유아기의 혼돈을 느끼는 어른이었다. 동정심이 확장되면서 그는 그를 학대했다고 생각했던 사람들과 자신을 동등하게 보았다. 그러자 그의 고통의 원인으로 생각되었던 부모는 그들의 고통의 원인으로 생각되었던 조부모의 불행한 자식들로 보였다. 누구를 비난할 것도 없었다. 그들 모두는 도움이 필요했다. 가장 비난받아 마땅해 보인 이들이 가장 도움이 필요했던 이들이었다. 그는 불가피하기 때문에 순전히 불가피한 상황과 수평으로 맞춘 시선을 얼마간 유지했다. 그는 심리 경험의 마천루가 들어설 사건들의 그라운드 제로에 서 있었다. 그가 자기 인생을 너무 개인적으로 받아들이지 않는 상상을 하는 중에 그 표현되지 않음의 짙은 암흑이 완전히 투명한 침묵으로 바뀌었다. 그리고 그는 그 명료함 속에서 자유의 여지, 반발의 중지를 보았다.

패트릭은 다시 의자에 몸을 푹 묻고 그 전망을 내다보며 손발을 죽 뻗었다. 그는 얼굴에 흐르다 차가워진 눈물을 의식했다. 눈물에 씻긴 눈과 지치고 공허한 느낌. 사람들이 뜻하는 평온이 이런 것인가? 그게 전부일 리 없지만 그는 그 방면에 전문가를 자처하지 않았다. 그는 갑자기 그의 아이들, 아이다운 아이들이 보고 싶었다. 선조들의 어린 시절의 유령이 아닌 아이들, 자신들의 인생을 즐길 상당히 괜찮은 가능성이 있는 아이다운 아이들이 보고 싶었다. 그는 전화기를 들어 메리에게 전화를 걸었다. 그는 마음을 바꾸려는 것이었다. 결국 토머스가 마음은 바꾸라고 있는 것이라고 했으니까.

아포리아의 서사

『괜찮아』(1992)에서 패트릭은 무화과나무에 사는 청개구리를 보는 걸 행운의 표시로 생각하는 다섯 살 먹은 아이로, 아버지에게 학대와 성폭행을 당하고 도마뱀붙이의 몸속에 들어가 어디론가 멀리 가 버리는 상상을 한다. 『나쁜 소식』(1992)에서 우리는 마약 중독자가 되어 있는 스물두 살의 패트릭을 만난다. 그는 뉴욕에서 죽은 아버지의 유해를 가지러 가서 24시간 동안 쉬지 않고 마약과 술로 허우적대며 아버지의 죽음을 마주한다. 『일말의 희망』(1994)에서 서른 살이 된 패트릭은 어느 상류사회 파티에 참석해, 기억과 용서의 문제로 씨름하고, 처음으로 정신과 의사인 친구에게 『괜찮아』의 참혹한 경험을 털어놓는다. 그리고 '죽은 나뭇가지를 집어 있는 힘껏 멀리' 던지는 것으로 아버지의 유령을 떨쳐 버릴 희망을 암시한다. 이렇게 3부작으로 끝날 줄 알았던 패트릭 멜로즈는 거의 10년 만에 『모유』(2005)로 돌아온다. 패트릭은 마흔두 살이 되었고, 2000년부터 4년 동안의 여름에 일어난 일이 그려졌다. 마지막으로 『마침내』는 그로부터 2년에서 3년이 흘러 패트릭의 어머니 엘리너가 죽고, 그녀의 장례식에서 일어나는 일을 다룬다. 전작의 등장인물들이 다시 등장하고 그들은 각자 상속과 부, 환생, 의식의 문제에 대해 생각한다.

세인트 오빈은 5년에 걸쳐 『마침내』를 완성했다. 패트릭은 아내와 헤어져 런던의 단칸 셋방에서 혼자 생활한다. 우리는 패트릭의 외가가 어떻게 막대한 부를 일구었고, 대를 이어 내려오며 어떻게 그것을 탕진했는지 좀 더 자세히 알게 된다. 패트릭은 다른 사람들의 증언과 회상을 통해 어머니의 인생을 더 입체적으로 보게 된다. 사냥 여행에서 광견병에 걸린 동료를 총으로 쏴 죽였을 뿐 아니라 자기를 학대한 아버지를 단순히 괴물이 아닌 한 인간으로 보기 시작하기도 한다.

패트릭은 어렸을 때부터 친구였던 정신과 의사 조니에게 "어머니의 죽음은 내 인생 최고의 사건이야…… 아니, 아버지의 죽음 다음으로"라고 말한다. 『괜찮아』를 읽은 독자들은 왜 그런지 잘 알고 있다. 그리고 『모유』에서 어머니 엘리너가 아들에게 물려주었어야 할 집과 재산을 남의 명의로 설립한 재단에 모두 쏟아부은 것도 잘 알 것이다. 아버지의 학대와 어머니의 무관심에 고통스러웠던 유년기, 마약과 술로 소모된 청년기, 우울증과 술에 허덕이는 중년기, 이제 알코올 중독은 치료되었지만, 아직 그 후유증의 경계를 벗어난 지 얼마 되지 않아 아슬아슬하다.

세인트 오빈은 이 마지막 멜로즈 소설에서 뜻밖의 극적인 결말이나 기적이 있는 결말을 피한다. 패트릭은 장례식 일정을 모두 마치고 혼자 집에 돌아와 그날 일을 되새기며 '자기가 평생 피하려고 애써 온 것 같은 그 느낌, 철저하게 무력하고 일관성이 없는 것 같은 그 느낌에 마음을 열고 그 느낌에 해체되기를' 기다린다. 그러나 그는 해체되지 않는다. '무력감이 들지 않고, 무력감에 대한 무력감과 동정심'을 느낀다. 패트릭은 아버지와 어머니를 있는 그대로 보고, 그들의 그 모습을 받아들임으로써 비로소 어른이 된다.

『괜찮아』의 「옮긴이의 말」에서 끔찍한 일을 직접적으로 묘사하기를 회피하는 수단으로서의 비유, 페르세우스 방패와 같은 역할을 하는 비유에 대해 쓴 바 있다. 그런데 『마침내』에서는 그 '방패'가 예전보다는 덜 필요해진 듯하다. 그 대신, 은유가 더 두드러지고, 이 용어가 직접 등장하기도 한다.

"그냥 은유라뇨!" 패트릭은 조소했다. "은유는 문제의 전부, 악몽의 용매입니다. 용해된 것들의 중심을 파고 들어가 보면 모든 것이 서로 유사하죠. 은유는 이렇게 공포스럽다고요."

이 은유는 악몽, 악몽 같은 경험, 공포를 녹여 하나로 만든다. 『나쁜 소식』에서 헤로인 중독자 패트릭은 무엇이든 다 끌어다가 직유에 사용한다. '헤로인은 부드럽고 윤택하다, 산비둘기의 목처럼, 인생의 책 한 페이지에 흘린 봉랍처럼, 손에서 손으로 스르르 흘려 옮기는 한 움큼 보석처럼'과 같은 관능적이고 정교한 직유가 병적인 정신 상태를 나타내는 데 주로 쓰인다. 그런데 『마침내』에서 '용해된 것들의 중심'에는 은유의 '공포'가 있다. 그 중심에서 연속적인 유사점들이 형성된다. 은유는 정체성을 말살한다. 그렇게 해체되어 한곳에 담긴 것들은 서로 유사하며 개별적인 정체성이 없다는 말일까? 그래서 은유는 직유로 표현될 것들을 하나로 녹이는 용매라는 것일까? 어떻든 은유는 한 가지 해석에 저항한다. 간혹 수월한 독서에 걸림돌이 되기도 하지만 상상의 공간을 확장시켜 주기도 한다. 독서에 어려움을 주기도 하지만 즐거움을 주기도 한다.

직유는 아무것이나 끌어다 쓰기 용이하다. '산비둘기의 목'처럼 직관적으로 알기 힘든 것을 가져다 쓸 수도 있다. 그러나 직유로는 채워지지 않는 무엇이 있다. 그래서 그는 직유를 계속 고쳐 쓰는 걸까.

그가 헤치고 나아가려고 애쓰는 한편 접촉하지 않으려고 하는 그 무엇, 그것은 안개와 같을까, 아니면 뜨거운 모래와 같을까? 차가우면서 축축한 무엇, 뜨거우면서 메마른 무엇. 둘 다일 수 있을까? 둘 다가 아닐 수 있을까? 차이점들의 직유—모형 기차처럼 스스로를 따라잡으려고 좁은 환상 경주로를 빙빙 도는 또 하나의 문구. 제발 기차를 멈춰 주시오.

그 '무엇'은 '안개'일 수도 있지만, 이와는 전혀 유사하지 않은 '모래'일 수도 있다. 한편 버지니아 울프는 「소설의 단계」라는 에세이에서 은유에 대해 이렇게 말한다.

사고력과 시적 재능을 겸비한 사람은 어떤 사물을 정확히 관찰한 다음, 분석으로 그 힘을 최대한 멀리 실어 가다가 아름답고 다채롭고 시각적인 심상의 나래를 발견하고는 갑자기 하늘로 높이 솟아올라 다른 시각에서 본 그것을 우리에게 은유로 알려 준다.

그러나 패트릭은 은유도 그리 신뢰하지 않는다. 직유와는 달리 '다름'보다는 '같음'에 치중하는 은유의 공포를 환유로 대신해서 '그것(어머니의 시신)은 유물의 비웃음과 함께 환유의 높은 지위를 지녔다'고 말한다. '생명의 반대편으로 이행하는 물체'인 어머니의 시신은 어머니를 대표하는 동시에 어머니의 부재를 대표하기 때문이다. 전체에 대한 연결이 미약하더라도, 그 전체가 죽음이라는 것, 즉 생명에 반대되는 것일지라도, 환유는 다 닳아빠진 직유보다는 더 높은 지위를 지닌다는 것이다. 패트릭은 은유의 '통합'이 주는 헛된 약속마저 버리고 어떤 '전체'로의 도약을 암시하는 듯하다. 그렇다면 패트릭의 인생 자체는 직유에서 은유로, 은유에서 환유로 이행하는 거대한 비유의 사건이었다고 볼 수 있지 않을까.

기억과 문구가 심야의 도로에 깔린 안개처럼 전방에 어렴풋이 나타났다가는 그를 스쳐 지나갔다. 생각은 멀리서 그를 위협하다가도 그가 다가가면 사라졌다.

그러나 환유의 세계로 접어든 패트릭에게 그 '생각'은 더 이상 사라지지 않을 것 같다. 그렇기 때문에 마지막에 메리에게 전화를 걸 수 있게 된 것이리라. 한편, 그는 『모유』에서 다음과 같이 말한다.

다음 세대로 독이 흐르지 않게 막겠다는 생각에 사로잡힌 것은 사실이지만, 그는 이미 그 시도가 실패했다고 생각했다. 자신이 가진 고통의 원인을 자식들에게 전가시키지 않겠다는 결의는 확고했지만, 그 고통의 결과로부터 그들을 지키지는 못했다. (126쪽)

큰아들 로버트는 '불면증에 걸린 관찰광'(『모유』, 124쪽)으로 아버지의 '심야 불면증'(127쪽)마저 그대로 닮았다. 그러나 토머스는 조숙하고 명민할 뿐, 형과 같지는 않다. 어찌 되었든 이제 『마침내』에서 병적인 비유와 "표현되지 않음'의 웅어리"('표현되지 않음'은 표현될 가능성을 내포한다)라는 은유의 세계를 벗어나 환유로 이행하고 있으므로, 두 아들은 아버지가 물려받은 그 '독'을 더는 물려받지 않으리라 기대해 볼 수 있다. 그러나 생득의 모순, 아포리아의 인생은 그들이 평생 피할 수 없는, 다투어야 할 무엇일 것 같다. 또한 뜻하지 않게, 어머니의 의사와는 무관하게, 신탁 자산 230만 달러를 물려받은 패트릭은 그것으로 분명 은유의 다락방에서 벗어나겠지만, 가족과 새 출발을 하는 데 도움이 될까 하는 것은 전적으로 우리의 상상에 달려 있다.

2018년 12월

공진호

패트릭 멜로즈 소설 5부작

PATRICK MELROSE NOVELS

마침내

초판 1쇄 펴낸날 2018년 12월 31일

지은이 에드워드 세인트 오빈
옮긴이 공진호
펴낸이 김영정

펴낸곳 (주)**현대문학**
등록번호 제1 - 452호
주소 06532 서울시 서초구 신반포로 321(잠원동, 미래엔)
전화 02-2017-0280
팩스 02-516-5433
홈페이지 www.hdmh.co.kr

ⓒ 2018, 현대문학

ISBN 978-89-7275-888-4 04840
ISBN 978-89-7275-883-9(세트)

* 책값은 뒤표지에 있습니다.